最新版

指輪物語

4

THE TWO TOWERS *(Book Four)*

Being the Second Part of THE LORD OF THE RINGS

by

J. R. R. Tolkien

Originally published by HarperCollins Publishers Ltd.

This edition is published
by arrangement with HarperCllins Publishers Ltd.,London,
through Tuttle-Mori Agency,Inc.,Tokyo.

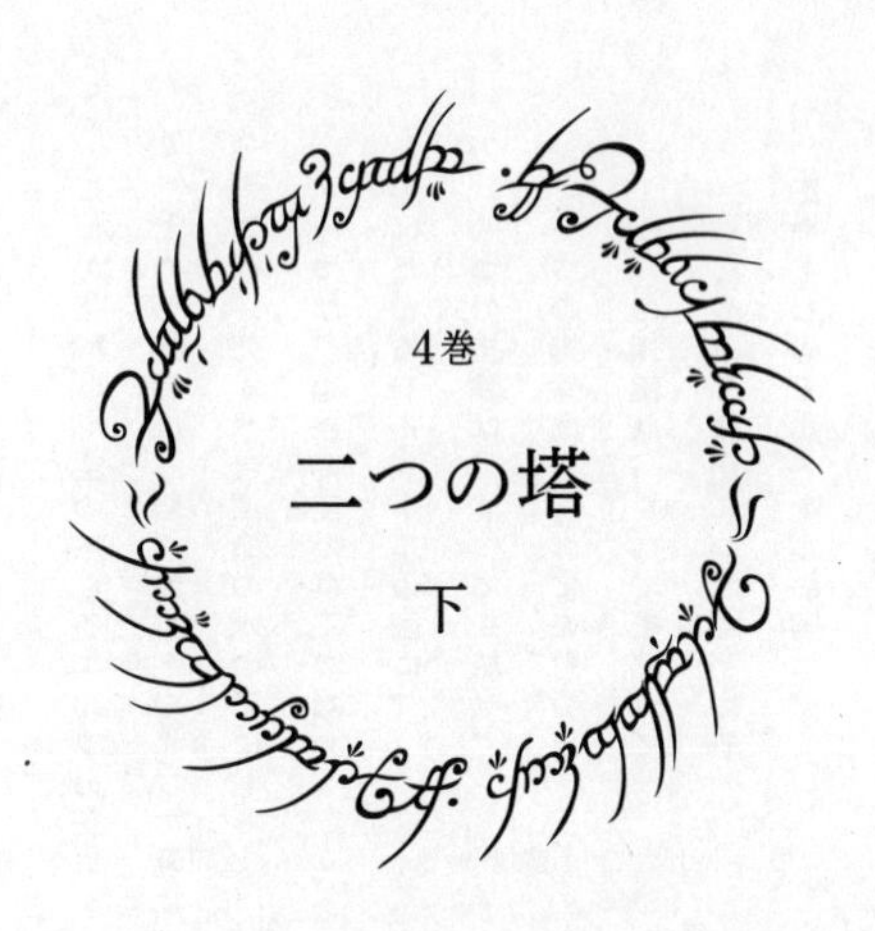

4巻

二つの塔

下

三つの指輪は、空の下なるエルフの王に、
七つの指輪は、岩の館（やかた）のドワーフの君に、
九つは、死すべき運命（さだめ）の人の子に、
一つは、暗き御座（みくら）の冥王のため
影横たわるモルドールの国に。
一つの指輪は、すべてを統（す）べ、
一つの指輪は、すべてを見つけ、
一つの指輪は、すべてを捕えて、
くらやみのなかにつなぎとめる
影横たわるモルドールの国に。

主な登場人物

白の勢力

フロド・バギンズ……ホビット。指輪所持者。ボロミルに指輪を奪われそうになり、一行から逃(のが)れて「滅びの罅裂(きれつ)」を目指す。

サム(サムワイズ)・ギャムジー……ホビット。フロドを主人として心から慕う。フロドの後を追い、ともにモルドールを目指す。

アラゴルン……第二紀末、サウロンと戦ったエレンディル王およびその長子イシルドゥルの末裔。

イシルドゥル……エレンディルの息子。斃(たお)れたサウロンの指を切り取って、指輪を奪う。彼は結局、指輪に裏切られ、「あやめ野」の戦いで命を落とす。そのため、「一つの指輪」は「イシルドゥルの禍(わざわい)」とも呼ばれる。

ボロミル……ゴンドールの執政の息子。フロドから指輪を奪おうとしたが悔悟し、オークの手にかかって果てる。

ファラミル……ボロミルの弟。ゴンドール軍の大将。

デネソール……ゴンドールの執政。ボロミルとファラミルの父。

ガンダルフ（ミスランディル）……白の会議に属する魔法使。地底の妖魔との戦いを制し、白の賢者として蘇（よみがえ）った。

闇の勢力

冥王サウロン……第二紀末、エレンディル王とエルフ王ギル＝ガラドの連合軍に滅ぼされるが、蘇り、強大となってモルドールに勢力を張る。

ナズグール……指輪の幽鬼（ゆうき）。サウロンの僕（しもべ）、怪獣に乗って飛来する。

オーク……上古の大魔王モルゴスによって捕らえられ、堕落させられたエルフからつくられたともいわれる。しかし、その醜悪さ、残忍さにおいてエルフの対極にあるものといえる。

その他

ゴクリ（スメーアゴル）……かつて指輪を持っていたことがあり、今なお指輪への執着が捨てられない。フロドたちの後を追い、モルドールへ至る道の案内にたつ。

目次

主な登場人物 5
地図 10
一 スメーアゴルならし 13
二 沼渡り 63
三 黒門不通 109
四 香り草入り兎（うさぎ）肉シチュー 144

五　西に開く窓　186
六　禁断の池　246
七　十字路まで　279
八　キリス・ウンゴルの階段　305
九　シーロブの棲処（すみか）　345
十　サムワイズ殿の決断　375

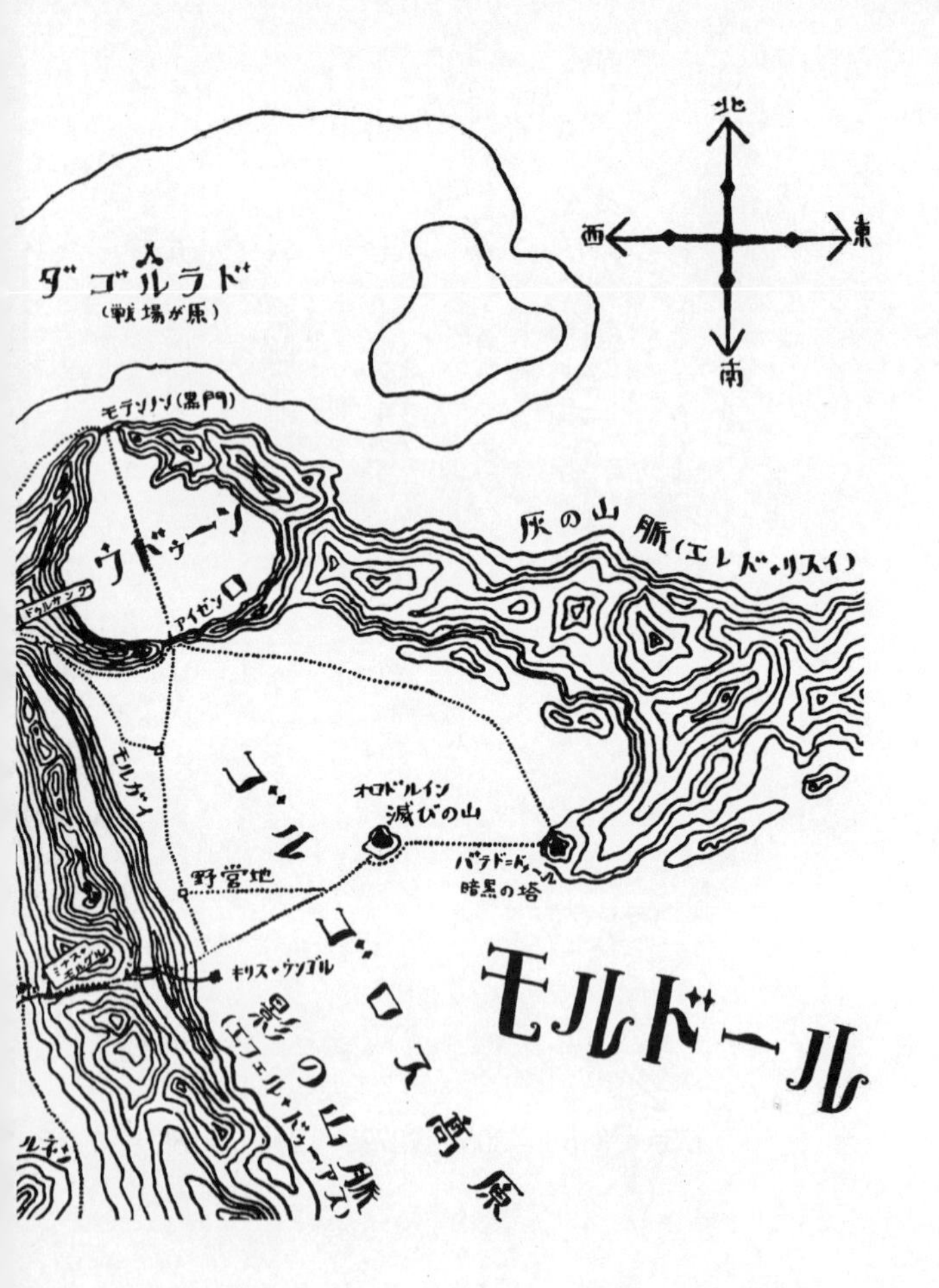
北
西
東
南
ダゴルラド
（戦場が原）
モランノン（黒門）
ウドゥーン
ドゥルサング
アイゼン口
灰の山脈（エレド・リスイ）
モルガイ
ゴルゴロス高原
オロドルイン
滅びの山
バラド＝ドゥール
暗黒の塔
野営地
ミナス・モルグル
キリス・ウンゴル
影の山脈（エフェル・ドゥーアス）
モルドール
ルネン

死者の沼地
エミュン・ムイル
テウロスの滝
ローハン
ローハン国境
ニンダルヴ
（湿原）
エント川三角洲
大河アンドゥイン
アノーリエン
ミンニリンモン
エレラス
ナールドル
ドルーアダンの森
エイレナハ
アモン・ディーン
灰色森
石車谷
白の山脈（エレド・ニムライス）
ミンドッルイン
ゴンドール
カイル・アンドロス
オスギリアス
ペレンノール野
ミナス・ティリス
ロッサールナハ

一　スメーアゴルならし

「こりゃ、旦那、にっちもさっちもいかねえですだ、まったく。」と、サム・ギャムジーがいいました。かれはフロドの横に立って、気落ちして背を屈(かが)め、目をすぼめて暗がりを覗(のぞ)きました。

仲間たちのところから逃げ出してから、三日目の夕方になるということは、どうやら二人にもわかりました。時間を数えることがほとんどできなくなっていたのです。あれからずっとエミュン・ムイルの荒れ果てた斜面や岩の間をよじ登っては行きなやみ、時には進む道が見つからないで引き返すはめになったり、時にはさ迷い歩いたあげく、一回りして何時間も前に歩いたところに戻ってきてしまったりしたからでした。とはいっても全体から見ると着々と東に向かっていることは事実で、道の見つかる限り、この奇妙な入り組んだ山塊の外辺部に近づいてはいたのです。

しかし、どの道をとっても外側の高い山腹は通行を許さない切り立った断崖(だんがい)絶壁となって、下の平地を厳然と見おろしていました。波打つ山の裾野の先には、動くものの一つなく、一羽の鳥さえも見られぬ鉛色の腐りかけた沼沢地が広がっていました。

ホビットたちが今立っているのは、露な吹きさらしの高い崖の縁でした。崖の麓は靄に埋まり、二人の背後には突兀と山塊が連なっていて、峰々は雲に没していました。冷たい風が東から吹いてきました。前方の模糊とした土地に夕闇が増すとともに、どんよりと冴えない緑色が色褪せて、陰気な茶色に変わってきました。遥か右手を流れるアンドゥインは、昼のうち断続的に雲間を洩れる陽光に時折りきらめいていたのですが、今は夕闇に隠れてしまいました。しかしホビットたちの目は大河の先に向けられはしませんでした。ゴンドールの方、友人たちのところ、人間の住む土地を眺めなかったのです。かれらは東南の方遥か、近づく夜の縁に、動かぬ煙かと紛う遠い山々のように、一筋の黒い線が横たわるあたりをじっと見つめました。時々、ずっと遠くの天末にちらりと、小さな赤い光が燃え上がりました。

「進むも退くもなんねえ！」と、サムがいいました。「あそこは、おらが今まで聞いたことのある国という国の中で、少しでもそばに寄ってはみたくねえと思ってたところですだ。それなのに旦那とおらがどうにかして行こうと思ってるところになっちまった！　ところがどっこい、どうしても行けねえちゅうわけだ。どうやら、おらたち、うまくねえ方に来ちまったようですだね。どだい降りることができねえ。かりに降りられたとしても、あの青々した土地が一面の始末におえねえ沼地だとわかるくらいが関の山ですだ。間違えねえです。うへーっ！　旦那、においますか？」かれは吹いてくる風に鼻をくんくんさせました。

「ああ、におうよ。」と、フロドはいいました。しかしかれは身動きもせず、その目は依然として同じ方角を向いたまま、あの黒い線とちらちらと燃える焔の方をじっと見据えていました。「モルドール！」声をひそめてかれは呟きました。「どうしてもあそこに行かねばならないものなら、早く行ってけりをつけてしまいたいもんだ！」かれは思わずぞくぞくと身震いしました。風は肌寒く、そのくせ息苦しいような冷たい腐敗臭を帯びていました。「さて、」かれはようやく視線を戻していました。「ここに一晩中いるわけにはいかない。進退きわまろうと、どうしようとだよ。もっとよそから見られない場所を探して、もう一晩野宿しなくちゃ。次の日になったら道が見つかるかもしれない。」

「それとも次の次の次か、そのまた次か。」と、サムは呟きました。「それともいつになっても見つからねえかもしんねえ。おらたちうまくねえ方に来ちまったですだ。」

「どうかな。」と、フロドはいいました。「あちらの影の国に行くのはわたしの逃(のが)れられない運命だと思う。だから道は見つかるだろう。だがその道はわたしにとって吉となるか、凶となるか？　こちらに望みがあったとすれば、それは速さにあった。遅滞(ちたい)は敵の術中に落ちることだ——なのにわたしはぐずぐずとここにいる。暗黒の塔の意のままに操(あやつ)られているのだろうか？　わたしの選択はどれもうまくなかった。わたしはもっとずっと前に仲間から離れて、北から大河の東を下ってエミュン・ムイルの東を通り、戦場が原の固い地面を渡って、モルドールの山道に出なければいけなかったのだ。だが今となっては、お前とわたしだけで引き返す道を見つけることは不可能だし、それに、大河の東岸にはオークどもがうろついている。過ぎていく一日一日が空(むな)しく千金を費やすに等しい。わたしは疲れてしまったよ、サム。どうしたらいいのかわからない。食べ物は何が残ってるのかね？」

「あれだけですだ。レンバスとかいうやつですだ、フロドの旦那。かなりありますだよ。あれだって、ないよりましですだ。ずっとましですだ。それにしても、初めてあれを口にした時には、いつか別なものがほしくなろうとは思ってもみなかっただが。ところが、おら、今は違ったものが食べたくなりましただ。何にもついてねえ、ただのパンをちょっぴり、それからジョッキ一杯の——いいや、半杯でもええ

――ビールがあれば、さぞ結構だと思うことでしょうて。最後にみんなで野宿したところから、おら、ずっと料理道具を引きずって歩いてますだ。だが、何の役に立ちましたかね？　第一、火を燃やそうにも燃やすものがねえし、料理するにもするものがねえ。草っ葉さえねえですだ！」

二人は向きを変えて、石のごろごろする窪地に降りていきました。西に傾いた陽は雲間に隠れ、たちまち夜が訪れました。二人は尖塔（せんとう）のようにぎざぎざに切り立った風化した大きな岩と岩の間の凹（くぼ）みに身を横たえて、どうやら東から吹きつける風をよけ、輾転（てんてん）と寝返りを打ちながらも、寒さに堪（た）えられる限りでの仮眠をとりました。

「あれからまた、やつをごらんになりましたか、フロドの旦那？」と、サムがたずねました。二人は白々とした早朝の冷たい光の中で、冷え込んだ体をこわばらせたまま坐ってレンバスの薄焼き菓子をかじっていました。

「いいや、」と、フロドはいいました。「もうこれで二晩、何も聞かないし、何も見てない。」

「おらもです。」と、サムがいいました。「ブルル！　あの目にはまったくぎょっとしまっただ！　だが、どうやらやっとまいてしまったようですね、こそこそ後をつけまわるあのいやらしいやつを。ゴクリですだよ！　もしおらがこの手をやつの首にかけることがあれば、あいつののどっ首にゴクリといわせてやりますだ。」

「そうしないですむといいねえ。」と、フロドがいいました。「あいつがどうやってわたしたちのあとをつけて来たのか知らないが、お前のいうように、やつはまたわたしたちを見失ったらしいね。こんなに乾いた吹きさらしのところだもの、足跡だって大して残らないし、においだって残らない、いかにやつの鼻が利こうともね。」

「そういうことであればいいですが。」と、サムがいいました。「もう二度とあいつに会わなくてすみますように！」

「わたしもそう願うね。」と、フロドがいいました。「だが、わたしが一番困ってるのはあいつのことではない。この山の中から脱け出せたらなあ！　ここはほんとにいやだ。山のこの東側にいると自分がすっかりむき出しになってるような気がするのだ。こっちはここでにっちもさっちもいかないのに、わたしとあちらのあの影の間には死者の沼地が広がってるだけで何もないのだから。あの影の中には一つの目がある。さあ、行こう！　今日はどうにかして降りなくちゃ。」

しかしその日も次第に過ぎていき、午後も夕暮れ近くなりましたが、二人はまだ尾根を這うように進みながら、脱け出す道が見つけられないでいました。二人はこの荒れ地を領する沈黙（しじま）に、時々かすかな物音が背後から聞こえてくるような気がしました。それは石が落ちる音であったり、岩山をパタパタと歩く気のせいとも思われる足音であったりしました。しかし立ち止まってじっと耳を傾けると、もう何も聞こえないのです。聞こえるものは、岩っぷちにうそぶく風の音ばかり――ところがそれさえも二人には鋭い歯の間からかすかにスースーと洩れる息遣（づか）いを思い出させるのでした。

その日、朝から二人が悪戦苦闘して歩き続けたエミュン・ムイルの外側の尾根は、一日中少しずつ北へ北へと曲がっていました。尾根筋に風化して刻み目のついた平たい岩場がかなり幅広くでこぼこと続いていました。ところどころに塹壕（ざんごう）のようにうがたれた溝があり、溝は急斜面をなして下降し、岩壁に深い切り込みをつけていました。このような岩の割れ目は進むにつれて深くなり、数が多くなりました。フロドとサムはこれを通り抜ける道を見つけようとして、次第に左に追いやられ、崖（がけ）っぷちからずっとはなれてしまいました。それで二人はここ数マイルの間に自分たちが徐々にではあるとしても着実に丘を下ってきたことには気がつきませんでした。

というのも断崖の頂が低地に向かってだんだん低くなっていたからでした。

やがて二人ははたと足を止めました。ここで尾根は一層急カーブを描いて北に曲がり、そこに今までよりもっと深い溝というか、小峡谷がうがたれていました。小峡谷の向こう側では尾根が再び崛起して、一足跳びに何尋もの高さに達していました。灰色の大きな断崖が、ナイフで切り取られたように、二人の前に削ぎ立っていたのです。もうこれ以上前には進めません。ここで行く先を西か東に転ずるしかありません。しかし西に進めば、またまた山塊の中心部に引き返すことになり、また難儀を重ね遅れをよぶことになるのが落ちです。東に向かえば、今度は外側の断崖に行きつくことでしょう。

「この峡谷を這って降りるほかないね、サム。」と、フロドがいいました。「ここを降りてったらどうなるのか見てみよう!」

「真っ逆様ですだよ、きっと。」と、サムがいいました。

この裂け目は見た目よりも長くもあれば、深くもありました。少し降りていくと、ねじれたまま生育の止まった木が何本かありました。二人にとっては数日ぶりで初めて目にする木でした。大部分はねじ曲がった樺の木で、ところどころに樅の木がありました。東風に木の髄までいためつけられ、ひょろひょろと立ち枯れている木もたくさんありました。今は昔となったのどかな時代には、この小峡谷にも美しい木立ちが生い茂っていたに違いありません。しかし今では、もう五十ヤードも進むと、木の生えているところはおしまいになってしまいました。ただ折れた木の切り株だけがほとんど断崖の縁近くまで点々と続いているのでした。この小峡谷の谷底は断層の縁に沿っていて、砕けた石でごろごろしており、また急角度で下に傾斜していました。ようやく谷底の外れまで出ると、フロドは身を屈め、体を乗り出してみました。

「見てごらん！」と、かれはいいました。「わたしたちはもう随分降りてきたに違いないよ。それでなければこの崖が低くなってきてるんだ。ここはさっきよりずっと低いもの。それに降りやすそうだよ。」

サムは並んで跪き、しぶしぶ崖っぷちから覗きました。それから、ずっと左手に聳え立っている大きな断崖をちらと見上げました。「降りやすいですと！」かれは不満そうな声をあげました。「そりゃ、いつだって登るより降りる方がやさしいでしょうて。飛べない者でも跳べるってこってす！」

「跳ぶにしても大ジャンプだね。」と、フロドはいいました。「そうだね、大体、」――かれは立ったまましばらく目測していました――「十八尋ぐらいじゃないかね。

それ以上はないよ。」

「以上も以下も、結構ですだ！」と、サムはいいました。「うへっ！　おらは、高いところから下見るのがいやでいやでたまんねえです！　けど、降りるよりは見る方がまだましですだ。」

「それでもやっぱり、」と、フロドはいいました。「ここなら降りられるんじゃないかな。試してみる必要があると思うね。ほら――何マイルか前と岩がまったく違うもの。今までは滑りやすい上に、ひびがはいってたからね。」

外側の崖の傾斜は事実もう切り立つほどではなく、いくらか勾配がついて外に出張っていました。ちょうど土台が動いてしまったために横並びの線がすっかりねじれたり乱れてしまった巨大な城壁か護岸の堤防のようで、大きな亀裂や、場所によってははしご段ほどの幅のある長い斜めの出っ張りができていました。

「それに降りてみるつもりなら、今すぐやってみた方がいいね。早目に暗くなりそうだから。嵐がくるぞ。」

模糊と煙っていた東の山々は、さらに黒々とした闇の中に没し、闇はその長い腕を西の方にも伸ばし始めていました。強まり始めた微風に乗って遠雷のかすかな轟きが聞こえてきました。フロドは空気のにおいを嗅ぎながら疑わしげに空を見上げました。かれはマントの外側にベルトをつけると、それをしっかりと締め、それから自分の軽い荷物を背中に背負うと、崖っぷちに足を踏み出しました。「さあ、やってみるよ。」と、かれはいいました。

「けっこうですとも！」意気揚がらぬままにサムがいいました。「だけど、まずおらが行きますだ。」

「お前がかね？」と、フロドがいいました。「降りるのはどうとかっていってたけど、何で気が変わったんだね？」

「別に気が変わったわけではねえです。ただこれは常識ですだ。一番滑りやすそうなやつは一番下に置けってことです。おら、旦那の頭の上に落ちて、旦那を払い落としたくはないです――一人落ちて二人死ぬのは利口じゃねえですよ。」

フロドが止める間もあらず、かれは坐りこんで崖っぷちから脚をぶらぶらと下げ、それからくるっと体をねじって、爪先であがきながら、足がかりを探しました。かれが冷静な頭でかつてこれ以上に大胆とも無謀ともいえることを仕でかしたことがあろうとは思えません。

「いけない、いけない！　サム、このばかが！」と、フロドがいいました。「間違いなく死んでしまうぞ。そんな風に、どこに足を下ろすか見もしないで降りるなんて。

戻ってこい！」かれはサムの両脇をつかんで引っ張り上げました。「さあ、ちょっと辛抱して待つんだぞ！」と、かれはいいました。それからかれは地面に腹ばって身を乗り出し、下を覗きこみました。しかし日の光は急速に薄れていくように見えました。といってもまだ日が沈んではいなかったのですが。「どうにかやれるんじゃないかな。」やがてかれはいいました。「ともかくわたしはやれるね。お前もやれるよ。ちゃんと落ち着いて、わたしのあとをよく注意しながらついてくればね。」

「どこをおせばそう断言なされるものだか。」と、サムがいいました。「なにせ、旦那！　こんな明るさでは下まで見えやしませんよ。もしどこにも足や手をひっかけるところがない所にきたら、どうなさいますだ？」

「戻ってくるさ。」と、フロドがいいました。

「いうは易しですだ。」と、サムは反対しました。「夜が明けてもっと明るくなるまで待った方がいいですだ。」

「いや、待たない！　待たずにすむなら待つものか。」突然不思議なほど熱をこめてフロドはいいました。

「一時間一時間が、一分一分が惜しくてならないのだ。実際に試してみるために、わたしは降りてみるよ。わたしが戻ってくるか、呼ぶかするまで、お前はついて来ちゃだめだよ！」

崖の岩の縁を指でつかみ、かれはそっと体を降ろしていきました。そしてとうとうかれの両腕はほとんど真っ直に伸び、爪先は岩棚を見いだしました。「まず一段降りた！」と、かれはいいました。「それにこの岩棚は右に行くと幅が広くなってるぞ。あそこだったらつかまってなくても立ってられるだろう。わたしは――」ここでかれの言葉はぷつりと途切れました。

暮れ急ぐ夕闇は、今や駿足を早めて東から襲いかかり、空をとっぷりとおおいました。すぐ頭の上でつんざくように鋭くはじける乾いた雷が鳴りました。焼くような稲妻が山中にぶつかりました。ついで一陣の激しい風が起こり、その風とともに、ごうごうと吹くその怒号にまじって、甲高い叫び声が聞こえてきました。ホビットたちはちょうどこれと同じような叫び声を、ホビット村から逃げ出した時に、かの遥かに遠いホビット庄の沢地で聞いたことがありました。故郷の林の中でさえ、その声はかれらの血を凍らせました。それをこの荒涼たる荒れ地で聞いたのですから、その恐ろしさは遥かに堪え難かったのです。それは恐怖と絶望の冷たい刃で二人を刺し貫き、心の臓と息の根を止めんばかりでした。サムはがばと打ち伏しました。フロドは思わず手を離して、両手で頭と耳をおおいました。かれの体はぐらっと揺れ、足を踏み外して、一声悲鳴をあげて滑り落ちていきました。

サムはその声を聞くと、やっとの思いで崖の縁まで匍い進みました。「旦那、旦那ぁ！」と、かれは呼ばわりました。「フロドの旦那！」

答がありません。かれは全身が小刻みに震えるのを覚えました。しかしかれはようやく息をついで、もう一度どなりました。「旦那ぁぁ！」風がその声をまたかれの喉の中に吹き戻すように思えましたが、風は轟々とうなりながらこの小峡谷に吹き上げ、山塊を渡って吹き去り、それにつれて応答のかすかな呼び声がかれの耳に届きました。

「大丈夫、大丈夫だ！　ここにいるぞ。だが、見えないんだ。」

フロドは弱々しい声で呼んでいました。ほんとうはあまり離れたところではありませんでした。足を踏み滑らしただけで、落ちたわけではなく、何ヤードと下にないもう少し広い岩棚にドシンと着地していたのです。幸い、ここは岩壁が切り立っていないでかなり後ろに傾斜していましたし、風もかれを崖に押しつけるように吹いていましたので、落っこちないですんだのです。かれは心臓が波打つのを感じながら、冷たい石に顔を押し当て、よろけないようにしばらくじっとしていました。

しかし無間の闇が訪れたのか、それとも視力が失われたのか、あたりは一切、真っ暗闇でした。かれは自分が突然失明したのではないかといぶかしみました。そして深く吐息をつきました。

「戻っておいでなされ！　戻っておいでなされ！」頭上の暗闇からサムの声が聞こえてきました。

「だめだ。」と、かれはいいました。「見えないんだ。手掛かりが見つからない。まだ動くわけにいかないよ。」

「何かおらにできませんか、フロドの旦那？　何かできませんか？」危険なほど体を乗り出して、サムはどなりました。旦那にはなぜ見えないんだろう。そりゃ確かに薄暗くはあるけれど、見えないほど暗いわけではないのに。かれには下にいるフロドが見えました。ぶざまに崖にしがみついたいかにも頼りなげな灰色の姿でした。しかしどう助けの手を差しのべても、とてもそこまでは届きっこありません。

その時再び雷が鳴りはじけ、次いで雨が降り始めました。雨は霰まじりに濛々たる幕になって、崖に吹きつけ、その冷たさは身にしむばかりでした。

「旦那のところまで降りてまいりますだよ。」と、サムはどなりました。とはいっても、そうやって降りていってどうすれば手助けになるのか、かれにはいえなかったでしょうけれど。

「いけない、いけない！ 待ってろ！」フロドはどなり返しましたが、その声はもうさっきほど弱々しくはありませんでした。「もうすぐよくなるから。もうさっきより気分はいいんだ。待っててくれ！ 綱（ロープ）がなきゃ、どうにもならないな。」

「綱ですと！」サムはそう叫ぶと、安堵（あんど）と興奮の余り無我夢中で独り言をいいました。「やれやれ、おらこそ、間抜けどもの見せしめに綱の端っこで首を吊（つ）られるのがお似合いでねえだか！ おめえはまったくの抜け作よ、サム・ギャムジー、何かちゅうとっつぁんはおらにそういってたっけなあ。とっつぁんの口癖よ。綱じゃ！」

「ぺちゃぺちゃしゃべるのはやめてくれ！」と、フロドがどなりました。かれはもう大分元気が出てきましたので、サムのおしゃべりをおもしろがるとともにいらいらもさせられたのでした。「お前のとっつぁんのことはいいよ！ お前は何かね、ふところに綱でも持ってるというのかね？ そうなら、さっさと出してくれ！」

「そうですだ、フロドの旦那、おらの荷物の中にちゃんとありますだ。何百マイルも持ち歩いてて、きれいさっぱりと忘れてましただよ！」

「それじゃぐずぐずしないで、端っこをおろしてくれ！」

サムは急いで荷物を肩からおろし、中をひっかきまわしました。確かに底の方にぐるぐると巻いた絹のような灰色の綱がありました。ローリエンのエルフたちの編んだものです。かれは一方の端を主人の方に投げました。フロドの目から文目（あやめ）も分かたぬ闇が取り除かれたように見えました。それともかれの視力が戻ってきたのかもしれません。フロドはぶらぶらとおりてくる灰色の紐（ひも）を見ることができました。かれにはそれがかすかな銀色の輝きを帯びているように思えました。かれは暗闇の中で見当てるべき目標物を得た今、目のくらむ感じが薄れました。かれは崖（がけ）の方に体の重心を傾け、綱の端をしっかりと腰に巻きつけ、それから両手で垂れている綱を握りしめました。サムは何歩か後ろに退（しりぞ）き、崖っぷちから一ヤードか二ヤード離れた切り株に両足をかけて踏んばりました。半ば引っ張り上げられ、半ばよじ登りつつ、フロドはやっと登り終えて、地面に体を投げ出しました。

雷は遠くで鳴りわたり、雨はまだ激しく降っています。ホビットたちは這うようにして小峡谷の中に戻りましたが、身を隠すほどの場所が見つかりませんでした。雨水が幾筋もの小川になって流れ始めました。やがてそれは一つの奔流（ほんりゅう）となって、石の上を濛々（もうもう）としぶき立って流れ、それから広大な屋根の雨樋（あまどい）を落ちる水のように勢いよく崖から流れ落ちました。

「さっきのところにいたら、わたしは水攻めで溺（おぼ）れかけるか、あっさり流されちまったろうな。」と、フロドがいいました。「お前があの綱（ロープ）を持ってるなんて、何て運がよかったんだろう！」

「もっと早く思いついたら、もっと運がよかったですだ。」と、サムがいいました。

「多分旦那はあの人たちが船に綱を入れてくれたのを憶（おぼ）えてられるでしょう。エルフの国で、わたしたちが出発する時ですだ。おらはあの綱がすっかり気に入っちまって、荷物の中に一巻きしまいこんだちゅうわけです。もう何年も前のことみたいに思えますだ。『これはいろいろ困った時に役に立つかもしれませんよ。』と、いってましただ。ハルディルか、だれかでしただよ。かれのいった通りですだ。」

「わたしも一本持ってくりゃよかったが、考えつかなくて惜しいことをした。」と、フロドがいいました。「だけど、あんまりあわててどさくさ紛（まぎ）れに仲間のところから出てきてしまったんでね。もし綱がたっぷりありさえすれば、それを使って降りられるのに。お前のその綱はどのくらい長さがあるだろう？」

サムは巻いた綱をゆっくり繰り出し、伸ばした片腕に当てて長さを測りました。

「五、十、二十、三十、おおよそ三十エルですだ。」と、かれはいいました。（訳註エルとは、昔、仕立屋が、片腕を伸ばし、他の片腕を折って弓をひくような姿勢で布を測った単位。四五インチ）

「だれがそんなにあるなんて思うだろう！」フロドは感嘆の声をあげました。

「ほんとに！　だれが思いましょう？」と、サムがいいました。「エルフというのはすばらしい人たちですだ。ちょっと細めに見えますが、丈夫だし、手ざわりはミルクみたいに柔らかですだ。たためばかさばらず、軽さは軽いし、ほんとにすばらしい人たちだなあ！」

「三十エルねえ！」フロドは考え込みながらいいました。「それだけあれば充分だろうと思うね。暗くなるまでに嵐が過ぎれば、試してみよう。」

「雨はもうほとんど止んでますだ。」と、サムがいいました。「それにしてもフロドの旦那、旦那はこの薄暗い中でまた何か危ないことをしようといいなさるのかね！　それに旦那はどうか知らねえけど、おらは風に乗って聞こえてきたあの叫び声がまだ忘れられませんだ。黒の乗手みてえに聞こえましただ――ただ空からで、あいつらが空を飛べるとすればですだ。夜が終わるまで、この割れ目に引っ込んでるが上分別と思いますけど。」

「わたしの分別じゃ、あの黒の国の目が沼地を越えて見張ってるというのに、こんな崖っぷちに釘づけになって、やくたいもなく一刻もぐずぐずしていたくないと思ってるんだ。」と、フロドはいいました。

そういうとかれは立ち上がって、もう一度小峡谷の低みに降りていきました。かれは見渡しました。東の方には再び青空が広がってきました。雷雲の末端は雨を含んだまま切れぎれとなって晴れ上がり、その本陣ははや移りすぎて、エミュン・ムイルの山塊の上に巨大な両翼を広げていました。エミュン・ムイル山上に、サウロンの暗い思いが、しばらく低迷したのです。ついでそれは向きを変え、霰（あられ）と稲妻でアンドゥインの谷間を襲い、ミナス・ティリスにその影を落として、戦争を示威しました。それから山中に低くたれこめ、その渦巻く雲また雲を一つに集めると、ゴンドールの上空をゆっくりと過ぎ、ローハンの外（はず）れを通って、遂にはその黒い塔のような雲塊が、太陽の背後に動いていったのを、遠いローハンの騎士たちが西に向かいつつ目撃したのでした。しかしここでは、再び夕暮れの深い青空が、この荒れ地と腐臭を放つ沼地の上に広がり、淡々しい星々がいくつか、三日月の上の青天井に点々と打った小さな白い穴のように現われました。

「もう一度目が見えるようになってよかった。」ほうーっと息をついてフロドはいいました。「わたしはねえ、ちょっとの間、目が見えなくなったと思ったんだよ。稲妻か、それとも何かもっと悪いもののためにね。何にも見えなかったんだ。まったく何一つね。あの灰色の綱（ロープ）が降りてくるまではね。あの綱はどういうわけかかすかに光ってるように見えたな。」

「たしかにあれは暗いところでは銀みたいに見えますだ。」と、サムがいいました。「前には一度も気がつかなかったことですが。といっても、あれを初めにしまいこんでからあと、一度でも出してみた憶(おぼ)えはねえですがね。でも旦那がもしそれほど熱心にここから降りたいと思ってなさるなら、旦那はどういう風にこの綱を使いなさるつもりかね？　三十エルちゅうことは約十八尋(ひろ)ですだ。これは旦那が考えておいでのこの崖(がけ)の高さと変わらねえですだよ。」

フロドはしばらく考えていました。「あの切り株にしっかり結びつけてくれ、サム！」と、かれはいいました。「それから今度は望み通りお前を先に行かせてやろうと思う。わたしがお前を降ろしてやるからね。そうすれば、お前も岩にぶつからないように身を防ぐのに手や足を使うだけですむんだよ。もっとも時々どこかの岩棚に体重をかけて、わたしを休ませてくれるなら、助かるがね。お前が降りてしまったら、わたしが続いて降りるからね。もう気分はすっかりよくなったよ。」

「よろしゅうごぜえます。」サムは元気なくいいました。「どうしてもやらにゃならぬことなら、やっちまいましょう！」かれは綱を取り上げ、崖っぷちに一番近い切り株にしっかりと結びつけ、それからもう一方の端を自分の腰に結びつけました。

いかにも気が進まぬげにかれは後ろ向きになって、もう一度崖を降りる用意をしました。

ところが降りてみると、思っていた半分も悪くはありませんでした。綱がかれに度胸をつけてくれたようでした。といっても、足の間から下を見た時には一度ならず目をつむってしまいましたが。一個所だけむずかしいところがありました。そこは岩棚がなくて、壁面は切り立っているだけでなく、短い間隔ですが内側にえぐれてさえいたのです。そこでかれは足を滑らせ、銀色の綱にぶら下がってしまいました。しかしフロドはゆっくりと着実にかれを降ろしていき、とうとう下まで降ろし終えました。かれが一番恐れていたことは、まだ高いところにいる間に綱の長さが尽きてしまうんじゃないかという点でしたが、フロドの手にまだかなり余分の綱が残っているうちに、サムは下まで降り、「降りましただよ！」と、上に向かって呼ばわったのでした。かれの声は下からはっきりと聞こえてきましたが、フロドにはその姿は見えませんでした。かれの着ている灰色のエルフのマントは夕闇に溶けこんでしまっていたのです。

かれのあとに続くのにフロドはもう少し余計に時間がかかりました。かれは腰に綱を巻きつけました。上端はしっかりと結びついています。それからかれは綱を少し短くしておきました。そうすれば、地面に着くまでに引き止めてくれると思ったからです。やはりかれは墜落の危険を冒すことは望みませんでしたし、またこの華奢な灰色の紐にサムほど全幅の信頼を置いていたわけでもなかったのです。それでも完全にこの綱に頼らざるを得ない個所が二個所ありました。岩壁が平滑で、その強いホビットの指ですらつかめず、岩棚は届かないところにありました。しかしようやくかれも下に降りることができました。

「やれやれ！」と、かれは叫びました。「やったぞ！　エミュン・ムイルから逃げ出せたぞ！　さて、お次は何だろうか？　もしかしたら、そのうちすぐに堅い岩をもう一度足の下に踏みたいと思うようになるんじゃないかな。」

しかしサムは答えませんでした。かれはじっと崖の上を見つめていました。「抜け作じゃ！　とんまじゃ！　おらのきれいな綱やーい！　綱は切り株に結ばれたまま、おらたちは下にいる。ここそあとをつけまわっとるあのゴクリのやつにちょうどいいはしごを残してやったようなもんだ。おらたちがどっちに行ったか道標を立てた方がまだましじゃ。ちょいとばかし簡単すぎるように思ったよ。」

「二人とも綱を使って、しかもその綱を下まで持って降りられるような方法をお前が考えつけば、その時は抜け作だろうと、そのほかとっつぁんがお前につけたどんな名だろうと、わたしに譲り渡すがいいさ。」と、フロドはいいました。「登ってって綱（ロープ）を解いて降りてこいよ、そうしたければね！」

サムはボリボリと頭をかきました。「いいや、おらにはどうしたらいいか考えつきませんだ。ごめんくだせえまし。」と、かれはいいました。「けど、これを置いていきたくねえのです。ほんとですだ。」かれは綱の端をなでさすり、そっと振り動かしました。「エルフの国から持ってきた物なら何だろうと手離すのが辛（つれ）えですよ。ガラドリエル様ご自身も手を貸されたかもしれねえですだ。ガラドリエル様が。」かれはぶつぶついいながら、悲しそうに頭（こうべ）を垂れました。それからかれは上を見て、別れを告げるように最後にもう一度綱を引っ張りました。

二人のホビットたちをまったく唖然（あぜん）とさせたことは、その綱がほどけたのです。サムは仰むけにひっくりかえりました。そして長い灰色の綱は音も立てずにかれの体の上にとぐろを巻きました。フロドは笑っていいました。「だれが綱を結んだのかい？　ちょうどあれだけ持っててくれてよかったなあ！　お前の結んだ綱に全身の重さを託したことを考えるとねえ！」

サムは笑いませんでした。「おらは山の登り降りは大してうまくねえかもしれませんだ、フロドの旦那、」かれは気を悪くしたような声音でいいました。「けど、おらは、綱と綱の結び目についちゃ、ちっとは心得てますだ。いってみりゃ、お家伝来の技ですだ。なぜかちゅうと、おらのじいさま、それからじいさまを継いでアンディおじが、これはとっつぁんの一番上の兄貴ですだが、綱原村のそばで長いこと綱作り工場をやってましたで。それにおらはホビット庄の中だろうと外だろうとだれにも負けねえくらいしっかりと、あの切り株につなぎましただよ。」

「それじゃ、綱が切れたに違いないよ――岩の角ですり切れたんじゃないかね。」と、フロドがいいました。

「間違ってもそんなことはねえですだ！」サムはさらに気を悪くしたような声でいいました。かれは屈みこんで綱の両端を点検しました。「切れてなぞいませんだ。より糸一本だって！」

「それじゃやっぱり結び目のせいじゃないのかね。」と、フロドがいいました。サムは首を振って答えませんでした。かれは考えこんだまま、指の間に綱をたぐっていました。「好きなように、考えなさるがいいですだ、フロドの旦那。」ようやくかれは口を利きました。「けど、おらは綱が自然に解けたんだと思いますだ――おらが呼んだ時にです。」かれはそれをくるくるっと巻くと大切そうに荷物の中にしまいこみました。

「たしかに解けたさ。」と、フロドがいいました。「そしてそれが大事なことだ。だが、今度は次にどうするかを考えなくちゃいけないな。もうすぐ夜になる。星がなんて美しいんだろう、それに月も！」

「星を見るとほんとに元気が出ますだ。そうじゃありませんか？」サムはそういって空を見上げました。「星っていうのはなんとなくエルフ的ですだ。それに月もだんだん大きくなってきました。曇ってたおかげで一晩か二晩月を見ていませんからね。月の光がかなり明るくなってき始めましただ。」

「そうだね。」と、フロドはいいました。「だが満月までにはまだ何日かあるだろうよ。半月の光で沼地を渡ってみようとは思わないな。」

　暮れそめた夕闇の中を、かれらは次の旅程にかかりました。しばらくすると、サムは振り向いて、今来た道を眺めました。ぼんやりと見える断崖（だんがい）に、さっきの小峡谷の口が黒々と切り込みを作っています。「綱（ロープ）があってよかったですだ。」と、かれはいいました。「ともかくあのおいはぎのやつにちょっとした判じものを残してきたことになりますだ。あのいやらしいピタピタ足であそこの岩棚を試してみるがいいや！」

　大雨のあとで濡れて滑りやすくなっているごろごろ石や丸石だらけの荒れ地を、かれらは気をつけて歩きながら、崖（がけ）の麓（ふもと）から遠ざかっていきました。地面はまだかなり急な下りになっています。二人がまだそれほど遠くまで行かないうちに、突然足許（もと）に黒々と口を開いている大きな割れ目に行き合いました。その幅はさほど広くはないのですが、薄明かりの中で跳（と）び越すには広すぎました。二人には深いところをゴボゴボと水が流れていくのが聞こえるように思えました。割れ目は二人の左手、つまり北の方に湾曲し、山塊の方に戻っていました。その結果行く手を遮っていて、ともかく暗い間は進めません。

「崖の縁に沿って、南の方に戻る道を試してみるといいと思いますだ。」と、サムがいいました。「何か隠れるような隅（すみ）っこが見つかるかもしれません。それとも洞（ほら）穴（あな）か何か、そういったもんでもあるかもしれねえです。」

「その方がいいだろうね。」と、フロドがいいました。「わたしは疲れてしまった。もう今夜はとてもこれ以上ごろごろ石の中を這って進むことはできそうにない――といっても遅れるのはうらめしいが。遮るもののない道が坦々（たんたん）と続いていればよいのに。そうすれば足の続くまで歩きまくるんだけどなあ。」

エミュン・ムイルの麓のでこぼこした荒れ地を進むのもやはり楽ではありませんでした。そしてサムは身を隠す隅っこも窪地も見つけられませんでした。断崖のそばに無愛想に広がっているのは岩のごつごつしたむき出しの斜面だけでした。断崖は再び高くなってきました。南に戻るにつれてますます高くますます切り立ってきました。結局のところ、二人は疲れ果てて、絶壁の裾に程遠からぬ大石の陰に身を投げ出しました。石に囲まれた冷たい夜の闇の中で、しばらくの間わびしく身を寄せ合っているうちに、いつか眠りが忍び寄ってきて、払っても払っても立ち去らないのでした。月は高く明るく上っています。その薄い白い光が岩面を照らし出し、冷たい嶮岨な岩壁を浸して、広漠たる闇夜を、黒い影を点綴した冷えびえと青白い灰色の世界に変えてしまいました。

「じゃ！」フロドは立ち上がって、マントの前を一層きゅっと合わせるといいました。「サム、お前は少し眠るといい。わたしの毛布も使ってな。わたしはしばらく見張り番に立ってあちこち歩いてみるよ。」突然かれは身を堅くすると、体を屈めてサムの腕をつかみました。「あれはなんだ？」かれは声をひそめていいました。「向こうの崖をごらん！」

サムはそれを見て、歯の間から激しく息を吸い込みました。「ススーッ！　あれですだよ。あのゴクリですだ！　畜生！　おまけにこのおらときたら、あの崖下りをしたんで、やつをまいてしまえたなんて思ってたんですからねえ！　ほら、どうです！　壁を這ってるいやらしい蜘蛛（くも）みてえですだ。」

青白い月の光に照らされて、ほとんど凹凸（おうとつ）もなく滑らかに切り立って見える断崖の岩壁を下へ、小さな黒い姿が細い手足をぶざまに張り出して動いていました。おそらくその柔らかいねばりつくような手足の指はどんなホビットにも見つけることもできないような細い割れ目やわずかな出っ張りをも見いだしているのでしょうが、見たところ、餌を求めてうろつく何か大きな昆虫のように、ねばつく足の裏を使って這い降りているかのように見えました。それにまるでにおいを嗅（か）ぐためのように、頭を下にして降りているのでした。時折りそれは頭をゆっくりともたげ、骨と皮ばかりの長い首の上でそれをぐいとのけぞらせました。するとホビットたちには、青白く光る二つの小さな光がちらりと見えるのでした。それは目でした。目は月光に一瞬まばたくと、次の瞬間には大急ぎで閉じられてしまうのでした。

「やつにおらたちが見えると思われますか？」と、サムがいいました。

「わからないねえ。」フロドは静かにいいました。「見えないのじゃないかね。このエルフのマントは味方の目にさえ見えにくいんだから。お前が物陰の暗いところにいれば、ほんの二、三歩しか離れてなくたって、わたしには見えないからね。それにあいつは太陽も月も好きじゃないって聞いてるよ。」

「それじゃなぜあいつはぴったりここへ降りてくるんでしょう？」サムがたずねました。

「静かに、サム！」と、フロドはいいました。「多分、においが嗅げるんじゃないかな。それにあいつはエルフと同じぐらい耳ざといんだと思うね。今も何かを聞きつけたんだよ。おそらくわたしたちの声だろう。さっきあそこで随分どなり合ったからなあ。それに一分前までお互いにとても大きい声でしゃべってしまったからね。」

「やれやれ、もうあいつにはうんざりですだ。」と、サムがいいました。「しつこすぎますだ。おらはできれば、あいつと一言話すつもりですよ。今になったら、どっちみち、あいつをまいちまうことはできねえでしょうから。」灰色の頭巾を顔の上にまで引っ張って、サムはそっと崖の方にまで忍んでいきました。

「気をつけるんだぞ！」フロドが後ろからやってきて囁きました。「やつをびっくりさせるな！　見かけよりずっと危険なやつなんだから。」

這っている黒っぽい姿はもう四分の三ほど降りてきました。崖下まであと五十フィートあるかないかでしょう。大石の陰に石のようにじっとうずくまったまま、ホビットたちはかれを見守りました。かれは難路にさしかかったのか、それとも何かで困っているようでした。二人にはかれがフンフンとにおいを嗅ぐのが聞こえました。そして時折り罵り声のようなスースーというはげしい歯擦音を出します。かれは頭をもたげました。ホビットたちはかれが唾を吐くのを聞いたように思いました。それからかれはまた動き始めました。今度は二人にもキイキイときしむような、フユーフユーと口笛を吹くようなその声が聞こえました。

「いてて、ス、ス、ス！　気いつけろ、いとしいしと！　急がば、まわれ。わしら、首根っこ折るようなしどいことしちゃなんねえぞ、いとしいしと、なんねえとも、いとしい――ゴクリ！」かれはまた頭をもたげましたが、月を見てまぶしそうにまばたき、急いで目を閉じました。「わしら、あれが大嫌いだ。」怒った声でかれはいいました。「いやらしい、いやらしい、ぞっとするような光――ス、ス、ス――しそかにわしらを見張ってるのよ、いとしいしと――わしらの目をわるくしるのよ。」

かれはもう大分低く降りていました。スースーと息の洩れる声はだんだん鋭くだんだんはっきりと聞こえてきます。「どこだ、どこだ、いとしいしと、どこだよ、いとしいしと? わしらのだよ、わしら、ほしいんだよ。どろぼう、どろぼう、きたねえちびのどろぼうめ、いとしいしとを持ってどこに行った? ちくしょうめ! 憎んでやる。」

「おらたちがここにいるのを知らないみたいですね?」サムがひそひそ声でいいました。「あいつのいとしいしとっていうのはなんですか? あいつのいってるのは——」

「シッ!」声をひそめてフロドはいいました。「もうだんだん近づいてきたぞ。ひそひそ声でも聞こえるくらい近づいてきた。」

事実ゴクリはまた不意に動きを止め、やせこけた首にのった大きな頭がまるで聞き耳を立てているように左右にぶらぶらと動きました。青白く光る目が半眼に開かれています。サムは指がむずむずするのですが、一生懸命自分を押えていました。怒りと嫌悪を湛(たた)えた目は、すーすー声でぶつぶついいながらまた動き始めた憎むべき生きものにじっと注がれています。

とうとうかれは地面から十二フィート足らずのところにきました。ホビットたちの頭のすぐ上です。そこから下まではもろに落ちるほかはありません。なぜなら崖(がけ)はこころもち中にえぐれており、さすがのゴクリでさえ、どんな足掛かりも見つけ

られなかったからです。かれは脚から先に落ちるように、ぐるっと体の向きを変えようとしたようなのですが、突然笛を吹くような金切り声をあげて墜落しました。落ちながらかれは体の周りを両腕と両脚でくるっと巻いて包みこみました。ちょうど糸が切れて落ちる蜘蛛のように。

　サムは隠れ場所からぱっと跳び出し、二っ跳びぐらいで崖下までの距離を横切りました。ゴクリが起き上がるまでに、かれはその上にのしかかりました。しかし崖から落っこちて警戒する間もなく不意打ちをくったにもかかわらず、ゴクリのしたたかさはサムの計算の及ばぬところでした。サムが組み敷くより早く、長い両腕と両脚がかれの腕をしっかりとかかえこんで、ぎゅっと体を締めつけました。ぬめぬめした四肢は恐ろしいほど力があり、ゆっくりと締めつけてくる縛り紐のようにかれを締めつけました。ねばねばする冷たい指がかれの喉を探っています。それから鋭い歯がかれの肩に喰い込みました。かれにできることといえばその生きものの顔に自分の固い丸い頭を横向けにぶつけるほかはありませんでした。ゴクリはスースー音を出しながら唾を吐きかけましたが、それでもかれを離そうとはしませんでした。

　もしサムが一人だったら、かれにとって事態は好ましからぬことになったでしょう。しかしフロドが急に姿を現わし、鞘（さや）からつらぬき丸を抜き放ちました。左手でかれはゴクリのまばらな細い毛髪をひっつかんで頭をぐいと後ろに引きました。長い首がのけぞり、青白いうらめしげな目はいやおうなしに空を睨（ね）めつけさせられました。

「離せ！　ゴクリ。」と、かれはいいました。「これはつらぬき丸だぞ。お前は昔これを見たことがあるだろう。離せ、さもないと今度はこれがお前に触れるぞ！　その喉をかっ切ってやる。」

ゴクリは急に力をなくし、濡れた雑巾みたいにぐにゃぐにゃになりました。サムは起き上がって、肩を指でさわりました。かれの目には怒りがくすぶっていましたが、仕返しをすることはできませんでした。惨めな敵は石の上にはいつくばったまま哀れっぽい声をあげていたのですから。

「しどいことしないでくれよう！　わしらをしどいめにあわせねえでくれよう、いとしいしと！　このしとたち、いいホビットさんたちだよ、わしらにしどいことしねえかよ？　わしら、しどいことしるつもりなかった。だのにこいつらが跳びかかってきたのよ。かわいそうなねずみに跳びかかる猫みてえによ、いとしいしと。わしらとてもさびしいのよ、ゴクリ。こいつらに親切にしてやろうよ。とても親切によ。こいつらが親切にしてくれればだよ、そうよ、そうだよ。」

「さて、こいつをどうしましょうか?」と、サムがいいました。「縛り上げちまいましょう。もうこれ以上こそこそと後を追っかけてこられないように。」

「けど、そんなことしたら、わしら死んじまうよ、死んじまうよ。」ゴクリは泣き声を立てました。「しどいホビットだ。わしらをこの寒い荒れ地で縛り上げて置いていくのかよ。ゴクリ、ゴクリ。」かれのゴクゴクいう喉には嗚咽がこみ上げてきました。

「いや、」と、フロドはいいました。「こいつを殺すのなら、即座に殺すべきだ。だが、それはできない。現状ではそうはいかない。あわれなやつだ！　われわれにひどいことをしたわけでもないのだ。」

「ああ、ああ、しなかったですとも！」サムはそういうと肩をなでました。「ともかくやつは、するつもりだったんだ。そして今もそのつもりだ。間違えねえ、こっちが眠ってる間に絞め殺しちまおう、ちゅうのがやつの計画ですだよ。」

「おそらくそんなことかもしれぬ。」と、フロドはいいました。「だが、こいつがどうするつもりでいるかということはまた別の問題だ。」かれはしばらく黙り込んで考え込みました。ゴクリはじっとしたまま、それでも泣き声を出すのは止めました。

サムはそんなゴクリをにらみつけながら立っていました。

その時フロドには過去からの声が耳にはっきりと、しかし遥かに遠く聞こえてきました。

「ビルボがあの機に、あの下劣なやつを刺し殺してくれればよかったのに、なんて情けない！」

「情けないと？　ビルボの手をとどめたのは、その情なのじゃ。無用に刺さぬ、これが情、慈悲じゃ。」

「わたしはゴクリには少しもあわれみを感じないんです。あいつは死んだっていいやつです。」

「死んだっていいとな！　たぶんそうかもしれぬ。生きている者の多数は死んだっていいやつじゃ。そして死ぬる者の中には生きていてほしい者がおる。あんたは死者に命を与えられるか？　もしできないのなら、正義の名においてそうそうせっかちに死の判定を下すものではない。それもわが身の安全を懸念してな。すぐれた賢者ですら、末の末までは見通せぬものじゃからなあ。」

「わかりました。」かれは声に出してそう答えると、剣を持った手を下ろしました。

「だけどやっぱり心配ではあるのです。それでも、ご覧の通り、わたしはこやつには手を触れますまい。かれをこの目で見た今こそ、わたしはかれに憐れみを覚える
からです。」

サムは自分の主人をまじまじと見つめました。かれはここにいないだれかに話し
かけているように見えました。ゴクリも頭をもたげました。
「そうよ、あわれなやつなのよ、わしらは、いとしいしと。」かれは泣き声でいい
ました。「かわいそうな、かわいそうなやつよ！ ホビットはわしらを殺さぬ、い
いホビットね。」
「その通り、われわれはお前を殺しはせぬ。」と、フロドはいいました。「だが、こ
のままお前を行かせてやりはせぬぞ。ゴクリよ、お前は全身悪意と害意のかたまり
だからだ。お前はわれわれと一緒に来なければならぬ。それだけのことだ。その間
お前から目を離さぬからな。だがお前は、できればわれわれを助けてくれなくては
いけない。恩に報いるには恩をもってするのだよ。」
「そうよ、ほんとにそうよ。」ゴクリは体を起こしていいました。「いいホビット
ね！ わしらこのしとたちと一緒に行くよ。暗いところでも安全な道見つけてやる

よ。そうだよ、見つけてやるよ。それでも、このしとたち、こんな冷たい荒れ地の国でどこに行くんだろう？　そうだよ、どこに行くんだろう？」かれはホビットたちを見上げました。まぶしそうにしばたたく青白い目に一瞬狡知と真剣さがかすかな光のように閃きました。

サムはこんなゴクリに渋面を作り、歯をチッチッと鳴らしました。しかしかれは、主人の気持ちに何か変わったことが起こったこと、そしてそれは議論の余地のない問題であることを感づいているようでした。それにしてもかれはフロドの答えにはびっくりしたのでした。

フロドは、たじろぎながらきょろきょろそらされるゴクリの目を真っ直見つめました。「スメーアゴルよ、そのことならお前は知っている。でなくとも充分見当がついているはずだ。」かれは静かにきっぱりといいました。「われわれはもちろんモルドールに行くのだ。そしてお前はあそこの道を知っていると思うのだが。」

「いてて！　ス、ス、ス！」ゴクリは両手で耳をおおっていいました。まるでこのような率直さ、そして公然とその名が口にされたことによって痛みを受けたかのようでした。「見当はつけてた。そうよ、わしら見当はつけてた。」かれは泣き声を出しました。「だけど、行ってほしくなかった。なかった。そうだよ、いとしいしと、このいいホビットたちには行ってほしくなかったのよ。灰、灰、灰、そしてほこり、それから渇きだよ、あそこにあるのは。それから坑、坑、坑、それとオークだよ。数知れないオークだよ。いいホビットは行ってはいけない——、ス、ス、ス——場所だよ。」

「それではお前は行ったんだね？」フロドは執拗にたずねました。「そしてまたそこへ引き寄せられていくところじゃないのかね？」

「そうよ。そうよ。そうじゃないよ！」ゴクリは金切り声を出しました。「一度だけ。偶然のことからよ。そうだね、いとしいしと？　そうよ、偶然なのよ。だがわしらは戻っていきはしないよ、しないよ、しないよ！」それから不意にかれの声と言葉が変わりました。かれは喉もとですすり上げながら、ものをいいましたが、ホビットたちに話しているのではありませんでした。「ほっといてくれ、ゴクリ！　わしは、わしらは戻ってきたくないよ。わしには見つからないよ。疲れてしまったよ。あんたはわしにしどいことをするよ。ああ、かわいそうなわしの手、ゴクリ！　わしには、わしらには見つからないよ、ゴクリ、ゴクリ、見つからないよ。どこにも。あいつら、いつもいつも目覚ましてるのよ。ドワーフも人間もエルフもよ。恐ろしいエルフ、明るい目を持ってるよ。わしには見つからない。いてて！」かれは立ち上がると、長い手を骨ばって肉のないこぶしに握り固め、東に向かってそれを振り上げました。「わしらは戻らない！」と、かれは叫びました。「お前のためにはな。」それからかれは再びへなへなとくずおれました。「ゴクリ、ゴクリ、」かれは地面に顔をすりつけてすすり上げました。「わしらを見るな。行ってしまえ！　眠ってしまえ！」

「かれはお前の指図（さしず）で立ち去ったり、眠ったりはせぬぞ。」と、フロドはいいました。「だがもう一度かれから解放されたいと本当にお前が思っているのなら、お前はわたしを助けなければいけない。そしてそれはどういうことかといえば、かれのところに向かう道を見つけてくれることなのだよ。だが、ずっとついて来なくともよい。かれの国の門から先には行かなくてよい。」

ゴクリは再び体を起こし、瞼（まぶた）の下からかれを見ました。「あいつはあそこにいるよ、」かれはけたたましい声をあげました。「いつもあそこだよ。始めっからオークが連れてってくれるよ。大河の東じゃ、オークは簡単に見つかるよ。スメーアゴルには頼むなよ。スメーアゴルは、かわいそうによう、かわいそうによう、ずっと前にどっかへ行ってしまったよ。スメーアゴルはいとしいしとを取られた。それで行方（ゆくえ）知れずになったのよ。」

「お前が一緒に来てくれたら、また見つけられるかもしれない。」と、フロドがいいました。

「だめだ、だめだ、絶対に！　かれはいとしいしとを失くしちまったのよ。」と、ゴクリはいいました。

「立て！」と、フロドはいいました。

ゴクリは立ち上がって、崖に向かってあとずさりしました。

「おい！」と、フロドはいいました。「お前は昼の方が道が見つけやすいかね？　それとも夜の方か？　わたしたちは疲れている。だがお前が夜を選ぶのなら、今夜出発しよう。」

「大きい光はわしらの目を痛くしるよ、そうだよ。」ゴクリは泣き声を出しました。「白い顔の下はいやだよ、まだだめだよ。もうしぐ山の陰にはいるよ、そうよ。まずしこし休もうよ、いいホビットさんたち！」

「それなら坐るがいい。」と、フロドはいいました。「そして動くな！」

ホビットたちもかれの両側にそれぞれ腰を下ろしました。岩壁に背を向け、脚を投げ出しました。言葉であれこれ取り決める必要はありませんでした。二人とも一瞬たりとも眠ってはいけないことを知っていました。ゆっくりと月は傾いていきました。山々の影が落ち、かれらの目の前はすっかり暗くなってきました。頭上の空には星々が明るく満ちてきました。だれ一人身動きもしません。ゴクリはうずくまったまま膝の上に顎をのせ、扁平な手と足をぺたっと地面に広げ、目は閉じていました。しかしかれはまるで考えをめぐらしているか聞き耳を立てているかのように、気を張りつめているように見えました。

フロドはサムの方に目を向けました。二人は目が合い、互いに了解し合いました。二人は緊張を解き、頭を後ろにもたせかけ、目をつむりました。あるいは見せかけだったかもしれません。そのうち静かな寝息さえ聞こえてくるようでした。ゴクリの両手がぴくぴく動きました。ほとんどそれと認められるか認められないぐらいにかれの頭が左右に動きました。そしてまず一つの目が、ついでもう一つの目が細く開かれました。ホビットたちは何の動きも見せません。

突然、驚くほどの敏捷さと速度で、まるでばったか蛙のようにさっと地面を一っ跳びして、ゴクリは前方の暗闇の中に跳び込みました。ところがこれこそフロドとサムが予期していたことだったのです。かれが跳躍のあと二歩と進まないうちにサムが襲いかかりました。そのあとからフロドが来て、片脚をひっつかみ、投げ倒しました。

「お前の綱がまた役に立つかもしれないよ、サム。」と、かれはいいました。

サムは綱を取り出しました。「こんな冷たい荒れ地で、お前はどこに行くつもりだったんだい、ゴクリさんよ?」サムは噛みつくようにいいました。「どこだ、え、どこなんだ? オークの友達を探しにだろう。間違えなしだ。油断も隙もねえ汚ねえやつだ。お前のその首のまわりにこの綱をまわして、ぎゅっと引っ張るといいのに。」

ゴクリはおとなしく横たわったまま、もうそれ以上策略を用いようとはしませんでした。かれはサムには答えず、ただ恨みがましい目つきをす早くかれに投げかけました。

「このさい必要なのは、こいつが逃げないようにしっかりつかまえておけるものだよ。」と、フロドはいいました。「こいつには歩いてもらわなきゃいけないから、足を縛るのはだめだ――手もだめだ。手も同じぐらい使うようだからな。綱の端を踝に結びつけ、もう一方の端をしっかりつかんでるといい。」

サムが縛っている間、フロドはゴクリのすぐそばに立って見張っていました。縛ってみた結果は二人を驚かせました。ゴクリがキイキイと悲鳴をあげ始めました。絹を裂くようにか細い、聞くも恐ろしい叫びでした。かれは身を悶え、口を踝に持っていって、綱を嚙み切ろうとしました。そしてキイキイと悲鳴をあげ続けるのです。

やっとフロドはゴクリが本当に痛がっていることを悟りました。しかし結び目のせいであるはずはありません。かれは結び目を点検し、結び目が決してきつくないこと、それどころか充分きつく結んであるとさえいえないくらいなのを知りました。サムは口ほどになくやさしい人だったのです。「どうしたんだね、お前は？」と、かれはいいました。「逃げようとすれば、お前は縛っておかなきゃならない。だがわたしたちはお前を痛い目にあわす気はないのだ。」

「これがわしらを痛くしるよう、これが痛くしるんだよう。」歯の間からスースーと音を立てながらゴクリはいいました。「しどく冷たいよう。喰いこむよう！　エルフが縒った綱だ、くそっ！　しどい、しどいホビットだ！　だからわしらは逃げようとしたのよ。もちろんそうだよなあ、いとしいしと。このしとたち、しどいホビットだろうって見当ついてたよね。このしとたち、エルフのとこに行ったんだ。明るい目をした恐ろしいエルフのとこによ。これを外してくれ！　これがわしらを痛くしるんだよう。」

「いいや、外してはやらないぞ。」と、フロドはいいました。「ただお前が」――かれはちょっと言葉を切って考えました——「ただお前が何か当てにできる約束をすれば別だ。」

「わしら、このしとのしてほしいこと何でもしるって誓うよ。そうよ、そうよ。」ゴクリはなおも身をよじって、踝をひっつかみながらいいました。「これがわしらを痛くしるよう。」

「誓うだと？」フロドはいいました。

「スメーアゴルは、」ゴクリは不意にはっきりした口調でいいました。大きく開いた目は不思議な光を湛えてフロドをみつめています。「スメーアゴルはいとしいしとにかけて誓う。」

フロドはすっくと背を伸ばしました。そしてまたもやサムは主人の言葉とその厳しい声音に仰天させられました。「いとしいひとにかけてだと？　よくもお前はそんなことがいえるな。」と、かれはいいました。「考えてみろ！

一つの指輪は、すべてを統べ、くらやみのなかにつなぎとめる。

スメーアゴル、お前はこんなものに言質を与えるのか？　あれはお前を離さない。

しかしあれはお前よりもあてにならない。お前の言葉を曲げてしまうかも知れぬ。気をつけるがいい！」

ゴクリは小さくなりました。「いとしいしとにかけてだよ、いとしいしとにかけてだよ！」と、かれは繰り返しました。

「それでお前は何を誓おうというのだ？」と、フロドはたずねました。

「とてもとてもいいスメーアゴルになることだよ。」と、ゴクリはいいました。それからかれはフロドの足許に這っていって、その前にはいつくばり、しわがれた声で囁きました。戦慄がその全身を走りました。まるで自分の吐く言葉によって骨まで恐怖に震えたかのようです。「スメーアゴルは決して、決してあれをあいつに渡さぬことを誓う。決して渡さないよう！　スメーアゴルはあれを守る。だがスメーアゴルはいとしいしとにかけて誓うほかないよ。」

「だめだ！　あれにかけて誓ってはならない。」フロドはそういうと、きびしい憐れみの情を浮かべてかれを見おろしました。「お前はそんなことをしたら気が狂うと知りながらも、できればあれを目で見、手でさわりたくてたまらないのだ。あれにかけて誓ってはいけない。もしそうしたければ、あれを証人として誓うがよい。なぜなら、お前はそれがどこにあるか知ってるからだ。そうだ、お前は知っている、スメーアゴルよ。それはお前の前にある。」

一瞬サムの目には、自分の主人が大きくなり、ゴクリが小さく縮まったように見えました。背の高いいかめしい影は、その明るさを灰色の雲に包んだ堂々たる貴人とも見えました。そしてその足許にはくんくんと鼻を鳴らして小さい犬がうずくまっているのです。しかしこの二人はある意味では同類でした。異質のものではありませんでした。二人は互いに相手の心に届くことができました。ゴクリは体を伸ばして、フロドの膝のあたりを前足でじゃれるようにひっかき始めました。

「お坐り！　お坐り！」と、フロドはいいました。「さあお前の約束をいうがいい！」

「わしら約束しるよ、そう、わしは約束しる！」と、ゴクリはいいました。「わしはいとしいしとの主人に仕える。いい主人だよ、いいスメーアゴルだよ、ゴクリ、ゴクリ！」突然かれはめそめそと泣き出し、またもや踝を噛み始めました。

「綱を取ってやりなさい、サム！」と、フロドはいいました。

しぶしぶサムは従いました。ゴクリはすぐさま立ち上がると、鞭打たれたやくざ犬が主人に撫でて貰った時のように、うれしがって跳ね回り始めました。この時から、かれには突然ある変化が起こり、それはしばらくの間続きました。あまりスースーという音を立てなくなり、泣き声でしゃべることも少なくなりました。そしてかれはいとしいしとに話しかける代わりに、連れに向かって直接話すようになりました。かれはホビットたちがかれに近寄ったり、あるいは不意に体を動かしただけでも、身をすくめてしりごみするのでした。そしてかれらの着ているエルフのマントがさわるのを避けて通るのでした。しかしかれは人なつこくなり、まったくいじらしいくらい一生懸命気に入られようとするのでした。だれかが何かおかしなことをいったりすると、あるいはフロドがやさしく話しかけてやるだけでも、けたたましい笑い声を立てて、跳ね回るのでした。そしてフロドに叱られるとめそめそと泣くのでした。サムは何事についてもほとんどかれには口を利きませんでした。かれはゴクリに今まで以上に深い不信の念を抱くようになりました。そしてゴクリを好きになることは到底不可能にしろ、昔のゴクリの方が新しいゴクリ、すなわちスメーアゴルよりまだましだと思うのでした。

「おい、ゴクリだろうと何だろうとかまわないが、」と、かれはいいました。「さあ、行くぞ！　月も隠れた。夜も更けていく。おらたち、出かけた方がいい。」

「そうよ、そうよ。」ゴクリは同意してぴょんぴょん跳ね回りました。「わしらは出かける！　沼地の北の端と南の端の間を横切る道はたった一つ。それはわしが見つけた。わしが見つけた。オークはその道を使わない。オークはその道を知らない。

オークは沼地を横切らない。やつらは何マイルも何マイルも回り道をする。あんた方、こっちの方に来てとても運がいい。スメーアゴルを見つけてとても運がいい、そうよ。スメーアゴルについておいで！」

かれは二、三歩歩き出すと、もの問いたげに後ろを振り向きました。まるで主人を散歩に連れ出したがっている犬のように。「ちょっと待て、ゴクリ！」と、サムが叫びました。「あんまり先に行くな！　おらはお前のすぐあとについていくぞ。綱（ロープ）もいつでも出せるぞ。」

「ちがう、ちがう！　スメーアゴル、約束したよ。」

深々と夜も更けた頃、一同は硬くくっきりと夜空にはめこまれた星々の下を出発しました。ゴクリはしばらくの間、二人をつれてさっき来た道を北の方へ戻りました。それから右の方に斜めに進んで、エミュン・ムイルの急峻（きゅうしゅん）な崖（がけ）から離れ、崩れた石のごろごろした斜面を下って、その下の広大な沼沢地に向かいました。かれらはたちまち音もなく暗闇の中に消えていきました。モルドールの門の前に何リーグにもわたって続く広漠たる不毛の地には、真っ暗な沈黙が広がっていました。

二　沼　渡　り

　ゴクリはどんどん進みました。首を前方に突き出し、足のほかに手を使うことも度々でした。フロドとサムはかれについていくのに大いに難渋しました。しかしゴクリにはもう逃げ出す気持ちはないようでした。そして二人の足が遅れると、振り向いて追いつくのを待つのでした。しばらく歩いたあと、前に二人が行き当たった狭い小峡谷の縁までホビットたちを連れてきました。しかしここはもう山塊から遠ざかっていました。

「ここ、ここ！」と、かれは叫びました。「中に降りていく道があるよ。そうだよ。さあ、そこへはいって——出るよ。あっちに出るんだよ。」かれは東南の沼地の方を指さしました。沼の悪臭が、夜の涼気にさえむっと鼻をつきました。

　ゴクリは縁に沿って目をきょときょと上に向けたり下に向けたりしていましたが、ようやく二人に呼びかけました。「ここ、ここだよ！　ここから降りられるよ。スメーアゴル、前にこの道を行ったよ。この道を行ったよ、オークから隠れてよ。」

かれが先に立ち、そのあとについてホビットたちは薄闇の中に降りていきました。それは大して難儀ではありませんでした。なぜならこの地点では割れ目は深さが十五フィートばかり、幅が十二フィートばかりしかなかったからです。底には水が流れていました。実のところこれも山塊からちょろちょろと流れ出て、よどんだ池とその先の泥沼に注ぎ込むたくさんの小さな川の一つなのでした。ゴクリは右に折れました。おおよそ南の方角でした。そしてかれは石の多い浅い流れを足で水をはねながら進みました。かれは水の感触を大いに喜んでいるようでした。そしてクスクスと一人悦にいりながら、時にはしゃがれ声で歌のようなものを口ずさみさえするのでした。

冷たい荒れ地が
わしらの手を噛(か)み、
　足をかじるよ。
岩と砂礫(されき)は
　古い骨のように

肉っ気なしだよ。
だけど池と流れは、
湿ってすずしい。
足にいい気持ちよ。
この上ほしいものは――

「ほう！　ほう！　わしらのほしいものは何かよ？」かれはそういうと横目でホビットたちを見ました。「まあお聞きよ。」かれはしわがれ声でいいました。「あいつは当てたよ、ずっと昔にね。バギンズは当てたよ。」かれの目がぴかっと光りました。暗闇でその光に目をとめたサムにはそれは快いものとはとても思えませんでした。

息をしないで、生きていて、
死んでるように、冷たくて、
喉かわかぬに、飲んでばかり。
鎧(よろい)着てても、がちゃつかぬ。

乾いたところで溺(おぼ)れ、
島を山と思い、
泉を吹き上げと思い、
滑らかで、きれいなもの、
　そいつに会えたら、うれしいね。
わしらのほしいのは、ただ一つ、
汁気たっぷりの
　――さかな。

この詩の文句はサムにとってかれの心をずっと悩ましてきたある問題を一層切実なものに感じさせるだけでした。これは主人がゴクリを道案内人として採用するつもりでいることがわかってから、その時以来ずっと悩んできたもの、つまり食物の問題でした。かれの心には自分の主人もまたこのことを考えたかもしれないという考えは浮かびませんでしたが、ゴクリは考えただろうと思うのでした。ほんとうにゴクリはその孤独な放浪の旅の間ずっとどうやって命をつないできたのでしょうか？「たっぷり喰(く)ってるとはいかねえようだ。」と、サムは思いました。「かなり飢えてる感じだぞ。魚がなきゃ、ホビットがどんな味か試食できないほど口がおごってるわけでなし――もし旦那とおれが眠ってるところをつかまったら。なあに、あいつにつかまるもんか。少なくともサム・ギャムジーはな。」

三人はくねくねと折れ曲がる狭い真っ暗な谷間をよろけるようにして長い間進みました。ともかくフロドとサムの疲れた足には長い時間に思えました。細長い谷間は東に向きを転じました。そして進むに従って谷幅は次第に広くなり、深さはだんだん浅くなってきました。とうとう頭上の空は朝の白々明けにほのめきました。ゴクリはまだ疲労のしるしを全然見せてはいませんでしたが、空を見上げて立ち止まりました。

「もうすぐ夜明けだよ。」かれは声をひそめていいました。夜明けが自分の言葉を盗み聞いて跳びかかってくるもののように。「スメーアゴルはここにいるよ。わしはここにいるよ。そしたら黄色い顔に見られないよ。」

「わしたちには太陽を見るのが嬉しいことなんだけど、」と、フロドはいいました。「でもここにいることにしよう。今のところはもうとても疲れてしまって、これ以上は進めないから。」

「黄色い顔を喜ぶなんて賢くないよ。」と、ゴクリはいいました。「あれはあんたたちをあらわに見せるのよ。利口ないいホビットさんたちはスメーアゴルと一いっしょに一緒にいるね。オークやいろんないやなものがうろうろしてるからね。やつら遠くが見えるのよ。わしと一緒に隠れていなよ！」

三人は細い谷間の岩壁の裾に腰を下ろして休みました。岩壁はここではもうせいぜい背の高い人間の背丈ほどしかなくて、下部は幾段もの幅広い平らな乾いた岩棚になっていました。水は反対側を水路になって流れていました。フロドとサムは平たい岩棚の一つに坐って、背中をもたせました。ゴクリは流れの中にはいり込んで水をひっかきまわしました。

「少し食べなくちゃいけない。」と、フロドはいいました。「腹が空いているかね、スメーアゴル？　分けてやるものもほとんど無いが、それでも分けられるだけはお前にも分けてやろう。」

腹が空いているかという言葉を耳にしただけで、ゴクリの薄青い目に緑っぽい光が燃えました。そしてその目はやせて青ざめた顔からなおさら飛び出たように見えました。ちょっとの間かれはまた元のゴクリの癖に立ち戻りました。「わしら、腹しかしてるのよう、そうよ、げっそりしかしてるのよ、いとしいしと、」と、かれはいいました。「あいつら何食べてる？　あいつらうまい魚あるのか？」かれの舌は鋭い黄色い歯の間からだらりと垂れ、血の気のない唇をなめまわしました。「いいや、魚はない。」と、フロドはいいました。「これがあるだけだ。」――かれはレンバスを一枚手に持って見せました。「あとは水だ。ここの水が飲めるとすればだね。」

「飲めるよ、飲めるよ、いい水だ。」と、ゴクリはいいました。「お飲みよ、お飲みよ、飲める間によ！　だけど、やつらの持ってるのはなんだ、いとしいしと？　カリカリかめるものかね？　うまいものかね？」

フロドは薄焼き菓子を折ってその一片を包んであった葉っぱにのせたままかれに渡しました。ゴクリは葉っぱのにおいを嗅ぐと、形相を一変させました。その顔は嫌悪でひきつりました。以前の敵意がちらとうかがえました。「スメーアゴルにはにおうぞ！」と、かれはいいました。「エルフの国の葉っぱだぞ、ペッ！　いやなにおいのする葉っぱだよ。スメーアゴル、あそこの木に登ったのよ。それで洗っても洗ってもにおいがとれなかったよ、わしのきれいな手からよ。」葉っぱを捨てるとかれはレンバスの端っこを手に持ってかじりました。かれはペッと吐き出しました。そして体をゆすってせきこみました。

「いててッ！　いやだ！」唾を飛ばしながらかれはいいました。「かわいそうなスメーアゴルの息をつまらせようとするのかよ。埃と灰なんて、かれは食べないよ。かれは飢え死にするかもしれないよ。だけどスメーアゴルはかまわない。いいホビットさんたちだよ！　スメーアゴルは約束したのよ。かれは飢え死にするのよ。かれにはホビットの食べ物は食べられないよ。かれは飢え死にするんだよ。かわいそうに、やせたスメーアゴル！」

「気の毒なことをしたね。」と、フロドはいいました。「だが、わたしにはどうもしてやれないんだよ。お前に試す気さえあれば、この食べものはお前の体にいいと思うがね。だけどお前は試すことさえできないんだろうね、多分。ともかく今のところはね。」

ホビットたちは黙ってレンバスを嚙みしめました。サムにはどういうわけでかこのレンバスがここしばらく覚えがないほどおいしいものに思われました。ゴクリの態度がもう一度レンバスの風味にかれの注意を向けたのです。しかしかれは居心地よくはありませんでした。食事をする者の椅子のそばで待ち受けている犬のように、ゴクリは手から口へと運ばれるレンバスの一口一口をじっと見守っていたからです。

ホビットたちが食べ終わって、休む支度をする時になって初めてかれは相伴(しょうばん)のできるような珍味を二人が隠し持っていないということを明らかに納得したようでした。それからかれは二、三歩離れたところに行って一人で坐り、めそめそすすり泣きました。

「ねえー、旦那！」サムはフロドに囁(ささや)きかけましたが、うんと低い声というわけではありませんでした。本当はゴクリに聞かれようと聞かれまいと、そんなことは気にしていなかったのです。「旦那もおらもちっと眠らなきゃなりませんだ。だがこの腹の空(す)いた悪党をそばにおいて、たとえやつが約束してようとしてまいと、二人とも寝込んじまうわけにはいきません。スメーアゴルだかゴクリだか知らねえが、そんな急に今までの癖を変えっこねえですよ。フロドの旦那、旦那は眠られるといいです。おらはどうしても瞼(まぶた)を開(あ)けてられなくなったら、旦那をお起こししますから。あいつが自由に動き回ってる間は、今まで通り、交替がいいですだ。」

「多分お前のいう通りだろうね、サム、」フロドも声をひそめようとしないでいいました。「あいつは確かに変わった。しかしその変わり方の性質や度合いについては、わたしにはまだ確信がない。しかしまじめな話、心配する必要はないと思うがね――ともかく現在のところはだよ。まあお前がそうしたいのならまだ見張りは続けることにしよう。二時間ばかり眠らせてくれ、二時間だけだよ、そしたら起こしてくれ。」

　フロドはとても疲れていましたので、この言葉をいい終えるや否や頭を胸もとに落として寝入ってしまいました。ゴクリはもうどんな不安も抱いていないようでした。かれは体を丸めると、平気の平左でたちまち眠り込んでしまいました。やがてその食いしばった歯の間からスースーと静かな寝息が洩(も)れ始めました。しかしその寝姿は石のように動きません。しばらく経(た)つと、サムは、連れの寝息を聴(き)きながら坐っていては、自分もうとうと眠ってしまうのではないかと心配になってきたものですから、立ち上がってそっとゴクリを突っつきました。ゴクリは両手を広げ、ピクピクと動かしましたが、ほかには何の動きも見せませんでした。サムは屈(かが)みこんで、かれの耳のすぐそばで、「さかな」といってみました。しかしなんの反応もありません。寝息が途切れる様子さえありません。

　サムは頭をボリボリ掻(か)いて呟(つぶや)きました。「本当に眠っちまったに違いない。もしおらがゴクリみたいだったら、やつは二度と目を覚ますことはねえだろうよ。」不意に心に浮かんだ剣と綱(ロープ)への思いつきを無理に押えてサムは主人の横に行って坐りました。

かれが目を覚ますと、頭上の空は仄明るかったのですが、かれらが朝食を取った時より明るくはなく、むしろ暗くなっていました。サムは思わず跳び起きました。何よりも全身にみなぎる活力と空腹感から、かれは自分が昼間の間ずっと眠ってしまったこと、少なくとも九時間は眠ったことを突然悟りました。フロドは今はかれの横に長々と身を伸ばして、まだぐっすりと眠っています。ゴクリの姿は見えません。サムの心には自分自身を責めるいろんな呼び名が浮かんできました。みんなとっつぁんが父親として蓄積した厖大な単語集から引用したものです。次にかれの心には自分の主人の考えが正しかったことが思い浮かびました。さしあたっては警戒すべきことは何もなかったのです。ともかく二人とも首を締められもせず生きているのですから。

「かわいそうに、あいつめ！」かれは半ば良心の咎めを感じていいました。「どこに行きやがったんだろう？」

「遠くじゃないよ、遠くじゃないよ！」かれのすぐ上で声がしました。振り仰いでかれはゴクリの大きな頭と耳が夕暮れの空を背景にして浮かんでいるのを見ました。

「おい、何をしてるんだ？」と、サムはどなりました。かれの姿を見るや否や、再び疑念が立ち戻ってきたのです。

「スメーアゴルは腹へったのよう。」と、ゴクリはいいました。「すぐ戻るよう。」

「今戻ってこい！」サムは声を張り上げました。「おーい！　戻ってこーい！」しかしゴクリは姿を消しました。

フロドはサムのどなる声に目を覚まし、上半身を起こして目をこすりました。

「やあ！　どうかしたかい？　時間は何時だ？」

「わからねえですだ。日が落ちてすぐだと思いますだよ。やつは行っちまいました。腹がへったといって。」

「心配するな！」と、フロドはいいました。「止めるわけにはいかない。だが、あいつは帰ってくるよ、見ててごらん。約束はまだここしばらくは効力があるだろう。それにどっちみちあいつはいとしいしとを置いていきゃしないよ」

フロドは自分たち二人がゴクリを、それもひどく腹を空かせたゴクリをすぐそばに野放しにしたまま、何時間もぐっすり眠り込んでしまったことを聞かされても、問題にしませんでした。「とっつぁんの悪口雑言なんか思い出すことはない。」と、かれはいいました。「お前は疲れ切ってたんだよ。それに結果的にもよかった。これでわたしたち二人とも休めたし。この先の道は辛いぞ。一番の難路だ。」

「食べもののことですだが、」と、サムがいいました。「この仕事をやっつけるにはどのくらいかかるんでしょう？　それに仕事をやっつけたら、あとはどうするんでしょう？　この行糧がちゃんとおらたちを歩かせてくれることときたら驚くほどですだ。もっとも腹まで満足させてはくれませんだが。ともかくおらの感じではそうですだ。といってもこれを作ってくれたエルフたちに失礼なことをいうつもりではねえだが。しかし、これは毎日少しずつでも食べなきゃならぬし、かといってふえるわけでもなし。おらの考えじゃ、そうですね、三週間かそこら持つくらいはありますだ。といってもベルトは堅く、歯応え（はごた）は軽くしての話ですだが。今まではちょっとばかし気前よく食べすぎました。」

「それには――それをなしとげるには、どのぐらいかかるのか、わたしにはわからない。」と、フロドはいいました。「エミュン・ムイルの山の中ではひどく手間取ってしまった。だが、思慮深きサム・ギャムジー、わが親愛なるホビットよ――ほんとだ、サム、友の中の友、わが最も親愛なるホビットだよ、お前は――そのあとのことは考える必要はないとわたしは思うんだよ。お前の言葉を借りると、その仕事をやっつけるということなんだが――いったいわたしたちにその仕事をやっつける望みがあるというのだろうか？　またかかりにやっつけたにしても、その結果がどういうことになるのか、だれが知ろう？　もし一つの指輪があの火の中に投ぜられるとして、そのさいわたしたちがそのそばにいるとしたら？　どう思う？　サム、わたしたちは二度と食べ物を必要とするだろうかね？　わたしは必要ないと思う。四肢に養分を補給して滅びの山まで五体を運んで貰えれば、それで精一杯だね。それだけでもわたしの力に余ることだと、感じ始めたんだよ。」

サムは黙ってうなずきました。かれは主人の手を取り、その上に身を屈めました。キスはしませんでしたが、涙がはらはらとその手の上にこぼれ落ちました。それからかれはつと顔をそらすと、袖で鼻をこすり、それから立ち上がって、足を踏みながら歩き回り、口笛を吹こうとしました。それから口の中から押し出すようにしていいました。「あのいまいましい畜生めはどこにいるんだ？」

実のところゴクリはそれから間もなく戻ってきました。しかしその戻り方があまり静かだったので、二人はかれが自分たちの前に立つまで、その足音に気づきませんでした。かれの指も顔も真っ黒い泥に汚れていました。口はまだ何かを嚙みしめ、涎が垂れています。クチャクチャと何を嚙んでいるのでしょう？　二人はたずねませんでしたし、考えたくもありませんでした。

「長虫か甲虫か、でなかったら穴から出てきたぬらぬらしたもんだ。」と、サムは考えました。「ブルル！　いやなやつだ、あわれなやつだ！」

ゴクリは水のところに行って充分に飲み、体を洗ってしまうまで、一言も口を利(き)きませんでした。それから二人のところに近づいてきて、唇をなめなめ、「やっと、具合よくなったよ」といいました。「休んだかね？　出かけられるかね？　いいホビットさんたち、よく眠ったよ。もうスメーアゴルを信用するね？　それでいい、とてもいいよ。」


次の行程はその前とほとんど変わりませんでした。進むにつれて、この細長い谷間はますます浅くなり、川床の傾斜はさらに緩(ゆる)やかになってきました。流れの底には次第に石が少なくなり、土がふえてきました。そして谷の両側は少しずつ低くなって、しまいには流れを挟む堤にすぎなくなりました。水路はうねうねと曲がりくねり始めました。夜は終わりに近づいていましたが、雲が月と星をおおっていましたので、薄い灰色の光が徐々に広がってきたことで、ようやくかれらは朝のきたことを知りました。

夜明けの冷え込む頃、三人は水路の尽きるところにやって来ました。両側の堤は苔(こけ)むした土手になっていました。水は朽ちかけた最後の岩床をゴボゴボと流れて茶色の泥沼に落ち、それから見えなくなりました。枯蘆(あし)が風もないのにさらさら、ざわざわと騒ぎました。

今は右も左も前方も、ただ一面の沼地湿地で、遥かに東南の方向に伸び広がって、果ては薄明に没していました。悪臭のする暗い水面からは霧が煙のように渦を巻いて立ち昇っていました。動かない空気には息づまるような腐臭がただよっていました。ずっと遠く、今はほとんど真南の方角にモルドールの山々の壁がぼうっと浮き出ていました。山々はまるで濃霧にとざされた危険な海の上に浮かぶ一筋の黒いぎざぎざ雲のようでした。

ホビットたちは今は完全にゴクリに身を委(ゆだ)ねていました。かれらは自分たちが実は沼地の北の端から中にはいったばかりの所にいること、沼地はその大部分がそこから南に広がっていることを知らず、この霧明かりの中では見当さえつかずにいました。かれらがもしこの土地のことを知っていたら、幾分手間取りながらでも引っ返し、それから東に転じて、堅い道を渡り、ダゴルラドの裸の平原、すなわちモルドールの門の前なる古戦場に出ることもできたでしょう。といってもこの道筋をとれば大いに望みがあるというのではありません。石のごろごろしたこの平原には身を隠すものとてなく、おまけにオークたちや敵の兵隊たちが通る公道がこれを横断しているのです。ここではローリエンのマントさえかれらの姿を隠してはくれないでしょう。

「これからどういう風に進路を決めるのかね、スメーアゴル？」と、フロドは尋ねました。「このいやなにおいのする沼地をどうしても渡らなくちゃいけないかね？」

「そのしつようなし、まったくそのしつようなしよ」と、ゴクリはいいました。「ホビットさんたちがしこしでも早くあいつに会いにあの暗い山々に行き着きたいなら、そのしつようなしよ。しこし戻って、しこし回ればいいのよ。」――かれは骨と皮ばかりの手を北東に振ってみせました――「そうしれば堅い冷たい道を踏んで、あいつの国の門の真ん前に行けるよ。そこにはあいつの手下がいっぱいいてお客の来るのを見張ってるのよ。そして喜んですぐあいつのところに連れてってくれるよ、ああ、そうともよ。あいつの目はいつだってあの道をじっと見張ってる。その目だよ、ずっと昔あそこでスメーアゴルをつかまえたのは。」ゴクリは身震いしました。「だけど、スメーアゴルはその時から自分の目を使うようになったよ。そうとも、そうとも。わしはその時から目も足も鼻も使ってるのよ。わしはほかの道を知ってる。もっと難儀だ、そんなに速く行けない。だけど、ずっといい道だ。あいつに見られたくないならね。スメーアゴルについておいで！　スメーアゴルは、あんたたちを連れていくことができるよ。沼地を通って、霧の中を通ってよ、してきな濃い霧の中を通ってよ。用心しいしいスメーアゴルについておいで。そうすればあいつにつかまるまでに随分行ける、たっぷり行けるよ、たぶんね。」

　夜はすでに明け放れ、風のない陰うつな朝でした。沼地の腐臭は重く層をなして澱み、低く垂れこめた空からは陽の光が洩れてこないので、ゴクリは今すぐ旅を続けたいようでした。そこで短い休息のあと、三人は再び道を続け、間もなく影のような沈黙の世界に姿を消しました。かれらのはいって行った世界は、周りのすべての土地の視界から断絶されており、かれらがあとにしてきた山塊からも、かれらがこれから求めてゆく山並みからも見られないのです。三人は、ゴクリ、サム、フロドの順に一列にゆっくりと進んで行きました。

　三人の中ではフロドが一番疲れているように見えました。そして、一行の進み方自体がゆっくりしていたにもかかわらず、かれの足は遅れがちでした。間もなくホビットたちは一つの広大な沼沢地と見えたものが、実は果てしない網目模様をなして、たくさんの池やぬかるみ、また蛇行して流れもふさがりがちないくつもの小川が一つに集まったものであることに気がつきました。こんなものの間を通るには、抜け目のない目と足だけが折れ曲がる道を縫って進むことができるのです。ゴクリは確かにこの抜け目のなさを持っていました。それにこの場合このような抜け目のなさはどうしても必要でした。長い首にのった頭は絶えずあちこちに向かい、しかもその間たえず鼻をクンクンさせたり、一人でブツブツいったりしていました。時にはかれは片手を挙げて二人を制し、その間自分は少し前に進んで、うずくまりながら手足の指で地面を探ったり、あるいは耳を土に押しつけてじっと音を聞くだけのこともありました。

わびしくもの憂(う)い日でした。このあらゆる生物から見捨てられた国には今なおじめじめと肌(はだ)寒い冬が支配していました。緑といえば、澱(よど)んで生気のない水のねばつくような暗い水面に浮かんだ青黒い水草の泡だけでした。枯れた草や朽ちかけた蘆(あし)がとっくに忘れられた過ぐる年々の夏の日のちぎれちぎれの影のようにぼんやりと霧の中に浮かんでいるのでした。

日が高くなるにつれて、明るさもいくらか増し、霧も次第に薄れて、少しは見透(とお)せるようになりました。腐臭と霧に包まれた下界の遥か上空では眩(まばゆ)く泡立つ天の床を持った晴朗な国を太陽が今や金色に輝いて高々と渡っているところだったのですが、下界のかれらに見えるものといえば、太陽の過ぎゆく幻に過ぎず、ぼうっとかすんで白っぽく、色も暖かさも与えてくれないのでした。しかしその存在をわずかに思い出させる名残りにさえ、ゴクリは顔をしかめ、しりごみしました。かれは一同の足を止め、みんなは茶色くすがれた広い蘆の茂みのふちに、追いつめられた小動物のようにうずくまって休みを取りました。あたりを領するのは深い沈黙で、ただかれらには感じ取ることもできないほどのかすかな空気の動きに空(から)っぽの穂がわずかに揺れ、折れた草の葉が震えて、その沈黙の世界の表面がわずかに騒ぐだけでした。

「鳥影もささない！」サムが悲しそうにいいました。

「いないよ、鳥はいないよ、」と、ゴクリはいいました。「うまい鳥！」かれは舌なめずりしました。「ここには鳥はいないよ。いるのは蛇に虫に水たまりに棲(す)むものだよ。いろいろいる。やなものがいろいろいるよ。鳥はいない。」かれは悲しげに言葉を切りました。サムは嫌悪の念とともにかれを見ました。

こうしてゴクリを連れたかれらの旅の三日めが過ぎました。もっと幸せに恵まれた土地に夕暮れの影が長く伸びてくる前に、かれらは再び歩き出しました。ごく短い休止を取るほかは絶えず進むばかりでした。休止といっても休息のためよりゴクリを助けるためでした。というのは、今ではかれでさえも非常に注意を払って進まねばならず、時にはしばらく途方に暮れることがあったからでした。かれらは死者の沼地のちょうど真ん中まできていたのです。それにもう暗くなっていました。

かれらは背を屈め、間を空けないように一列になってゆっくり歩きました。ホビットたちはゴクリの足の動きの一つ一つに気をつけてそのあとについていきました。湿地帯はいよいよ水かさを増し、いくつもの澱んだ広い湖沼になっていましたから、その間に、ゴボゴボと泥の中に足が沈まないですむいくらか堅い場所を見いだすことはいよいよむずかしくなってきました。旅人たちは三人とも体が軽かったからいいようなものの、そうでなかったら一人として通り抜ける道を見いだせずに終わったでしょう。

やがてすっかり暗くなってきました。空気自体が黒々として息をするにも重苦しいように思えました。明かりが現われた時にはサムは思わず目をこすりました。自分の頭がおかしくなったと思ったのです。かれは最初左の目の隅で一つの明かりをとらえました。青白くぼうっと光る小さな火で、それはすぐに消え去りました。だが、ほかのがまたいくつもそのあとに現われました。かすかに光る煙のようなのもあれば、目に見えない蠟燭の上にゆっくりと明滅するおぼろな焰のようなのもあって、それらがここかしこで、隠れた手のひるがえす経かたびらのようにひるがえり絡まり合うのでした。しかしかれの連れは二人とも一言も口を利きません。

とうとうサムはこれ以上我慢ができなくなりました。「これは全体何なのかね、ゴクリ？」かれは声をひそめていいました。「この明かりだよ？　もうおらたちをすっかり取り巻いてる。おらたちは罠にかかったのかね？　やつらはなんだ？」

ゴクリは顔を上げました。かれの前には暗い水があります。そしてかれはどう進むか決めかねて、地面を匍うようにしてあっちに行ったりこっちに行ったりしていました。「そうよ、わしらをすっかり取り巻いてるよ。」と、かれは囁きました。「しとをだます明かりだよ。人魂なのよ、そうよ、そうだよ。知らん顔したがいいよ！　見るんじゃないよ！　ついてくんじゃないよ！　旦那はどこだね？」

サムは後ろを振り向いて、フロドがまた遅れたことに気がつきました。サムには主人が見えませんでした。かれは暗がりの中を何歩か戻りました。もっと先まで行く勇気もなく、しわがれ声で囁くのがせいぜいで、それより大きな声で呼ぶこともはばかられたのです。不意にかれはフロドにぶつかりました。フロドが青白い光を見つめたまま、茫然と突っ立っていたのです。両脇に凍りついたように垂れた両手からは水と泥がしたたり落ちていました。

「さあ、行きましょう、フロドの旦那！」と、サムはいいました。「あれをご覧になっちゃいけません！　ゴクリがそういってますだ。ゴクリのやつに遅れないようについていきましょう。そして、できるだけ早く――できればってことですが！　このいやな場所から脱け出しましょう。」

「わかったよ。」まるで夢から覚めかけた人のようにフロドはいいました。「今行くよ。さあ行ってくれ！」

急いでもう一度足を踏み出したサムは、古い根っこか茂みに足を取られてつまずきました。かれはつんのめって両手をつきました。両手はねばねばする泥の中にぶくぶくと沈み、かれの顔はいやでも暗い水の面に近づきました。かすかにシューシューという音がしていやなにおいが立ち昇ってきました。明かりがちらちらと揺れくるくると舞いました。一瞬眼下の水は汚れたガラスをはめた窓のように見えました。かれはそのガラス越しにじっとのぞき込みました。もぎ取るように両手を泥沼の中から引っぱり出すと、かれは叫び声をあげて後ろに跳びのきました。「死んだものがある、水の中に死人の顔がある。」恐ろしそうにかれはいいました。「死人の顔、顔、顔だ！」

ゴクリは声をあげて笑いました。「死者の沼地、そうよ、そうだよ。これが名前だよ。」かれはけたたましく笑いながらいいました。「死人（しびと）の蠟燭（ろうそく）がついてる時はのぞいちゃいけないよ。」

「やつらはだれでしょう？　何者でしょう？」サムは、追いついてきたフロドを振り返り、身震いしながら尋ねました。

「わたしは知らない。」フロドは夢でも見ているような声でいいました。「だけど、わたしも見たんだ。蠟燭がともった時水の中にだよ。水という水の中にいた。青白い顔だった。暗い水の底の底に。わたしは見た。凄（すご）みのあるぞっとする顔、邪悪な相だ。それから気高い顔、悲しげな顔だ。誇り高く美しい顔もいた。その銀色の頭髪には水草がまつわっていた。しかしどれもこれもにおいを放ち、腐りかけ、死んでいた。あそこに燃えてたのは恐ろしい死の明かりだ。」フロドは両手で目をおおいました。「あの死人たちがだれだか、知らない。だけどわたしは人間にエルフ、それに並んでオークたちを見たと思った。」

「そうよ、そうよ。」と、ゴクリはいいました。「みんな死んでる。みんな腐ってる。エルフに人間にオークだよ。死者の沼地だよ。ずっとずっと昔、大きな合戦があったんだよ。そうよ、スメーアゴルが若い時にそう聞いてたよ。わしが若い時だよ、いとしいしとの来る前だよ。大合戦だったのよ。長い剣を持った背の高い人間たちに、恐ろしいエルフたちに、キイキイ叫ぶオークたちだよ。やつらは黒門の前の原で何日も何日も、何カ月も何カ月も戦ったのよ。だけど、その時から沢地はだんだんだんだん大きくなって、墓をすっかり呑み込んじまった。そっとそっと広がっていくのよ、そっとそっとねえ。」

「だけど、あれは昔々のことだよ。」と、サムはいいました。「死んだ者がほんとにあそこにいるなんてはずがねえ！　黒の国でたくらんだまやかしの術だろ？」

「だれにわかる？　スメーアゴルは知らない。」と、ゴクリは答えました。「あれらには手届かないよ。あれらにはさわれないよ。わしら試したことある。そうだよね、いとしいしと。わしは試したことある。だけど手届かないのよ。ただ形が見えるだけよ、きっと、さわれないのよ。そうよ、いとしいしと！　みんな死人よ。」

サムは気味悪そうにかれを見て、また身震いしました。スメーアゴルがかれらにさわろうとした理由に思い当たったように思ったからです。「やれやれ、おらは見たくねえ。」と、かれはいいました。「真っ平(まっぴら)だ！　どんどん先を続けて、逃げ出せねえかね？」

「できるよ、できるよ。」と、ゴクリはいいました。「だけど、ゆっくり、ゆっくりよ。たんと気いつけてだよ！　でないと、ホビットさんたちも下に沈んで死人たちの仲間入りよ。そしてちっちゃい蠟燭をともすよ。スメーアゴルについておいで！　明かりを見るんじゃないよ！」

かれは湖を迂回する道を探して、右の方に這い進んできました。二人はそのすぐあとに背を屈め、ゴクリと同じくしばしば両手を使いながら、ついていきました。「三人のいとしいちっちゃいゴクリの列になっちまうだぞ、もっともっとこれが続いたら。」と、サムは思いました。

とうとう三人は黒い湖の外れまで来ました。小島のように見えてその実は当てにならない草叢を次から次へと四つん這いになったり、跳んだりして渡り、危ない思いをして湖の外れを渡り切りました。しばしばかれらはつまずいてじたばたしました。汚水だめのように臭い水の中に足を踏み込んだり、手から先に落ち込んだり、とうとうしまいには三人ともほとんど首のあたりまで泥にまみれ、互いの鼻孔に悪臭を放ち合うのでした。

ようやく堅い地面のあるところに辿り着いた時には夜も遅くなっていました。ゴクリは低い声でスースーいいながら独り言をいっていましたが、やはり満足しているようでした。かれは何か不可思議な方法で、触覚と臭覚、そして暗闇の中の形に対する神秘的ともいえる記憶力、そういったものが混じり合った何かの感覚によって、今自分が再びやってきた場所を正確に知っているようでした。そして進むべき道にも確信があるようでした。

「それでは行こうよ！」と、かれはいいました。「いいホビットさんたち！　勇敢なホビットさんたち！　とてもとても疲れたね、もちろんだよ、わしらみんなそうよ、いとしいしと、みんなみんなね。だけど、あの危ない明かりから旦那を連れ去らないといけないよ、そうよ、そうだよ、そうしなきゃ。」こういうとかれはまた先に進み始めました。高い蘆（あし）の茂みの間に長い小道とも見えるところを小走りに走るようにして急ぐのでした。二人は精一杯足を速め、よろけるようにそのあとに従いました。しかしそれほど行かないうちに、かれは不意に立ち止まり、疑わしげに空気のにおいを嗅（か）ぎながら、まるでまた心配なことか気に入らないことでもあるかのように、スースーと怒った声をあげました。

「なんだね？」サムはその様子を間違って解釈し、不平をいいました。「なんでにおいを嗅ぐ必要があるね？　このいやなにおいときたら鼻をつまんでたって、おらを倒しちまいそうだ。お前も臭い、旦那も臭い、この場所全部が臭いだよ。」
「そうよ、そうよ、それにサムも臭いよ!」と、ゴクリが答えました。「かわいそうなスメーアゴルには嗅げるよ。けどいいスメーアゴルは我慢するよ。いい旦那を助けるのよ。だけど、こんなことは何でもないよ。空気が動いてる、変わったことがあるよ。スメーアゴルあやしんでるよ。スメーアゴルうれしくない。」

かれはまた道を続けました。しかしかれの不安はだんだん強まってきました。そして時々体を一杯に伸ばして立ち上がり、東の方、そして南の方に首を差しのべるのでした。しばらくの間ホビットたちにはかれを心配させているものの音も聞こえなければ、感じることもできませんでした。その時突然三人が三人とも立ち止まり、体を固くして聴き耳を立てました。フロドとサムは遠くの方に長々と尾を引いて叫ぶ声を聞いたように思いました。甲高く(かんだか)かぼそく残酷な声でした。二人は身をおののかせました。同時に、空気の動くのが二人にも認められるようになりました。そしてとても寒くなりました。耳を澄まして立っていると、遠くの方で風が吹き起こるような音が聞こえました。ぼうっとかすんだ明かりたちはゆらめきながらその光を失い消えてしまいました。

ゴクリは動こうとしませんでした。かれは身を震わせながら、わけのわからぬことを口走っていました。するとそのうちヒュウヒュウと沼地の上をうねりながら、荒々しく風が吹きつけてきました。夜の暗さは次第に薄れて、どうやら明るくなり、そのせいでおぼろげに、まとまりもなく漂っていた霧が渦巻きよじれながら頭上を流れていくのが目に見えるのでした。振り仰ぐと、雲がちりぢりに崩れてきたのが見え、南の空高く、ちぎれ飛ぶ雲にのって、かすかに輝きながら月が現われました。

ちょっとの間、ホビットたちは月を見て心娯しませました。しかしゴクリはおじけづいて、その白い顔にぶつぶつと罵声を浴びせるのでした。その時、空に目を凝らしたまま、いくらかさわやかになった空気を深く吸い込んだフロドとサムは、それがやってくるのを見ました。呪われた山々から飛んでくる小さな雲、モルドールから放たれた黒い影でした。翼のある薄気味の悪い巨大な姿でした。それは月を掠めて飛び、聞くも恐ろしい叫び声をあげて西に去って行きましたが、そのすさまじい速さは風をも凌ぐほどでした。

三人はうつ伏したまま、冷たい土も構わずひれ伏していました。しかし恐怖の影は旋回して戻ってきました。今度は前よりも低く飛び、かれらのすぐ真上を過ぎ、その見るも恐ろしい翼で沼の臭気を薙ぎ払っていきました。それからその姿は見えなくなりました。サウロンの怒りを体(たい)した速さで再びモルドールへ飛び去ったのです。そのあとを追って風も轟々(ごうごう)と吹き去り、死者の沼地は再び荒涼として裸のままに残りました。茫々とむき出された一面の荒れ地は、目の届く限り脅かすような遠い山々に至るまで、気まぐれな月の光にまだらに照らし出されていました。

フロドとサムは起き上がって目をこすりました。こわい夢から覚めて、あたりがまだ見慣れた夜の世界であることを見いだした子供たちのようでした。しかしゴクリはまるで気でも失ったように地面につっぷしたまま、二人が起こそうとしてもなかなか起きませんでした。そしてしばらくの間顔を上げようともせず、両肘(ひじ)をつき跪(ひざまず)いたままひれ伏して、その大きな平たい手で頭の後ろをおおっていました。

「幽鬼(ゆうき)だよう！」かれは泣き声をあげました。「翼に乗った幽鬼だよう！　いとしいしとはやつらの主人。やつらにはなんでも見えるよ。なんでも。やつらから隠れられるものはないよ。いまいましい白い顔！　そしてやつらは何もかもあいつに話すよ。あいつは見る。あいつは知っている。いててっ、ゴクリ、ゴクリ、ゴクリ！」月が沈み遥か遠くトル・ブランディルのかなたに傾くまで、かれは起きて動きだそうとはしませんでした。

その時からサムはゴクリの中にまたもや変化が起こったのを感じ取ったように思いました。かれは前よりももっとじゃらじゃらとへつらい、愛想をふりまきました。しかしサムは時々かれが、それも特にフロドに対して奇妙な目つきをすることに気がつきました。そしてかれはだんだん以前の話し方に戻っていきました。サムにはまたもう一つつのる不安がありました。フロドがとても疲れているように見えました。疲労困憊の極に達するほどの疲れ方でした。かれはなんにもいいませんでした。本当にかれはほとんどものをいわなかったのです。そして疲労を訴えることもしなかったのです。しかしその歩き方は重荷を負う人のようであり、その荷の重さはいや増す一方に見えました。引きずるように歩く足はだんだん遅れがちとなり、サムは度々ゴクリに主人を置き去りにしないように待っててくれと頼まなければなりませんでした。

事実フロドはモルドールの門に向かう一足ごとに、首にかけた鎖の指輪が重荷となるのを感じました。かれは今や指輪が自分を地面にひきずるほどの現実の重さを持ったものとして感じ始めました。しかしはるかにかれを悩ましたのはかの目でした。かれはかのものをひそかにかの目と呼んでいました。かれを怯けさせ、歩くその背を屈ませるのは指輪が引っ張るからというより、これのせいでした。かの目。

およそ巨大な力をあげて雲と大地と生身の人間の一切の陰を見透し、汝を見据えんと努める意志、その死ぬほど恐ろしい凝視の下に身じろぎのできぬ裸のまま、汝を釘づけにせんと努める、敵意に満ちた意志。その意志をいや増して強く感ずるこの恐ろしさ。何と薄く、何と脆く薄くなってしまったのだろうか、このヴェールは。とはいってもこれによってまだ守られてはいるのだが。フロドにはかの意志を持つ者が今どこに住まい、その心がどこにあるかが正確にわかっていました。目を閉じたままでも太陽のある方向がわかるのと同じくらい、確かでした。かれはそれにひたと直面し、その中にひそむ力が、かれの額に照りつけていたのです。

もしかしたらゴクリも同じようなことを感じていたかもしれません。しかしかの、目の圧迫と、こんな近くにある指輪への渇望と、冷たい鉄を恐れる心も半ばまじって交わした卑屈な約束との間に挟まれて、かれのみじめな心にどんな想念が去来しているのか、ホビットたちは推量してもみませんでした。フロドは気に留めていませんでした。サムは自分の主人のことに気を取られていて、自分自身の心に影を落としていた暗雲にもほとんど気づかないくらいでした。かれは今度はフロドに自分の前を行かせ、その一挙手一投足に油断のない目を配って、かれがよろめけばこれを支え、また口下手な言葉でかれを元気づけようとするのでした。

ようやく夜が明けた時、ホビットたちはかの薄気味の悪い山々がどんなに近くまで迫っているかを見て驚きました。空気は以前より澄んで冷たく、まだ遠く離れているとはいっても、モルドールの連壁をなす山々は、もはや目路の外れに雲のかかる脅威ではなく、気味悪い黒い塔のように陰気な荒れ地の向こうに渋面を作っているのでした。沼沢地はもう終わり、次第に不毛の泥炭地となり、乾いてひびわれた泥地の茫々たる広がりに変わりました。前方の土地は勾配の緩い長い上がり斜面で、何も生えない苛酷なそのやせ地はサウロンの門の前の荒れ地まで坂になって続いていました。

灰色の光が続く間、かれらは怯けたまま黒い石の陰に虫けらのように身を縮めていました。翼を持ったあの恐ろしいものが通過してその冷酷な目に見つけられることを恐れたのです。旅の残りは、つのる恐怖の落とす影で記憶も心を安んずるものを見いだし得ないのでした。あと二晩、三人はうんざりするような道なき道を悪戦苦闘しながら歩き続けました。空気は心なしか、荒く刺すようになり、息をふさぎ口をからからにするようなつんとする臭気に満ちていました。

ゴクリと一緒に旅を始めてから五日目の朝のこと、とうとうみんなはもう一度足を止めました。前方に黎明の中にも黒く、大山脈が、雲煙の屋根にまで達していました。山脈の麓からは切れ切れの丘が巨大な扶壁のように突き出ていました。一番近いところはここから十二マイル内外でした。フロドはぞっとしてあたりを見回しました。死者の沼地も無人の地の乾いた荒れ地も恐ろしいところでした。しかししりごみするかれの目に忍び寄る朝が今やゆっくりとヴェールを剝ぎ取ってみせたこの国は、遥かに忌わしいところでした。死者の顔の湖にさえ、緑の春の憔悴した幻影が訪れるでしょう。しかしここには春も夏も金輪際訪れようとはしないのです。ここには生きたものもなく、腐敗を養分にして育つ下等な草や苔さえもありません。息も絶え絶えな池は灰と忍び寄る泥に詰まり、胸の悪くなるような白と灰色となってあたかも山々がその内臓の中の汚物を周りの土地に吐き出したかのようでした。砕けて粉々になった岩のうず高い堆積、爆破され汚毒された土の巨大な円錐が不気味な墓地のように果てしない列を作って立っている様が、いやいやながら明けそめる光の中にゆっくりとあばかれたのです。

　かれらがやって来たのは、モルドールの前に横たわる廃墟でした。その地は、モルドールの奴隷たちの陰惨な労働への久遠の記念碑として、奴隷たちの目的のすべてが空に帰した後もなくなることはなく、大海の水が入り来って忘却のかなたに流し去るのでもない限り、どうにもこうにも癒し難いほどに病んだ不浄の地でした。
「おら、胸がむかむかしますだ。」と、サムがいいました。フロドは口を利きませんでした。

しばらくの間かれらはそこに立ちつくしていました。闇の中を通り抜けて始めて朝に至ることを知りながら、夢魔のひそむ夢と現の瀬戸際に立って、それを近づけまいとしている人のようでした。明るさは広がり強まりました。ぽっかり口をあけた穴や、毒を含んだ堆積物の山が恐ろしいほどはっきり見えてきました。太陽が上って、雲と長くたなびく煙の間にさしかかりました。しかし、陽の光さえ汚れているのです。ホビットたちはこの光を歓び迎える気持ちには全然なりませんでした。それは好意を持つもののようには思われず、頼るものとてない無力なかれら——冥王の灰の堆積物の間をキイキイと逃げまどいながらさまよい歩く小さな亡霊であるかれらを露にしたのです。

もう先に進めないほど疲れ切って、かれらは休める場所を探しました。しばらくの間かれらはものもいわず、燃えがらや溶鉱のかすの山の陰に腰を下ろしました。しかしその燃えかすの山からは汚れた蒸気が漏れ出てきて、かれらの喉を襲い、窒息させそうになりました。ゴクリが一番最初に立ち上がりました。ペッペッと唾を吐き、罵り声をあげながら立ち上がると、ホビットたちに一言もかけず、目もくれず、四つん這いになって立ち去りました。フロドとサムも這うようにしてそのあとを追い、とうとう今度は広いほとんど円形といってもよい穴のところに来ました。それは西側が高い土手になっていました。ここは寒くて生気がなく、いろいろな色をした油状のどろどろした泥が汚ない汚水だめのように底の方にたまっていました。この陰にいればかの目の注視を逃れられるのではないかと、かれらはこのいやな穴に身をひそめました。

昼間はゆっくりと過ぎていきました。かれらは喉のひどい渇きに苦しめられましたが、わずかに数滴の水を水筒から飲んだに過ぎません――これは最後にあの狭い谷で詰めた水です。あの谷も今振り返ってみると、安らかで美しい場所であったように思えるのでした。ホビットたちは交替で見張りを勤めました。最初のうちは疲れているにもかかわらず、二人とも全然眠れませんでした。しかしゆっくり動く雲の陰に遠く午後の日が傾き出す頃、サムはうとうととまどろみ始めました。見張りはフロドの番でした。かれは穴の斜面によりかかりました。しかしそうしても身にこたえる重荷を負うた感じは安まりません。かれは煙が条をつけて流れる空を見上げ、さまざまな奇妙な幻影を見ました。馬に乗る黒っぽい姿や、過去のいろいろな顔でした。かれは夢と現(うつつ)の間をさ迷いながら、時を数えることを忘れ、遂にはすべてを忘却する眠りに襲われたのでした。

主人の呼ぶ声を聞いたように思って、突然サムは目を覚ましました。もう夕方でした。フロドが呼ぶはずはありません。かれは眠り込んで、穴の底近くまで滑り落ちていたからです。ゴクリがそのそばにいました。初めサムはゴクリがフロドを起こそうとしているのかと思いました。しかしすぐにそうでないことがわかりました。ゴクリは独り言をいっていました。スメーアゴルは何か別の考えと議論しているのでした。その別の考えは声は同じスメーアゴルの声なのですが、それをキイキイときしらせ、スースーと怒らせるのでした。かれが話すにつれ、薄青い光と緑の光が交互にその目に現われました。

「スメーアゴル約束したよ。」と、最初の考えがいいました。

「そうよ、そうよ、いとしいしと。」という答が返りました。「わしら約束したよ。あいとしいしと助けるってね、あいつには渡さないとね――絶対にだよ。だけど、あれはあいつのところに行く、そうよ、一歩一歩近づく。ホビットは、あれをどうするつもりかよ、そうよ、どうするつもりかよ。」

「わしは知らん。わしにはどうもできん。旦那が持ってるからよ。スメーアゴル約束したのよ。旦那を助けるって。」

「そうよ、そうよ、旦那を助けるのよ。いとしいしとの旦那だよ。だけど、わしらが旦那だとしたらよ、その時はよ、わしらが自分で自分を助けられるのよ。そうよ、それで約束も守ることになるのよ。」

「だけどスメーアゴルはとてもとてもいいスメーアゴルになるっていったのよ。いいホビットさんだよ！　スメーアゴルの脚から痛い綱を取ってくれたのよ。わしに親切な口を利(き)いてくれるんだよ。」

「とてもとてもいいことだよ。ねえ、いとしいしと？　いいスメーアゴルでいようよ、さかなみたいによ、かわいいさかなみたいによ、だが自分にだよ。いいホビットにはしどいことしない、もちろんね、もちろんしないね。」

「だけどいとしいしとは約束守るのよ。」と、スメーアゴルの声が反論しました。

「それなら取っちゃいな。」と、もう一つの声がいいました。「そしてわしらが自分で持ってよう！　そうしればわしらが旦那よ、ゴクリ！　もう一人(ひとり)のホビットはよ、いやな疑い深いやつよ。あいつは四つん這いにさせてやれ、そうよ、ゴクリ！」

「だけど、いいホビットにはさせないよね？」

「ああ、させないよ、わしらがさせたくなきゃよ。それでも、やつもバギンズだよ、いとしいしと、そうよ、バギンズだよ。バギンズがあれを盗んだ。かれはあれを見つけたのに、何もいわなかった。一言もよ。わしらバギンズを憎むう。」

「ちがう、このバギンズじゃない。」

「そうよ、どのバギンズもだよ。いとしいしとを持ってる者はだれでもよ。どうしてもわしらのものにしなきゃならないのよ！」

「だけど、あいつに見られちまうよ。あいつに知られちまうよ。あいつがわしらから取り上げちまうよ！」

「あいつは見てる。あいつは知ってる。あいつはわしらがばかな約束をするのを聞いたよ――あいつの命令にそむいて。そうよ。取っちまうに違いないよ。幽鬼どもが探してるよ。取っちまうに違いないよ。」

「あいつには渡さない！」

「渡さないよ、かわいいしと。ねえ、いとしいしと、あれがわしらのものになるとして、そしたらわしら逃げられるのよ、あいつからだってよ、ね？　もしかしたら、わしらとても強くなる、幽鬼たちより強くなるかもね。スメーアゴルの殿かよ？

ゴクリ大王かよ？　ゴクリさまよ！　毎日毎日さかな食べる、日に三度ね、海から取れたての。いとしい、いとしいゴクリよ！　わしらのものにしなきゃならない。わしら、あれがほしい、ほしい、ほしい、ほしいよお！」

「だけど、あいては二人だよう。すぐに目覚まして、わしらを殺すよう。」スメーアゴルは泣き声を出しながら最後の努力をふりしぼっていいました。「今はだめだよ、まだだめだよ。」

「わしら、ほしいよう！　だが」――ここでしばらく言葉が途切れました。あたかも新たな考えが浮かんだかのようでした。「まだだめ、そうね？　きっと、だめね。いい、おばば、助けてくれるかもしれね、おばばね、そうよ。」

「だめよ、だめよ！　そりゃだめだよ！」スメーアゴルは泣き叫びました。

「いいよ！　わしらあれがほしいよ！　ほしいよお！」

第二の考えが話す度に、ゴクリの長い手がそろそろっと地面を這ってフロドの方に伸びますが、次にスメーアゴルが話すとぎくっと引き戻されるのです。とうとう両腕は長い指を折り曲げぴくぴく痙攣（けいれん）させながら、フロドの首の方に地面をまさぐって進みました。

　サムはじっと横たわったままこのやりとりにすっかり心を奪われていましたが、半眼に閉じた瞼(まぶた)の下からゴクリの一挙手一投足を見守っていました。かれの単純な心にとっては、普通の飢え、つまりホビットを取って喰(く)いたいという欲望がゴクリの最大の危険のように思えていたのですが、今にしてそうでないことがわかったのです。ゴクリは指輪の恐ろしい呼びかけを感じていたのです。あいつというのはもちろん冥王のことでした。しかしおばばというのはだれだろうとサムは思いました。ゴクリのやつが方々うろついてる間にこしらえた性悪(しょうわる)な友達の一人なのだろうと想像しました。それきり、かれはこの問題は忘れました。というのは事態は明らかに放っておけないところまできて危険なことになりそうだったからです。体中がだるくて動かす気がしないのを、やっとのことで自分で自分に活を入れ、体を起こしました。かれの心のどこかに、ゴクリのやりとりを盗み聞いたことをかれに悟られないよう用心した方がいいと警告する声があって、かれはほっと吐息をつくと、大きなあくびをしました。

「何時かね？」かれは眠そうな声を出しました。

　ゴクリは歯の間からス、ス、スーと長い息を押し出しました。一瞬かれは身を固くしておどすように突っ立っていましたが、次の瞬間にはへなへなと崩れて、両手をつくと四つん這いになって、穴の土手を登ってきました。「いいホビットさんたちだよ！　親切なサムだよ！」と、かれはいいました。「ねぼすけだね、そうよ、ねぼすけだよ！　おとなしいスメーアゴルに番をまかせっぱなしだよ！　でももう夕方だよ。だんだん暗くなるよ。行く時間だよ。」

「まったくしおどきだ！」と、サムは思いました。「それにやつとも別れるしおどきだ。」しかし心中には、今ゴクリを放すことは、果たして一緒に連れていくほど危険ではないのだろうかという疑念がよぎりました。「ちくしょうめ！　息の根を止めてやりたいわ！」と、かれは呟きました。かれはよろける足で土手を降りると、主人を起こしました。

奇妙なことに、目の覚めたフロドは元気が回復していることを感じました。かれは夢を見ていました。暗い影は過ぎ去り、美しい幻がこの病める国にあるかれに訪れていたのです。その美しい幻は記憶には一つも留まってはいませんが、その幻夢故にかれは喜ばしく、心も軽くなったように感じられたのです。重荷ももうそれほど重くこたえはしません。ゴクリは犬のように喜んでかれを迎えました。かれはクスクス笑ったりペチャペチャしゃべったりしながら、長い指をポキポキ鳴らし、かと思うとフロドの膝を手でひっかくのでした。フロドはかれに微笑を向けました。

「行くぞ!」と、かれはいいました。「お前は忠実によく案内してくれた。これが最後の行程だ。わたしたちを城門まで連れて行っておくれ。そうすればお前にはもうそれ以上行ってくれとは頼まないから。城門まで連れて行っておくれ。そうすればお前は行きたいところに——ただしわれらの敵のとこだけは困るがね——ほかの所ならどこでもいいんだよ。」

「城門だと、えっ?」ゴクリはキイキイ声をあげ、驚き怯えているように見えました。「城門だとよ、旦那様の仰せだよう! そうよ、そういうのよ。それでいいスメーアゴルは旦那に頼まれたことをするのよ。ああ、そうよ。だけどもっと近くなったら、多分わかるよ。その時にはわかるよ。ちっともいいところと見えないだろうよ。ああ、だめだよ、だめだよ!」

「続けて行くだ!」と、サムがいいました。「片付けてしまおうじゃねえかよ!」

夕闇が迫る頃、かれらは穴から這い出て、死の土地を縫ってゆっくり進み始めました。遠くまで行かないうちに、かれらはかの翼あるものが沼地の上を掠め去った時に襲われたのと同じ恐怖をまたもや感じたのでした。かれらは足を止め、いやなにおいのする地面に身をすくめました。しかし陰気な夕空には何も見えません。そしてその脅かすような存在もすぐに頭上高く過ぎ去りました。何か急用があってバラド＝ドゥールから出てきたのかもしれません。ゴクリは起き上がって、震えながらぶつぶつ呟き、再びのろのろと進み始めました。

真夜中から一時間経った頃、三度恐怖がかれらを襲いました。しかし恐怖すべき存在は今度はもっと遠くにいるようでした。遥か雲の上高くを通過して、恐ろしい速度で西に飛び去って行ったかのようでした。しかしゴクリは恐ろしさの余り力も抜けてしまいました。かれは自分たちが追跡されていること、自分たちが近づいて来たことが知られてしまったことを信じて疑わないのでした。

「三度もだよう！」かれは泣き声を出しました。「三度めは本気っていうよう。やつらはわしらのこと、わかったよ。いとしいしとのこと、わかったよう。いとしいしとはやつらの主人なのよ。この道はこれ以上行けないよ。だめだよ。無駄だよ。無駄だよ！」

頭を下げても、すかしても、少しも役に立ちませんでした。フロドが怒って命令し、刀の柄に手をかけるまでは、ゴクリは再び体を起こそうとはしなかったのです。それからやっとかれは唸りながら立ち上がってまるでぶたれた犬のように二人の前を歩き出しました。

こうして三人はもつれる足でもの憂い夜の終わりを歩き続けました。そしてまたあすの恐怖の日が明けるまで、頭を垂れて何も見ず、耳もとで唸る風のほかに何も聞かず、ただ黙々と歩いて行きました。

三　黒門不通

次の日の夜が明けるまでに、かれらはモルドールへの旅を終えました。沼地も荒れ地もあとになりました。前方には仄白む空に黒々と大山脈が脅かすような頭をもたげていました。

モルドールの西側にはエフェル・ドゥーアスすなわち影の山脈の薄暗い山並みが連なり、北側には灰色のエレド・リスイの断続的な峰々と裸の尾根が続いていました。しかしこの二つの山並みが相接するところは、実際はリスラドとゴルゴロスの陰気な平原と、奥地の内陸海、苦きヌールネンを取り囲む一続きの巨大な壁の一部をなしているに過ぎないわけなのですが、それぞれの山脈から北方に突き出された二つの長い腕になっているのでした。そしてこの二つの腕の間に深く狭い隘路がありました。これがキリス・ゴルゴル、すなわちモルドール国への入口、幽霊峠なのです。高い断崖はこの両側で次第に低くなり、その開口部からは切り立った丘が二本の黒い骨のようにむき出しに突き出ていました。そしてその丘の上には二つの堅固な高い塔、モルドールの歯が立っていました。これは遠い昔、ゴンドールの最盛期にその国の人間たちによって建造されたもので、サウロンが敗北を喫して逃走したあと、再びその国土に戻ろうとする日のあることを恐れて築かれたのですが、ゴンドールの力は衰え、人々は惰眠をむさぼり、長い間二つの塔は空っぽのまま立っていました。そこへサウロンが戻ってきました。今や朽ちるにまかせてあったこの望楼は共に修復され、武器で満たされ、四六時中絶えることのない警備で守られていました。石の壁の面には暗い窓穴が北と東と西をにらみ、それぞれの窓は多くの眠らない目で満たされていました。

幽霊峠の開口部には断崖から断崖に冥王によって石の塁壁が築かれました。その塁壁にはただ一つ鉄の門があるだけで、狭間胸壁には歩哨たちが絶えず往き来していました。二つの丘の下はどちらの側も岩をえぐってたくさんの洞穴や小穴が掘られていました。ここにはオークの大軍がひそんでいて、合図があればいつでも黒蟻が戦いに出るように出撃することができました。サウロンに呼び出された者か、あるいはモランノンすなわちこの黒門を開く秘密の合言葉を知る者でない限り、何人もモルドールの歯の間を、噛まれずに通り抜けることはできませんでした。

ホビットたち二人は絶望して塔と城壁を見つめました。少し離れたところからでも、城壁の上の黒っぽい見張りたちの動きや、門の前の巡邏兵の姿などが、ぼんやりした光の中に認められました。かれらは今、エフェル・ドゥーアスの一番北の扶壁から外に伸びた影の下なる岩の窪地に横たわって、そのふちからのぞいていました。かれらがひそんでいる場所から、近い方の塔の黒い頂までは、鴉のようにこの重い空気中を一直線に飛べば、わずか八分の一マイルの距離にすぎないでしょう。塔の上にはあるかなしかの煙が渦巻いていて、下の丘で火がくすぶっているかのようでした。

朝が来ました。黄色っぽい太陽がエレド・リスイの生きるものとてない尾根の上にまたたいていました。その時突如として騒々しいラッパの音が聞こえてきました。物見の塔から吹き鳴らされたもので、遥かかなたの隠れた砦や、丘陵地の前哨部隊からそれに答えて吹き鳴らされる応答が聞こえてきました。そしてそれよりもなお遠くでは、かすかながら低く不気味にバラド＝ドゥールの力ある角笛と太鼓が山々の先の谷間に響き渡りました。恐怖と労役の一日が今日もモルドールに訪れたのです。そして夜の見張りたちはそれぞれの砦や深いところにある集合所に呼び戻され、代わって凶悪な目つきの残忍な昼間の見張りたちが部署につくために行進してきました。胸壁に鋼が鈍くきらめきました。

「やれやれ、着いたぞ！」と、サムがいいました。「やっと門に来た。だが、どうやらここまでかね、行き着けるのは。とっつぁんが今のおらを見たら、ひとことというのは間違えなしだ！　足もと気いつけんと、ろくな死にざませんぞとしょっちゅういっとったからな。だが、二度と会えるとは思えねえなあ。かわいそうにとっつぁんには『いったこっちゃねえ、サム。』っていう機会はもうねえだろうよ。息のある限りおらにそういい続けていられるのによ、もしもう一度あの顔が見られさえすればなあ。だが、まず顔を洗わんことには、とっつぁんにはおらがわからんだろうて。

「『今度はどっち行ったらいいのかね？』とたずねるだけ無駄というもんだ。もうこれ以上進めやせん――オークに頼んで運んでもらうつもりなら別だがね。」

「とんでもないよ！」と、ゴクリがいいました。「無駄だよ。わしらもうこれ以上進めない。スメーアゴルそういっただろ。スメーアゴルこういった、門まで行こう、そしたらわかるってね。それでわしらわかったのよ。おお、そうよ、いとしいしと、

わしらわかったのよ、スメーアゴル知ってたよ、ホビットたちこっちの道行けないってね。おお、そうよ、スメーアゴル知ってたのよ。」

「それじゃなんでまたここまで旦那とおれを連れてきたんだよ?」理不尽ない い方であろうとなかろうとお構いなしにサムはそういいました。

「旦那がそういったんだよ。城門に連れてけって、旦那の言葉だよ。だからいうときくスメーアゴルはそうしたよ。旦那がいったのよ、賢い旦那がよ。」

「わたしはいった。」と、フロドはいいました。その顔はきびしく、動ぜず、決然としていました。かれは汚れ、頰がこけ、疲れでやつれ果てていましたが、もはや怯けづいてはおらず、目は晴れ晴れとしていました。「わたしはそういった。なぜならわたしはモルドールにはいるつもりでいるし、ほかに道を知らないからだ。だからわたしはこの道を行く。わたしはだれにもわたしと一緒に来てくれとは頼まない。」

「だめだよ、だめだよ、旦那!」ゴクリは泣き声をあげながら、両手でフロドにすがりつき、見るからに悲嘆に暮れているようでした。「こっち行っても無駄だよ! 無駄だよ! いとしいしとをあいつのとこに持っていかないでよう! もしあれがあいつの手にはいったら、あいつはわしらを全部食べちまうよ。この世界を全部食べちまうよ。どうかあれを持っててくださいよう。いい旦那あ、そしてスメーアゴルにやさしくしておくれよ。あいつにやらないでよう。それとも、ここから行っちまって、どこかいいところに行っちまって、あれは小さなスメーアゴルに返しておくれよ。そうよ、そうよ、旦那、返しておくれよ。スメーアゴル安全にしまっとくよ。スメーアゴルたくさんいいことするよ。いいホビットにはことによくするよ。ホビットは家に帰るといいよ。城門に行っちゃだめだよ！」

「わたしはモルドールの国に行くことを命じられた。だからわたしは行く。」と、フロドはいいました。「もし道が一つしかないとしたら、その道を行くほかはない。あとはなるようになる。」

サムは何もいいませんでした。かれにはフロドの顔つきだけで充分でした。かれは自分の言葉が役に立たないことを知っていました。それに結局のところ、かれは初めからこの件には一度だって望みらしい望みは抱いていなかったのですから。ただ元気のいいホビットの常として絶望が先に延ばされている限り、別に望みを必要としないだけのことでした。ところが今やかれらは土壇場（どたんば）にきたのです。しかしかれはずっと主人にくっついてきました。そして主人から離れないというそのことがかれがここまでやってきたことの主な目的でもあったのです。これからだって離れるつもりはありません。旦那を一人でモルドールになんか行かせてたまるか。サムが一緒に行きますとも――そしてどっちみち二人はゴクリをお払い箱にできるでしょう。

ところがどっこい、ゴクリの方はまだまだお払い箱になるつもりがありませんでした。かれはフロドの足もとに跪き、手をもみ絞り、キイキイ声で哀願するのでした。「こっちはだめだよう、旦那！　別の道があるよ。おお、そうよ、ほんとにあるよ。別な道だよ、もっと暗くて、もっと見つけにくくて、もっと人目につかない道だよ。だけど、スメーアゴルは知ってるのよ。スメーアゴルに案内させてくれよ！」

「別の道だと！」フロドは疑わしげにいうと、探るような目でゴクリをじっと見下ろしました。

「そうだよ！　そうだよ、間違いないよ！　別の道あったんだよ。スメーアゴル見つけたのよ。まだあるかどうか見に行こうよ！」

「お前は前にはその道のことを話さなかったぞ。」

「ないよ。旦那たずねなかったよ。旦那何するつもりかいわなかったよ。かわいそうなスメーアゴルには話してくれないのよ。旦那こういったのよ。スメーアゴル、わたしを城門に連れて行ってくれ――それからあとはさよならよ！　スメーアゴル逃げておとなしくしていることもできるよ。だけど旦那今になってこういった。わたしはこの道を通ってモルドールにはいるつもりだとね。だからスメーアゴルとても心配なのよ。旦那スメーアゴルいい旦那失くしたくない。それにスメーアゴル約束した。旦那スメーアゴルに約束させた。いとしいしと助けるってね。だけど旦那あれをあいつのとこに持っていくことになるよ、まっすぐ黒い手にだよ。もしこの道を行くつもりならそうなるのよ。だからスメーアゴルどっちも助けなきゃなんないのよ。それでスメーアゴル昔あったもう一つの道のこと考えた。いい旦那だよ。スメーアゴルもとてもいいスメーアゴル、いつもいつも助けてあげるよ。」

サムはむずかしい顔をしました。もしかれがその眼力でゴクリに穴を穿つことができたなら、穴を穿ってしまったことでしょう。かれの心は疑惑に満たされました。どう見てもゴクリは心底悲嘆に暮れ、どうにかしてフロドを助けたがっているように見えました。しかしサムはふと盗み聞いたいい合いを覚えていましたから、長い間沈められていたスメーアゴルが力を得て浮かび上がってきたとはなかなか信じ難かったのです。ともかくあの時の例の声はいい合いの結論を出していませんでした。サムの推測はこうでした。スメーアゴルとゴクリというそれぞれの半身は（かれ自身は心の中でこれを「こそつき」に「くさいの」と呼んでいましたが）休戦して一時的に協力することにしたのじゃないかということでした。どちらも敵に指輪を取られたくないし、フロドが捕えられないようにしたいわけです。そしてできるだけ長く——少なくとも「くさいの」がかれの「いとしいしと」に手を触れる機会のあるうちは、フロドを自分たちの目の届くところに置きたいのです。モルドールにはいる別の道というのが本当にあるのかどうか、サムは疑いました。

「それにしてもあの悪者のどっち半分も旦那がどうなさるつもりか知らんでよかったなあ。」と、かれは考えました。「フロドの旦那があいつのいとしいしとに永遠にとどめをさそうとしてられるんだちゅうことをもしあいつが知ったら、早いとこ何か起こるに決まってるぞ。ともかく『くさいの』はおらたちの敵をひどく怖がってるからな——それにやつは敵から何か命令を受けてるんだ。それとも受けたんだ——だからやつはおらたちを助けてるところをつかまるよりは、それにもしかしたらやつのいとしいしとをむざむざ鎔かされてしまうよりは、おらたちを引き渡しちまうだろう。ともかくおらはそう考えるな。だから旦那もよくよく注意して考えてくださるとええが、旦那はそりゃだれよりも賢いお方じゃ。だがお心が優しすぎるのよ。それがあの方よ。旦那が次に何をなさるのか考え当てることはギャムジーにはちとできねえこったで。」

フロドはすぐにはゴクリに答えませんでした。今述べたような疑念がサムの理解は遅くとも洞察力のある心に去来している間、かれは立ったままじっとキリス・ゴルゴルの暗い断崖に目を向けていました。かれらが隠れ場にしている窪地は、低い丘の山腹を掘ったもので、その位置はこの丘と山々の外側の扶壁との間に横たわる塹壕のような長い谷間より少し高いところになりました。谷間の真ん中には西の物見の塔の黒い土台が立っていました。モルドールの城門に集まる道が今や暁の光の中にはっきりと見えてきました。仄白い埃道でした。一本はくねくねと北に戻り、もう一本は東に向かってだんだん小さくなりエレド・リスイの麓にまつわる靄の中に消えていきました。三本目はかれのいる方に向かって走っています。その道は塔のところで急に折れて、狭い谷間にはいり、今かれが立っている窪地からさほど下ってないところを通っていました。それは西の方、つまりかれから見て右手に曲がると、山脈の肩をめぐって、南の方、エフェル・ドゥーアスの西側の山腹をすっぽりおおう深い暗がりの中に消えていきました。かれの視界の先でその道は山脈と大河の間の狭い土地の中へと続いているのでした。

こうして凝視しているうちに、フロドは平原の方にただならぬ動きが持ち上がっているのに気づきました。それはちょうど全軍勢が行進している感じでした。といっても、沼沢地とその先の荒れ地から漂ってくる水蒸気や煙霧にその大部分は隠されているのですが。しかしここかしこに槍の穂先や冑がきらっときらめくのが見てとれました。そして道のわきの平原一帯に、いくつもの集団に分かれて馬を走らす騎馬の人たちの姿が見られました。かれは遥かアモン・ヘンの山頂から見た幻を思い出しました。わずか数日前のことですが、今では何年も前のことのように思われました。それからかれはほんの一瞬、根拠もなくかれの心にかき立てられた望みが空しいものであることを知りました。ラッパは挑戦のためではなく歓迎の挨拶のために吹き鳴らされたのです。これは、遠い昔に世を去った勇者の墓から、復讐の亡霊が現われ出るようにゴンドールの人間たちが湧いて出て冥王に襲撃を加えたのではありませんでした。この人間たちは広大な東の国からやってきた別の種族で、大君主の召し出しに応えて集まってきたのです。夜の間この城門の前で野営をし、旭日の勢いのかれの力をいや増すために今や進軍してきたというわけでした。フロドは自分たちの立場の危険さ、たった三人で次第に明るさを増す光の中で、この測り知れない脅威にこれほど近づいていることの危険さに今はっと気づかせられたかのように、急いで薄い灰色頭巾を目深にかぶり、窪地の中に降りていきました。

それからかれはゴクリの方に向き直りました。

「スメーアゴルよ、」と、かれはいいました。「わたしはもう一度お前を信用しよう。事実そうせざるを得ないようだな。そして思いもうけぬところでお前から助けてもらうのがどうもわたしの運命のようだし、お前もまたよこしまな目的を抱いて長い間追っかけまわしてきたこのわたしを助けることがその運命のようだ。今までのところ、お前はよくわたしに仕えてくれた。そしてお前のした約束を忠実に守った。忠実にとわたしがいうのは本気でいってるんだよ。」かれはちらとサムの方を見てつけ加えました。「お前には今までに二度わたしたちを意のままにできる機会があった。にもかかわらず何の危害も加えなかった。またお前のかつて探し求めていたものをわたしから取ろうともしなかった。三度目が最善のものに終わりますように！　だが警告しておくが、スメーアゴルよ、お前は危険な状態にあるんだぞ。」

「そうよ、そうよ、旦那！」と、ゴクリはいいました。「恐ろしい危険だよ！　それを考えるとスメーアゴルの骨が震えるよ。だけどスメーアゴル逃げないよ。スメーアゴルいい旦那助けなくちゃならないよ。」

「わたしがいっているのはこの三人が共有している危険のことではない。」と、フロドはいいました。「お前一人にだけ関わる危険のことをいっているのだ。お前はお前がいとしいしとと呼ぶものを証人として誓言した。それを忘れるんじゃないぞ！　それはお前に約束を守らせるだろう。けれどもそれはその誓言の意味をねじ曲げる方法を求め、お前自身を破滅に導くだろう。もうすでにお前はねじ曲げられようとしている。たった今、愚かにもお前は本心を洩らした。『あれはスメーアゴルに返しておくれ。』お前はそういった。二度とこんなことをいってはいけない！こんな考えをお前の中に育ててはいけない。あれはお前の手には決して戻ってはこない。しかしあれをほしいと望む気持ちがお前を裏切って苦い破滅をもたらすかもしれない。あれはお前の手には決して戻ってはこない。どうしても必要がある場合には、スメーアゴルよ、わたしはいとしいしとを指にはめるだろう。そしていとしいしとはずっと昔にお前を支配したのだ。もしわたしがあれをはめてお前に命令を下すとしたら、お前はそれに従うだろう。たとえそれが断崖から跳び降りることであろうと、火中に身を投ずることであろうとだ。そしてわたしの命令とは、そういうことになるだろう。だから気をつけるがよい、スメーアゴルよ！」

サムは賛意と、同時に驚きの念をもって主人を見ました。その顔にはかれが今までに見たことのない表情があり、その声には以前に聞いたことのない調子がありました。かれは今までいつも、フロドの旦那の心の優しさときたら、盲目的すぎるのもいいところだとばかり考えてきたのです。もちろんかれは同時にフロドの旦那は世界中で一番賢い人（ビルボ老旦那とガンダルフはまあ例外として）だという相矛盾する信念をも断固として抱いておりました。ゴクリはまたゴクリで、優しい心と盲目とを混同して同様な誤ちを犯したかもしれません。もっともかれの場合は知り合った期間がずっと短いのでそのような間違いもやむを得ないかもしれませんが。何はともあれ、フロドのこの言葉はかれを恥じ入らせ怖がらせました。かれは地面に這いつくばって「いい旦那」というほかには一言もはっきりした言葉をいうことができないでいました。

フロドは辛抱強くしばらく待つと、今度は前ほど厳しくない口調でいいました。

「さあさあ、ゴクリよ、それともお前が望むならスメーアゴルでもいいが、その別の道というのをわたしに話しておくれ。そしてその道にはどんな望みがあるのか、説明ができるのなら説明してくれ。今はっきり目に見えるこの道から外れてもいいと、合点のいくだけの望みだよ。わたしは急いでいるのだ。」

しかし、ゴクリはいとも情けない状態にありました。フロドのおどしがすっかりかれを怯けづかせてしまったのです。かれからはっきりした説明を引き出すのは容易なことではありませんでした。口の中でもぐもぐとしゃべるかと思えば、か細くキイキイと叫び、おまけにしょっちゅう話を途切らせては地面を這いずりまわって、どうか「哀れなスメーアゴル」に優しくしてくれと二人に頼むのでした。しばらくするとかれも次第にいくらか落ち着き、フロドはその話からもし旅人がエフェル・ドゥーアスの西に曲がっている道を行けば、やがて円形の黒っぽい林の中にある十字路にさしかかるはずだということを少しずつ推測できました。十字路の右に行く道はオスギリアスとアンドゥインの橋に向かい、真ん中の道はそのまま南に続いているということでした。

「どこまでもどこまでも続いているんだよ、」と、ゴクリはいいました。「わしらそっちには行ったことない。だけど百リーグもあるっていうよ。そのうち決して静かにならない大きな水の見えるとこに出るっていうよ。そこにはさかながたくさんいて、大きい鳥がさかなを食べてるんだよ。おいしい鳥だよ。だがわしらそこに行ったことない。あーあ、ないんだよう！　とうとうその機がなかったんだよう。それからその先にはまだまだ国があるっていうよ。だけどそこじゃ黄色い顔がとっても熱くて、雲がめったに出ない、そして人間は荒々しくて黒い顔をしてるっていうよ。

わしらその国は見たくないよ。」

「もちろんだ！」と、フロドはいいました。「だが話から外れるな。三つ目の道はどうなんだ。」

「ああ、そうよ、そうよ。三つ目の道があるのよ。」と、ゴクリがいいました。「左に行く道だよ。すぐに登りになるよ。どんどん登ってくねくね曲がって、登りながら高い影の方に戻るんだよ。黒い岩のとこを道が折れると、見えるのよ。不意に頭の上に見えてくるよ、そして隠れたくなるよ。」

「見える、見えるって？　何が見えるんだね？」

「古い砦だよ。とても古くて、今はとても恐ろしくなってるよ。わしら南から伝わってきた話を聞いたものよ。スメーアゴルがちっちゃい時だよ、ずっと昔よ。ああ、そうよ、わしら夕方になるとたくさんお話を聞かせてもらったのよ。大河の岸辺に坐って柳のあるところでよ。大河も若かった。ゴクリ、ゴクリ。」かれはすすり泣きながら口の中でぶつぶついいました。ホビットたちは辛抱強く待ちました。

「南から伝わった話だよ。」ゴクリは再び続けました。「輝く目をした背の高い人間たちのことよ、石の丘のようなかれらのやしきのことよ。それからかれらの王の銀の王冠と、かれの白の木のことよ。不思議な話ばかりだったのよ。かれらはとても高い塔を建てた。その一つは銀白色で、塔の中には月のような石があった。そして塔の周りに大きな白い城壁があった。ああそうよ、月の塔についての話はたくさんあったよ。」

「それはエレンディルの息子イシルドゥルの建てたミナス・イシルのことだろう。」と、フロドはいいました。「敵の指を切り取ったのはイシルドゥルだ。」

「そうよ、あいつの黒い手には四本しか指がないよ。だけどそれだけで充分よ。」ゴクリはそういって身震いしました。「それであいつはイシルドゥルの都を憎んだのよ。」

「あいつが憎まないものがあるだろうか？」と、フロドはいいました。「だが、月の塔がわたしたちにどういう関係があるのかね？」

「それよ、旦那、それはそこにあったのよ、そして今もあるよ。その高い塔と白い家々と城壁のことだよ。だけど今はよくないよ、美しくないよ。あいつがとっくに征服しちゃったのよ。今はとても恐ろしい所になったよ。旅人たちはそれを見て、身を震わすよ。そっと見えない所に遠ざかるよ。その影にはいることも避けるよ。だけど旦那はこの道をいかなきゃなんないのよ。別の道というのはこれしかないんだよ。なぜって山はここで低くなってるんだよ。そして古い道がどんどん登りになって、しまいにてっぺんの暗い峠に着くのよ。それからまたどんどんどんどん下って行くんだよ——ゴルゴロスに。」かれの声は囁(ささや)くほどに低くなり、かれは身震いしました。

「だけどその道を行ってどれだけ都合がいいだね？」と、サムがたずねました。「おらたちの敵はもちろん自分の国の山のことなら何でも知ってるに決まってる。それにその道だってここと同じくらい水も漏らさず守られてるんじゃないかね？塔は空っぽじゃないだろ、空っぽかね？」

「ああ、空っぽじゃないよ！」ゴクリは声をひそめていいました。「空っぽに見えるけど、空っぽじゃないよ。ああ、そうよ！　とても恐ろしいものたちがそこに住んでるのよ。オークたちだよ、そうよ、オークたちはいつだっているよ。だけどもっとこわいものたちもだよ、もっとこわいものたちも住んでるのよ。道は城壁の影のすぐ下を登って、門を通り過ぎるのよ。道に動くものでやつらの知らないものは何一つないんよ。中にいるものたちにはわかるのよ。物言わぬ見張りたちだよ。」

「それがお前の忠告かよ。」と、サムがいいました。「これからまた南にえっちらおっちら歩いて、着いてみれば、もし着ければの話だが、また同じように進退きわまるか、もっとひどいことになりかねねえのかよ？」

「ちがう、ちがうとも。」と、ゴクリはいいました。「ホビットさんたちわかってくれなきゃだめだよ。わかろうとしなきゃだめだよ。あいつはそっちから攻められると思ってないのよ。あいつの目はどこでもぐるっと見られる。だけど場所によってはほかの場所よりもっと気をつけてるんだよ。あいつは一度に何もかも見ることはできないよ。今はまだできないよ。わかるかね。あいつは影の山脈の西の国は大河のところまですっかり征服してしまった。そして橋も今はあいつが握ってるよ。あいつはだれ一人月の塔にはやってこられないと思ってるよ。橋のところでどうしたって大合戦を打たなくちゃ通れないし、でなきゃ、隠しもできないたくさんの船に乗ってこなくちゃならないからよ。あいつにはすぐわかるのよ。」

「お前はあいつのやり口や考え方を随分知ってるようだな。」と、サムがいいました。「最近あいつと話したことがあるだかな？　それともオークとぺちゃぺちゃ話しただけかな？」

「よくないホビットだよ。物わかりがよくないよ。」ゴクリはそういうと、サムに怒った一瞥を投げ、それからフロドの方に向き直りました。「スメーアゴル、オークと話したことあるよ、もちろんあるよ。旦那に会う前のことだよ。いろんな人と話したことあるよ。スメーアゴルとても遠くまで歩いたからね。スメーアゴルが今いったこと、多勢の人がいってるよ。あいつにとって、それからわしらにも、大きい危険があるのは、北のここだよ。あいつはいつかそのうち黒門から出てくるよ。間もなくだよ。大軍がやってこれるのはここだけだからね。だけど西のあっちの方のことはあいつは心配していない。それに物言わない見張りがいるからよ。」

「まったくその通りだとも！」ごまかされまいとして、サムがいいました。「そこでおらたちはのこのこ歩いていって、やつらの門を叩き、これはモルドールに行く正しい道ですかいとたずねるのかね？　それともやつらは物言わねえから答えねえかね？　分別のねえこった。そんなことなら、ここで同じことやった方がましだ。そうすりゃまたえっちらおっちら歩かねえでもすむよ。」

「冗談いうでないよ。」ゴクリが怒った声を出しました。「おかしいことじゃないよ。ああ、そうよ！　おもしろいことじゃないのよ。大体モルドールにはいろうとすることがあたりまえでないことなのよ。だけど旦那が『わたしは行かなきゃならない。』とか『わたしは行く。』というんなら、どこかの道にあたらなきゃならないのよ。だけど旦那はあの恐ろしい都には行っちゃいけないよ、おお、そうよ、ほんとにいけないよ。スメーアゴルが助けるのはここんとこよ。いいスメーアゴルだよ。これがどういうことなんだかだれもスメーアゴルにいってくれないけどよ。スメーアゴルもう一度助けるよ。スメーアゴル見つけたのよ、スメーアゴル知ってるのよ。」

「何を見つけたのだね？」と、フロドがたずねました。

ゴクリは低くうずくまると、声を落として再び囁き声になりました。「二つの小道が山の中に通じてるのよ、それから階段がある、狭い階段よ、ああ、そうよ、とても長くて狭いのよ。それからまたもっと階段があるよ。それから」──ここでかれの声はもっと低くなりました──「トンネルがあるよ。暗いトンネルだよ。それから最後に小さな出口があって、それから小道がある、山道よりずっと高いところだよ。スメーアゴルが暗闇から脱け出したのはこの道からなのよ。だけどそれはもう何年も前のことよ。あの小道はもうなくなったかもしれない、だけど多分なくならないね、多分なくならないよ。」

「話を聞いた感じじゃ、気がむかねえだね。」と、サムがいいました。「第一話がうますぎるだよ。もしその道が今でもあるなら、そこも見張られてるだろうよ。見張られていなかったのかね、ゴクリ？」かれがこういった時、ゴクリの目に緑色の光が閃いたのをかれは見たか、それとも見たような気がしました。ゴクリは口の中でぶつぶついっていましたが、答えませんでした。

「そこは見張られてはいないのかね?」フロドが厳しい声音でたずねました。「それに、スメーアゴルよ、お前は暗闇の国から逃げ出したのかね? お前はむしろあの国から出ることを黙認されたのではないのかね? それも用をいいつけられて。何年か前死者の沼地のそばでお前を見つけたアラゴルンは少なくともそう考えたようだ。」

「それは嘘だ!」ゴクリは怒った声を出しました。そしてアラゴルンの名前が出たのを聞くと、凶悪な光がその目に浮かびました。「あいつはわしのことを嘘いってるのよ、そうよ、嘘いってるのよ。わしはほんとに逃げた。わし一人の力でだよ。たしかにわしはいとしいしとを探すようにいいつけられた。そしてわしは探して探したとも。もちろんだよ。だけど黒いやつのためではない。いとしいしとはわしらのものだったのよ。わしのものだったんだとも。わしは逃げたんだよ。」

フロドはこのことではゴクリの言葉が初めて、あり得べき真実からそれほど遠くはないのではないか、どうにかしてかれはモルドールから脱出する道を見つけたのではなかろうか、そしてその脱出はかれ自身の狡智によるものと少なくとも自分では信じているのではなかろうかという不思議な確信を得ました。一つには、かれはゴクリがわしらではなくわしという単数を用いたことに気がついたからです。そしてこれはめったに現われないこととはいえ通常は昔の真実と誠実さの名残がその時だけでも力を得たということの印のように思われたからです。しかしたとえゴクリがこの点で信用できたにしても、フロドは敵の奸計を忘れはしませんでした。「脱出」といっても、わざと放っておかれたのかもしれませんし、あるいはお膳立ての上にのせられたのかもしれません。そして暗黒の塔では充分承知していることだったのかもしれません。それにいずれにせよゴクリは明らかにかなり多くのことを隠していました。

「もう一度たずねるがね、」と、かれはいいました。「この秘密の道は見張られてはいないのかね？」

しかしアラゴルンの名前がゴクリを不機嫌にしてしまいました。かれは嘘つきが一度だけ本当のことを、あるいは部分的にも真実を話したのに信じてもらえなかった時に見せるすね方をむき出しにしていました。かれは答えませんでした。

「見張られていないのかね？」フロドは繰り返しました。

「いるだろ、いるだろ、たぶんね。この国に安全なとこはないよ。」ゴクリはすねたようにいいました。「安全なとこ一つもないね。だけど旦那はそこを試してみるか、でなきゃ帰るほかないよ。ほかに道ないよ。」二人はそれ以上かれにいわせることはできませんでした。その危険な場所と高い山道の名前はゴクリにはいえませんでした。それともいおうとしなかったのです。

そこの名前はキリス・ウンゴルといいました。おそるべき噂をもつ名前でした。アラゴルンなら多分その名前とその名前の暗示するものをかれらに話してくれたでしょう。ガンダルフなら二人に警告を発してくれたでしょう。しかしここには二人だけで、アラゴルンは遥かに遠く、ガンダルフはアイゼンガルドの廃墟のただ中に立って、サルマンと勝敗を競い、つまり裏切り行為のために、手間をくっていました。しかしかれの思いは、たとえ最後の決定的な言葉をサルマンに話している時でも、そしてパランティールが火と燃えてオルサンクの階段にぶつかった時でも、絶えずフロドとサムに向けられていたのです。何百リーグもの長い距離を越えて、かれの心は望みと憐れみをこめてかれらを探し求めていました。

おそらくフロドはそれとは知らずにその心を感じていたのでしょう。アモン・ヘンの山頂で感じたように——たとえかれがガンダルフはもういなくなってしまった、遥かかなたのモリアの暗闇に永久に姿を没してしまったと信じていたにせよ。かれは長い間地面に坐り込んで、黙ったまま頭を垂れ、ガンダルフが話してくれたことをすっかり思い出そうとしていました。しかし、今かれがその前に立たされている選択については、どんな助言も思い出せませんでした。まったくのところガンダルフの導きは余りにも早くかれから取り上げられてしまったのでした。本当に余りにも早すぎました。暗黒の地がまだ遥か先にある時のことでしたから。最後にどうやってその地にはいるかという点についてはガンダルフは何もいいませんでした。多分いえなかったのでしょう。北方における敵の拠点、すなわちドル・グルドゥルにはかれも危険を冒して入り込んだことがあります。しかしモルドールには、火の山には、バラド＝ドゥールにはどうでしょう？ 冥王が再び力を得てきて以来、かれはこれらの地を旅したことがあったでしょうか？ フロドはそうは思いませんでした。そしてここにいるかれはホビット庄から来た一介の小さい人であり、平穏な田舎の取るに足りないホビットだというのに、偉い人たちが行けない所、敢えて行こうとしない所に道を見いだすように期待されているのです。これは不幸な定めでした。しかしかれは過ぐる年の今は遠い春の日に自分の居間で自らそれをわが身に引き受けたのでした。かえりみれば随分遠い日のことのようで、まるでこの世がまだ若く、銀と金の木に花がまだ咲いていた頃の物語の中の一章のように思われました。これは不吉な選択でした。かれは今どちらの道を選ぶべきなのでしょうか？ そしてもし両方の行き着くところは恐怖と死であるとすれば、選ぶことが何の役に立つというのでしょう？

明るい朝が近づいてきました。三人がひそんでいるこの窪地、恐怖の地の国境にかくも近いこの小さな灰色の窪地は深い沈黙にとざされていました。その沈黙は、三人を周りの世界から切り離す厚いヴェールのように、手で触れることさえできそうでした。頭上には円天井のような薄青い空があり、流れ走る煙が条をつけていました。しかしこの空は沈思する思いをのせて重くたわむ空気の層をいくつも通して見るように、遥かに遠く高いものに思われました。

太陽を背に中空に舞う鷲がいたとしても、ここに運命の重みに打ちのめされ、黙々として動かず、薄い灰色のマントにくるまって坐っているホビットたちに気がつきはしなかったでしょう。もしかしたらかれは地面にぶざまに腹ばっている小さな姿、ゴクリをよく見ようとして、一瞬翼を休めるかもしれません、そして餓え死にした人間の子の骸骨でも横たわってるのだろうと考えたでしょう。ぼろぼろになった衣服がまだへばりついていますが、長い手足はもうほとんど骨のように白く、骨のように細く、啄むべき肉などどこにもついていないのですから。

フロドの頭は膝にかぶさるほど垂れていました。しかしサムは両手を頭の後ろにまわして後ろによりかかり、頭巾の中から何一つ見えるものとてない空をじっと見つめていました。少なくともかなり長い間、空には何一つ見えなかったのです。それからしばらくして、サムは黒っぽい鳥のような形をしたものが一つ視野の中にはいりこんできたと思うと、空中を飛び回り、それから再び向きを転じて飛び去っていくのを見ました。さらに二羽がそれに続き、それから四羽目が現われました。見たところはどれもとても小さく見えますが、どういうわけでかかれには、それらが実際には非常に大きく、巨大な翼を広げて、うんと高いところを飛んでいることがわかりました。かれは目をおおって体を屈め、身をすくませました。黒の乗手を前にした時に感じたのと同じ警戒的な恐れでした。風の中に聞こえた呼び声と、月にかかった影とに伴って襲ってきたあの逃れようのない恐怖でした。ただ同じ恐怖でも今はそれほど圧倒的でも強圧的でもありませんでした。脅かすものはずっと遠くにありました。しかし脅かすものであることは同じです。フロドもそれを感じました。かれの考えごとは破られました。かれはもぞもぞと体を動かし身震いしました。しかし目を上げはしませんでした。ゴクリは追いつめられた蜘蛛のように体を丸めました。翼を持ったものは空中を旋回するとさあっと舞い降りて来て、そのまま急ぎモルドールに戻って行きました。

サムはほうっと深い息をつきました。「乗手たちがまたやって来ましただ。空を飛んでましただ。」かれはしわがれた声で囁きました。「おら見ましただ。やつらにおらたちが見えるでしょうか？ とっても高いところを飛んでましただ。それにもしやつらが黒の乗手で、前と同じだとすると、やつらは昼間はあまり見えないっちゅうこってすよね？」

「うん、多分見えないだろうね。」と、フロドがいいました。「しかしかれらの乗っていた馬は見えた。そしてかれらが今乗っているあの翼のある生きものたちもおそらくほかのどの生きものよりも目が見えるだろう。かれらは腐肉あさりの大きな鳥のようだ。かれらは何かを探しているのだ。敵は警戒しているのではないだろうか。」

恐れる気持ちは過ぎ去りました。しかしかれらを包んでいた沈黙は破れました。しばらくの間かれらは、ちょうど目に見えない小島にいるように、外界から切り離されていたのですが、今や再びむき出しとなりました。危険が戻ってきたのです。しかしフロドは依然としてゴクリには口を利かず、また選択もしません。かれの目は、夢を見ているように、あるいは自分の心と記憶の中を覗き込んでいるように閉ざされていました。とうとうかれは動かない姿勢を解くと立ち上がりました。そして今やまさに口を開き決断を下そうとするかのように見受けられたのですが、かれはこういいました。「聞け！　あれは何だ？」

新たな恐怖がかれらを襲いました。かれらは歌声と耳障りな喚声を聞きました。最初はそれは随分遠くから聞こえるように思えましたが、だんだん近づいてきました。かれらのいる方にやってくるのです。かれらの心には一様に黒の翼がかれらを見つけ、かれらを捕えるために武装した兵隊たちをよこしたのではないかという考えが浮かびました。あの恐ろしいサウロンの召使たちのことですから、早すぎるということはないように思えたのです。かれらはうずくまったまま耳を澄ましました。声や武器、鎧の触れ合う音がとても近く聞こえました。フロドとサムは鞘におさまった小さな剣を外しました。今となっては逃げることは不可能でした。

ゴクリはそろそろと体を起こすと、昆虫か何かのように窪地の縁まで這って行きました。非常に用心深くかれは一インチ一インチと体を伸ばすと、とうとう先端の崩れた岩と岩の間から向こうを覗くことができました。かれはしばらくそのまま音も立てず体も動かさず、じっとそこにいました。やがて声は再び遠ざかり、それからゆっくりと消え去っていきました。遠くモランノンの城壁で角笛が吹き鳴らされました。やがてゴクリはそっと引き下がると、忍び足で窪地に降りてきました。

「またもっとたくさんの人間たちがモルドールに行くよ。」かれは低い声でいいました。「黒い顔だよ。あんな人間たち、わしら前に見たことないよ。スメーアゴルないよ。たけだけしいやつらだよ。目は黒く、髪の毛は長くて黒いよ。それから耳には金の輪をつけてる。そうよ、たくさんの美しい金だよ。それから頬ぺたに赤いものを塗ったやつもいる。それから赤いマントもだよ。それから旗も赤いし、槍の先もだよ。それからやつらは円い盾を持ってるよ。黄色と黒で大きい鋲がついているよ。いい人たちじゃない。とても残忍で性悪な人間みたいだよ。オークと同じぐらい悪そうだ。それにもっと大きい。スメーアゴルの考えじゃ、やつら大河が終わった先の南から来たと思うね。やつらあの道をやって来たのよ。やつら黒門の方に行った。だけどまだもっと来るかもしれないよ。モルドールにはどんどんどんどん人が来るよ。いつかそのうちみんながみんなモルドールの中にはいっちまうだろ。」

「オリファントはいるかね?」見知らぬ国のことを知りたい余り怖さを忘れて、サムはたずねました。

「いないよ、オリファントいないよ。オリファントって何かね?」と、ゴクリはいいました。

サムは立ち上がると両手を後ろに回し（「詩を誦する」時にはかれはいつもそうするのです）、そして始めました。

鼠の灰色、
家の大きさ、
蛇のような鼻で
わしが草原ふめば
大地はゆれるよ。
わしが村を通れば、
木々が折れるよ。
口には角、
わしは南方に住み
大耳をはためかす。
数えきれぬ昔から

わしはのそりと歩きまわり
死ぬ時でさえ、
地面には寝ない。
わしは、オリファントだ。
この世の最大のもの、
堂々と、老いて、山のよう。
一度でもわしに出会ったら、
忘れようとも忘られぬ。
一度も見なけりゃ
わしがいると思われぬ。
だけど、わしは老いたオリファント。
嘘じゃないぞう。

「これはな、」朗誦を終えるとサムはいいました。「これはホビット庄に伝わってる詩だよ。ばかばかしいざれ歌かもしれねえけど、そうでないかもしれねえ。だけどほかに話も伝わってるからね、南の国のことがね。昔はホビットたちもたまには旅に出たもんなんだ。旅に出た者がみんな帰ってきたわけでもないし、帰ってきた者たちのいうことを全部信じたわけでもないけどな。『ブリー村で聞いた話』とか『ホビット庄の噂話（うわさばなし）』でないなんていう言いまわしがあるからな。だけど、おらは太陽の国にいる大きい人たちの話を聞いたことがある。おらたちはそいつらのことを色黒人（スワート）と呼んでいる。そいつらはオリファントに乗ってるって話だ、戦う時のことだよ。そいつらは家でも塔でもオリファントの背中に乗せちまうとよ。それからオリファントはお互いに岩や木を投げ合うと。それでお前が『南から来た人間たちで、みんな赤や金を着けてる。』っていったから、おらいったんだ、『オリファントはいるかね？』ってね。もしいれば、少しぐらい危なくたって、一目見てみようと思っただよ。けど、やっぱりオリファントが見られる日なんてありそうもないなあ。多分そんなけものはいやしないんだ。」かれは溜息をつきました。

「いないよ、オリファントなんかいないよ。」ゴクリはもう一度いいました。「スメーアゴル聞いたことないよ。スメーアゴル、オリファントに会いたくないよ。オリファントなんかいてほしくないよ。スメーアゴルここからよそに行きたい。そしてどっかもっと安全なところに隠れたいよ。スメーアゴル、旦那にも行ってほしい。いい旦那よ、スメーアゴルと一緒に行かないかね？」

フロドは立ち上がりました。かれはサムが古い炉辺の歌、「オリファント」をやおら誦し始めた時には、さまざまな心配ごとの最中にあって思わず笑い出してしまいました。そして笑ったことによって遅疑逡巡から解き放たれました。「わたしたちに一千頭のオリファントがいて、白いオリファントに乗ってガンダルフを先頭に押し立てられるといいんだがなあ。」と、かれはいいました。「そしたらこの悪の国に攻め入るんだけどねえ。だけどわたしたちにはオリファントはいない。自分の疲れた脚があるだけだ。それだけだ。さて、スメーアゴルよ、三つ目が一番いいといいがね。わたしはお前と一緒に行くよ。」

「いい旦那、賢い旦那、してきな旦那さま。」ゴクリは有頂天になって叫びながら、フロドの膝を軽く叩きました。「いい旦那だよ！　では今はお休みよ、いいホビットさんたち、石の影にかくれて、石の下にくっついて！　静かに横になってお休みよ、黄色い顔がいなくなるまで。それからわしらは急いで行けるよ。影のようにそっと静かに急いで行かなきゃならないよ！」

四　香り草入り兎(うさぎ)肉シチュー

日暮れまでの数時間、かれらは太陽とともにずれていく日陰に体の位置を移しながら休息をとりました。そのうち三人のひそむ窪地の西側の縁の投げかける影が次第に長くなって、とうとう窪地全体を暗闇が満たしました。それからホビットたちはわずかなものを腹に入れ、乏しい水で喉(のど)を潤(うるお)しました。ゴクリは何も食べませんでしたが、水は喜んでご馳走(ちそう)になりました。

「今にもっとたくさん飲めるよ。」唇をなめながらかれはいいました。「いい水が幾(いく)条(すじ)も大河に流れこんでるよ。わしらの行く土地にはおいしい水があるよ。そこへ行ったら、たぶん、スメーアゴル食べものも見つかるよ。スメーアゴルとても腹空(す)いた。そうよ、ゴクリ！」かれは平たい大きな両手を小さく縮んだお腹にあてました。すると薄緑色の光がその目に浮かびました。

ようやくかれらが出発した時には、もう夕闇が深まっていました。三人は窪地の西の縁を匍い登り、道に隣り合ったでこぼこの荒れ地の中に幽霊のように消え去っていきました。今夜は満月から三日目の夜ですが、月は真夜中近くなるまでは山々の上まで上らず、夜もまだ早いうちは、まったくの暗闇でした。唯一つ赤い光が歯の塔の上高く燃えているだけで、ほかにはモランノンに不寝番のいる気配は目にも見えず、耳にも聞かれませんでした。

赤い光の目が、石のごろごろする荒れ地をよろめく足で逃げていく三人を何マイルにもわたってじっと睨めつけているように思えました。かれらは道を使う勇気はありませんでしたが、いつもその道が左にあるようにして、幾分かの距離を置きながらも、できるだけその線に沿って進みました。夜が次第に更け、ただ一度短い休息をとっただけのホビットたちがすっかり疲れ果てた頃、ようやく赤い目は小さな火の点となり、やがて消え去りました。かれらは低い方の山並みの暗い北の肩をすでに回り、一路南に向かいました。

不思議に心が軽くなって、かれらはここでもう一度休息をとりました。しかしゆっくりはできません。ゴクリからみると、この速度ではまだまだ充分な速さとはいえなかったのです。かれの計算によると、モランノンからオスギリアスの上の十字路まではおよそ三十リーグ近くあり、かれはその間を四日間で踏破したいと望んでいたのです。そこでかれらは間もなくまたもや疲れた足に鞭打って歩き続けました。するとそのうち暁の光が広大な灰色の荒れ地にゆっくりと広がり始めました。それまでにかれらはほとんど八リーグ近く歩いていましたので、たとえホビットたちにその覚悟ができていたにしても、もうとてもそれ以上は進めなかったでしょう。

だんだん明るくなった光が露にしたのはもうそれほど不毛でもなく荒れ果ててもいない土地でした。山々は依然としてかれらの左手に薄気味悪くぼーっと聳え立っていました。しかし南へ向かう道は今はもう黒々とした山の根から遠ざかり、西に向けてはすかいに進んでいましたので、かれらのいるところからもすぐ近くにそれと認められるのでした。道の向こうには黒っぽい雲のような暗い木立ちでおおわれた斜面がありました。しかしかれらの周りは一面にヒースの荒れ地でヒースのほかにえにしだ、水木の類、それにかれらが名も知らぬ灌木が生い茂っていました。またここかしこに数本ずつかたまって生えている高い松の木がありました。ホビットたちは疲れ切っているにもかかわらず、いくらか元気が出てきたのを感じました。空気はすがすがしくいいにおいがしました。ホビットたちは遠い北四が一の庄の高地を思い出しました。たとえ一時なりと心配から逃れ、冥王の支配権の及んでまだ数年にしかならぬ、したがってまだ完全には荒廃に帰してはいない土地を歩くことは心楽しいことに思われました。しかしかれらは危険を忘れてはいませんでした。また陰気な山々の背後に隠されてるとはいえ、まだまだ遠くなったとはいえない黒門の存在を忘れてはいませんでした。かれらは日の光のある間恐ろしい者たちの目から身を隠すことのできる隠れ場所を探しました。

昼間は不安なうちに過ぎていきました。かれらはヒースの茂みの奥深く身を横たえ、遅々として進まぬ時を数えました。時間の変化はほとんどないように見えました。というのもかれらはいまだにエフェル・ドゥーアスの山陰にいましたし、太陽は隠れていたからです。フロドは断続的な眠りとはいえ、心安らかにぐっすりと眠りました。ゴクリを信用したのか、それともかれのことなど気にしていられないほど疲れていたのです。しかしサムは、たとえゴクリがスースーと息をし、その密かな夢の中でぴくぴく体をひきつらせながら、見た目にもはっきり熟睡していると見える時でさえ、どうしても仮寝以上の眠りにははいれないのでした。かれの目を覚まさせていたのは、おそらくゴクリに対する不信からというより空腹のためだったかもしれません。かれはおいしい家庭料理、「鍋からよそった何か熱い料理」を切望し始めていたのです。

忍び寄る夕闇にあたりの土地が模糊とした灰色に薄れるとすぐに、かれらは再び歩き始めました。しばらくして、ゴクリはかれらを導いて南に向かう道に出ました。それからは、もっと速く進むことができましたが、危険も強まりました。かれらは前方の道からか、あとをつけて背後からか、蹄の音や足音が聞こえてこないかと耳をすませました。しかし夜は過ぎ行き、その間人馬の音は聞こえませんでした。

この道は記憶にも残らぬ遠い昔に作られたもので、モランノンからかれこれ三十マイルばかり下ったところまでは新たに修復の手が加えられていましたが、南に進むにつれ荒れ地に浸食されていました。昔の人間たちの残した技は真っ直で狂いのない階段とか、高低のない進路などに今もまだ見ることができました。時折り道は山腹の斜面を切り通してあったり、長持ちする石造りの広い弧を描く橋を渡して小川を跳び越えていたりしました。しかしとうとうしまいに石で造ったもののあとはすっかり消え去り、ただところどころに折れた柱が道端の灌木から顔を出したり、古い鋪石が雑草や苔の間に今もひそんでいるだけになりました。ヒースや灌木やわらびの類が匍い下がってきて、土手から張り出し、路面にまではびこっていました。とうとう道は、ほとんど使われない田舎の荷馬車道ほどにせばまってきました。しかし曲がりくねってはおらず、確かな進路を保って、旅人たちが最も速く進める道になっていました。

こうしてかれらは森が斜面を這い登り、せせらぎが早瀬となって流れる美しき国、かつて人間たちがイシリエンと呼んだ地の北の外れにはいっていたのです。その夜は星と丸い月の出た晴天となり、ホビットたちには、進むにつれ空気の香ばしさが次第に強まってくるように思われました。ゴクリが喘ぎながら口の中で文句をいっているところからみると、かれもまたそれに気がつき、そしてそのことを快く思っていないように見えました。暁の光が射し初める頃、かれらは再び立ち止まりました。長い切り通しの終わるところに来ていました。これは岩の尾根を切り開いて道を通した深い切り通しで、真ん中は切り立った壁になっていました。かれらは西側の堤をよじ登って、あたりを見渡しました。

空は明るんでいました。モルドールの山並みはもうずっと遠ざかり、東に退きながら長いカーブを描いて、その果ては視界から消え去っていました。西を向くと、目の前には緩やかな斜面が広がり、遥か眼下のおぼろな霞の中に消えていました。

かれらを取り巻いているものといえば、樅、杉、糸杉、それにホビット庄では名の知られていない種類の樹脂の多い木々の小さな林ばかりで、それらの林の中には広い空地がありました。そして至るところにいいにおいのする香り草や灌木がふんだんに生えていました。裂け谷から長い旅を重ねてきたホビットたちは故郷より遥か南の地まで下って来ていたのですが、今この比較的外界から守られている地域にはいって来るまでは、気候の変化を感じないできました。ここではゆくところ春がすでにさかりでした。羊歯の葉は苔や土を突き抜けて芽ぶき、落葉松の緑が芽立ち、小さな花々が芝草に開き、小鳥が歌っていました。今では住む人とてないゴンドールの庭イシリエンはいまだに乱れ髪の森の女神の美しさを保持しているのでした。

ここは、南西はアンドゥインの温暖な低い谷間に面し、東はエフェル・ドゥーアスによって遮られながら、その山陰にはならず、北はエミュン・ムイルによって守られ、一方南の空気と遠い海からの湿った風をまともに受けていました。ここにはまたたくさんの大木が育っていました。随分昔に植えられたものですが、手入れも怠りがちな子孫たちの動乱の世のさなかに放置されたまま老年を迎えた木々でした。それにタマリスク、つんと鼻をつくテレビン、オリーブ、月桂樹の木立ちや茂みが散在し、また杜松に天人花があるかと思うと、タイムが茂みをなし、木質の茎が匍いずって厚みのあるつづれ織りをなして石をおおい隠していました。いろいろな種類のセージも青い花、赤い花、あるいは薄緑の花を咲かせていました。それにマヨラナがあり、芽を出したばかりのパセリがあり、またサムの園芸知識では形も香りも初めての香り草がたくさんありました。小さな洞穴や岩壁はすでに雪の下や万年草の星のような花々でちりばめられていました。桜草やアネモネもはしばみの茂みに花を開き、水仙やたくさんの百合の花々も半ば開きかけた頭を草の中に垂れていました。流れ落ちる水がアンドゥインへ流れゆく道すがらに、ひんやりした窪地に一休みする水たまりの傍らにはふかふかの緑の芝生がありました。

旅人たちは道に背を向け、坂を下っていきました。灌木の茂みや香り草を踏みしだきながら歩いていくと、まわりにいい香りが立ち昇ってきました。ゴクリは咳きこんで吐きそうにしました。しかしホビットたちは深く息を吸い込みました。そしてサムは不意に笑い出しました。ほっと気持ちがくつろいだためで、おもしろがって笑ったのではありません。三人は目の前を早瀬となって流れ落ちていく小川について進みました。流れに沿っていくと、浅い谷間にある小さな澄んだ湖に出ました。湖といっても、昔の石のため池のこわれたあとに水がたまったもので、彫刻をした縁はそのほとんどが苔やばらのやぶでおおわれていました。その周りにはあやめが列をなして立っていました。またわずかに小波立った暗い水の面には睡蓮の葉が浮かんでいました。しかし水は深く澄み、向こう端の石の縁から、絶えず静かに零れ出ていました。

　ここでかれらは水を使い、流れ込んでくる新しい水を心ゆくまで飲みました。それから休息の場所と隠れ場所を探しました。というのも、この土地はたとえ見たところはまだ美しい土地であるにせよ、今では敵の支配する地となっていたからです。かれらは道からそう遠くには来ていなかったのですが、そんな短い距離の間でさえ、古い戦いの傷痕のほかに、オークどもや冥王の無道な召使どもによってつけられた新たな傷を見ることができました。土をかぶせてもいない汚物やごみの穴、気まぐれに切り倒されたまま、朽ちるにまかされた木々、しかも樹皮には、悪しき者たちの文字や、かの目を形どった恐ろしい印が乱暴な線で刻まれていました。

　サムは湖の水の流れ落ちる方に降りていきました。見慣れぬ植物や木々に手を触れてみたりにおいを嗅いでみたり、しばしモルドールのことも忘れていたのですが、不意にかれらが常に当面している危険を思い起こさせるものがありました。火で焼け焦げた跡がまだ丸く残っているところにつまずきふと見ると、その環の真中には黒く焦げてばらばらになった骨や頭蓋骨が山になっていました。野ばらや茨、地を匍うクレマチスといった旺盛な繁殖力を持った荒れ地の植物がこの恐るべき饗宴と殺戮の現場をすでにおおうとしていましたが、これは昔のものではありませんでした。かれは急いで仲間たちのところに戻りましたが、そのことについては何もいいませんでした。骨はゴクリが手でひっかき回して引き出したりしないようにそっとしておくのが最上と思ったからでした。

「横になるところを見つけましょうや。」と、かれはいいました。「低いところじゃなしに。おらはちいと高いところがいいですだ。」

　湖より少し上に戻ったところで、かれらは去年の羊歯が茶色くすがれてふかふかに重なり合っているところを見つけました。その先は暗緑色の月桂樹の木立ちが急斜面を埋め、その土手の一番上を杉の老樹が飾っていました。かれらはここで休息をとり、明るい間を過ごすことに決めました。その日はよく晴れた暖かい一日になりそうなことがすでに予想されました。イシリエンの小さな森や森の中の空き地をぶらぶら歩きながら旅を続けるには気持ちのいい日和でしたが、いかにオークが日の光を忌むとはいえ、ここにはかれらが身を隠して見張っていられる場所が多すぎました。それにほかにも悪意を持った目がモルドールの外をうろうろしていました。

サウロンには多勢の召使たちがいたのです。それにどっちみちゴクリは黄色い顔の下を旅しようとはしないでしょう。黄色い顔はもう間もなくエフェル・ドゥーアスの暗い山並みの上からのぞくでしょう。するとゴクリはその光と熱に元気を失って小さくなるでしょう。

サムは三人で歩いている間も本気で食べもののことを考え続けていました。通行不能な黒門に懐いた絶望を後にしてきた今、かれは、主人のように、使命が果てたあとの暮らしの糧のことは全然考えないという気にはなれませんでした。それにともかく前途に横たわる最悪の時のためにエルフの行糧は取っておく方が賢明であるようにかれには思えたのです。かつがつ三週間分の糧食しかないとかれが判断してから、もう六日かそれ以上の日数が経っていました。

「もしその間に火の山に着けるとしたら、このぶんでは僥倖というもんだ！」と、かれは考えました。「そのあとおらたちたぶん帰りたくなるかもしれねえ。そうなるとも！」

おまけに、長い一夜の強行軍の果てに、水を浴び、喉を潤したあとですから、今までよりなおさら空腹を感じたのです。袋枝路のわが家の古い台所の煖炉端での夕食か朝食、それこそかれが本当に望んでいるものでした。かれは不意にあることを思いついてゴクリの方に向き直りました。ゴクリはゴクリでちょうど今こっそりと消え去るところで、四つん匍いのまま羊歯の間を通って向こうに行きかけていました。

「おーい！　ゴクリ！」と、サムはいいました。「どこ行くんだ？　食べもの探しかね？　ところで、おい、くんくん野郎よ、お前はおらたちの食べものが好きじゃねえ。おらはおらで気分変えることは悪くねえ。お前は近頃何かといえば『いつだって喜んで手助けする』っていってるな。お前、腹の空いたホビットのために何か適当なものを見つけてくれないかね？」

「そうしるよ、たぶん見つけるよ」と、ゴクリはいいました。「スメーアゴルいつだって手助けしる、頼まれればよ――ちゃんとよく頼まれればよ。」

「違えねえ！」と、サムはいいました。「おらは頼んでるとも。それでも不足というなら、どうかよろしくと頭下げらあ。」

　ゴクリは姿を消しました。かれはしばらく戻ってきませんでした。フロドはレンバスを二口三口食べたあと、茶色の羊歯の間に深々と身を沈めて眠ってしまいました。サムはフロドを見つめました。早朝の光が木々の下の暗がりにわずかに忍び込んできたところでしたが、主人の顔をまざまざと見てとることができました。そして体の傍らの地面に投げ出されたまま動かないその両手も目にしました。不意にかれは、致命的な傷を受けたあと、エルロンドの館で眠ったまま横になっていた時のフロドを思い出しました。あの時ずっと看取りを続けながら、サムは時折りかれの内部からかすかに光が射すように思われるのに気がつきました。今やその光は一層鮮明となり一層強まっていました。フロドの顔は安らかでした。恐怖と心配はその痕を留めていませんでした。しかしその顔は年老いて見えました。年老いてしかも美しく見えました。あたかも長い年月をかけて形を刻み上げてきた鑿のあとが、以前は隠されていた多くの美しい線となって今現われ出たかのようでした。といっても、目鼻立ちに変化が起こったわけではありません。またサム・ギャムジーが心中そうと思い込んだわけでもありません。かれはあたかも言葉は役に立たないと悟ったかのように、頭を振って呟いたのです。「おらは旦那が好きだ。旦那はこうなんだ。それに時々、どういうわけでか光が透けるみたいだ。だがどっちだろうと、おらは旦那が好きだよ。」

ゴクリがそっと戻ってきて、サムの肩越しにのぞきました。フロドを見ると、かれは目をつむって音も立てずに這うように立ち去りました。ちょっと経ってからサムがかれのところに行くと、かれは何かムシャムシャ噛みながら、ブツブツ独り言をいっていました。かれの傍らの地面には二羽の小さな兎が置かれていました。そしてかれはがつがつと飢えた目をそれに向け始めました。

「スメーアゴルいつも手助けしる。」と、かれはいいました。「スメーアゴル兎持ってきた。うまい兎だよ。だけど旦那は眠っちまった。サムもたぶん眠りたいね。今は兎ほしくないよね？　スメーアゴル手助けしようとするんだけど、なんでもすぐにつかまえるわけにはいかないよ。」

　サムはしかし兎にけちをつけるわけが毛頭ありませんでしたので、そういいました。少なくとも料理した兎には反対じゃありません。いうまでもなくホビットというのはだれでも料理ができるのです。なぜといえば、かれらは文字より早く料理の技術を習い始めるからです（文字の方はとうとう習わないでしまう者が多勢いますが）。しかしサムは、ホビットの尺度からいっても上手な料理人でした。そして今までの旅の途中でも、機会がありさえすれば、野営料理に腕をふるってきました。かれはいまだにもしやという希望にひかされて、荷物の中に道具の幾つかを持ち運んでいました。小さなほくち箱一個と、小さいのが大きいのに収まる式の小さな浅い平鍋二つでした。鍋の中には木の匙一つと、二股の短いフォーク一本と金串が何本か蔵い込まれていました。そして荷物の底の平たい木の箱には、次第に減っていく貴重品、塩が隠されていました。しかし火が要りますし、ほかにも入用なものが幾つかありました。かれはしばらく考えながら、ナイフを取り出し、それを研いできれいにすると、兎の下ごしらえを始めました。かれはたとえ数分たりとも眠っているフロドを一人で置いていくつもりはありませんでした。

「おい、ゴクリ、」と、かれはいいました。「もう一つ用がある。この鍋に水を一杯入れて持ってくるんだ!」

「スメーアゴル水取ってくるよ、そうよ。」と、ゴクリはいいました。「だけど、ホビットなんでそんなに水要るのかね? ホビット水飲んだ、ホビット顔洗った。」

「心配するな、」と、サムはいいました。「考えつかなくたって、すぐわかるっていうだ。早いとこ水取りに行けば、それだけ早くわかるとも。おらの鍋に傷つけるなでないとお前を切り刻んでやるからな。」

ゴクリが行ってしまうと、サムはもう一度フロドに目を遣りました。かれは相変わらず静かに眠っています。しかしサムは今度はその顔と手からすっかり肉が落ちてしまっていることに一番心を揺さぶられました。「すっかり瘦せてやつれてしまわれただなあ。」かれは呟きました。「ホビットとしちゃ普通じゃねえ。この兎の料理ができたら、起こしてさしあげるとしよう。」

サムはよく乾いている羊歯を集めて山にし、それから土手を這い上がって、小枝や折れ木を一束拾い集めました。土手の頂にある杉の木の大枝が一本落ちていて、それだけでたくさん集めることができました。かれは土手の麓の茂みのすぐ外側にある芝土を一部切り取って、浅い穴を掘り、そこに取ってきた燃料を置きました。火打ち石とほくちがすぐ手近にあるので、かれは間もなく小さな炎を燃え上がらすことができました。煙はほとんど出るか出ないかでしたが、かぐわしい焚火のにおいが広がりました。かれが火の上に屈みこんで、手で火をおおい、もっと太い薪を積み上げようとしているところにゴクリが戻ってきました。両手に注意深く鍋を持ち、何やらブツブツ独り言をいっています。

かれは鍋を下に置き、それから突然サムのしていることに気づきました。かれは一声、甲高い細い叫び声をあげました。ぎょっとすると同時に怒ってるように見受けられました。「へっ！　ス、ス、ス——いけない！」と、かれは叫びました。「いけない！　ばかげたホビットだ、とんまよ、そうよ、ばかだよ！　しちゃいけないよ！」

「何をしちゃいけないんだ？」びっくりしてサムがたずねました。

「そのいけすかない赤い舌を作ることよ。」ゴクリは怒っていいました。「火だよ、火を燃やすことだよ！　危ないよ、そうよ、危ないよ。やけどさす、焼き殺す、それに敵を連れてくる。そうよ、連れてくるよ。」

「おらはそうは思わねえ。」と、サムはいいました。「どうして敵を連れてくることになるのかわからねえな。湿ったたきぎでも置いてくすぶらせたりしなければよ。だが敵が来たら、来たまでさ。ともかくおらはやってみるだ。この兎（うさぎ）をシチューにするんじゃ。」

「兎をシチューに！」ゴクリはがっかりして不平をいいました。「スメーアゴルがあんたらにとっといたすてきな肉を台なしにするのかよ！　かわいそうに腹空（す）かせたスメーアゴルがだよ。なんのため？　なんのためよ、ばかなホビット？　若い兎だよ、やわらかい兎だよ。うまい兎よ。そのまま喰（く）え、喰えよ！」かれは手近にある兎に手を伸ばしました。もう皮をむいて火のそばに置いてあったのです。

「まあ、まあ！」と、サムはいいました。「それぞれやり方があるさ。おらたちのパンはお前の息を詰まらせる。生の兎はおらの息を詰まらせるだよ。お前が兎をおらにくれるんなら、兎はおらのものだろ。いいかね、おらが料理したいと思ったら料理するのもおらの勝手よ。そしておらは料理したいとも。お前、おらを監視する必要はねえぞ。もう一羽つかまえてきて、好きなように食べるがいいだ——どこかおらの目に見えない隠れた場所でな。そうすりゃお前には焚火は目にはいらねえだろ。そしておらにはお前が見えねえ。どっちにも好都合さ。おらは煙を出さんように気つける。それでお前の気が安まるならばよ。」

ゴクリは文句をいいながら引き下がると、羊歯の茂みの中にもぐり込みました。サムは鍋にかかりきりでした。「ホビットが兎料理に要るものはと、」かれは独り言をいいました。「香り草少々に根菜と、とりわけじゃががいいんだがなあ——パンはいうに及ばずだ。香り草はどうやら手に入りそうだ。」

「ゴクリ！」かれはやさしく呼びました。「三度目の正直だで。香り草が少しほしい。」羊歯の間からゴクリの頭がのぞきました。しかしその顔は手を貸してくれそうでもなく、愛想よくもありませんでした。「月桂樹の葉二、三枚と、タイムとセージが少しあればいいんだが——この湯が煮立つ前にほしいな。」と、サムがいいました。

「いやだよ！」と、ゴクリがいいました。「スメーアゴル気に入らないよ。それにスメーアゴルにおいのする葉っぱ好きじゃない。スメーアゴル草とか根は食べないよ、そうよ、いとしいしと、飢え死にしそうになるかしどい病気にでもなるまでは食べないよ、かわいそうなスメーアゴルだよ。」

「頼まれた通りにしねえと、スメーアゴルあっつあっつの湯にぶっ込まれるぞ、この湯が沸(わ)いたらな。」サムは腹を立てていいました。「サムがぶっ込んでやるのよ、そうよ、いとしいしと。それにもしちょうどその季節ならスメーアゴルにかぶらと人参を探させるところよ。それにじゃがもな。この土地にはいろんなうまいもんが自然に生えてるに違えねえって。じゃが半ダースくれるならうんと払うんだが。」

「スメーアゴル行かないよ。ああ、行かないとも、いとしいしと。今度は行かない。」ゴクリは怒った声でいいました。「スメーアゴルこわがってる。それにとても疲れた。それにこのホビット親切じゃない。ちっとも親切じゃないよ。スメーアゴル根や人参掘ってやらないぞ——じゃがもだ。じゃがって何だろ？ いとしいしと、えっ、じゃがって何だよ？」

「じゃ、が、い、も、だよ。」と、サムはいいました。「とっつぁんの好物だよ。それに空(す)きっ腹の足しにするにはなかなかいいもんだ。だがじゃがは見つからねえだろうから、探さんでもいいさ。だが、すまんけど香り草を取ってきてくれ。そうすればお前(めえ)のこと見直すぜ。それだけじゃねえ。もしお前が心を入れかえて、その後もずっと心変わりをせなんだら、いつかお前にじゃがを料理してやらあ。おらが料理してやるぞ。サム・ギャムジーお手ずからの魚のフライにじゃがのチップスだ。それなら お前も要らんとはいえねえだぞ。」

「いえるよ、そうよ、いえるとも。うまい魚を台なしにしちまうのかよ。焙っちまうのかよ？　魚くれるなら、今おくれ。けちなチップスなんかはそっちにとっときな！」

「あーあ、箸にも棒にもかかんねえやつだ。」と、サムはいいました。「眠りな！」

　結局かれは自分のほしいものは自分で見つけなければなりませんでした。しかし遠くに行く必要はありませんでした。主人がまだ寝ている場所が見えなくなる所には行きませんでした。湯が煮立つまで、しばらくの間サムは火の世話をしながら物思いに耽っていました。日の明るさが次第に強まり、空気は暖かくなってきました。芝草や葉に置いた露も消えてゆきました。ぶつ切りにされた兎はやがて鍋の中で束ねた香り草と一緒にグツグツいい始めました。時間が経つにつれ、サムはもう少しで眠ってしまいそうでした。こうしてかれはおよそ一時間ばかり弱火で煮ながら、時々フォークで具合を調べ、スープの味をみたりしました。

　サムはこれですっかりでき上がったと思うと、鍋を火からおろし、そっとフロドの方に近づきました。サムがかぶさるように近々と立ったので、フロドは半分目を開き、次の瞬間には見ていた夢から目覚めました。夢はまた穏やかな、そして覚めては記憶に残らぬ安らかなものでした。

「やあ、サム！」と、かれはいいました。「休まないのかね？　どうかしたのかい？　何時だろう？」

「夜明けから二時間ほどですだ。」と、サムはいいました。「ホビット庄の時計では、たぶん八時半近くってところですだ。でも、別にどうかしたわけではねえです。とてもまともな代物ではありませんが、スープ用のストックもなし、玉葱もなし、じゃがもねえですが、フロドの旦那、おら旦那にちょっぴりシチューをお作りしましただ。それからスープを少しばかり。お体にいいと思いますだ。湯呑みに入れてすすっていただくか、それとも少し冷めてから、鍋から直接召し上がっていただかないとなりませんだ。おら椀とか鉢とかちゃんとしたものを何も持ってこなかったもんで。」

　フロドはあくびをしてうーんと伸びをしました。「お前休まなくちゃいけなかったのに、サム。」と、かれはいいました。「それに火を燃やすことはこのあたりでは危険だよ。だけど、腹は空いたなあ。フンフン！　ここまでにおってくるな？　何

をシチューにしたんだね？」

「スメーアゴルの贈り物ですだ。」と、サムはいいました。「子兎一つがいで。けどゴクリのやつ今になったら惜しくなってるんじゃないかと思いますだ。シチューといってても兎のほかには香り草が少しはいってるだけですが。」

　サムとかれの主人は羊歯の茂みに坐り込んで、古いフォークとスプーンをかわりばんこに使って、鍋からじかにシチューを食べました。二人はエルフの行糧の薄焼き菓子をそれぞれ半枚ずつ自らにおごることにしました。宴会といってもいいくらいの大ご馳走になりました。

「フュー！　ゴクリ！」サムは低く口笛を吹いて声をかけました。「来いよ！　今からでも気持ちを変えたらどうだ。まだ間に合うぞ。煮込み兎を試食してみるんなら、まだ少し残ってるからな。」返事はありませんでした。

「まあ、いいや、何か自分の食べ物を探しに行ったんだろ。全部食べてしまいましょう。」と、サムはいいました。

「それからお前は少し眠らなくちゃいけないよ。」と、フロドはいいました。

「おらがうとうとしてる間に寝込まないで下さいまし、フロドの旦那。おらあいつにすっかり気を許してはいませんだ。あいつの中にはまだくさいの——というのは、おわかりですか、悪い方のゴクリのことです——それがけっこう残ってますだ。そしてまただんだん力を得てきてますだ。今ならやつはまずこのおらの首を絞めようとするだろうと思ってるからいうわけではねえのですが。あいつとおらは意見が合わねえし、やつはサムのことを気に入ってねえです。ああ、そうとも、いとしいしと、全然気に入ってねえのです。」

二人は食事を終えました。サムは小川まで道具を洗いに行きました。かれは戻ろうとして立ち上がり、自分の下ってきた斜面を見上げました。ちょうどその時かれは、いつも東に横たわっている煙か靄か暗い影か、何であれ、そちらから太陽が上がってくるのを見ました。太陽はかれの周りの林や空地に金色の光を投げていました。その時かれは自分の居場所の少し上の茂みの中から、陽の光を受けて目にも著く一条の青みがかった灰色の煙が薄く渦を巻いて立ち昇っているのに気づきました。ぎょっとしてかれはこれが自分が炊事用に燃やした小さな焚火から立ち昇った煙であることを悟りました。かれは消すのを忘れていたのです。

「こりゃいかん！　こんなに目立つとは思ってもみなかったぞ！」かれは独りごち

ながら大急ぎで戻り始めました。突然かれは立ち止まって耳を澄ませました。口笛が聞こえはしなかったでしょうか？　それとも何か聞いたこともない鳥の鳴き声だったのでしょうか？　もしこれが口笛だとしても、フロドの方から聞こえてきたのではありません。おや、また別の場所から聞こえてくるではありませんか！　かれは上り坂を走れる限りの速さで走り始めました。

かれは一片の小さな燃え木の火がその外側に燃え移り、焚火の際にあった羊歯を焦がし、燃え上がった羊歯が芝をくすぶらせたのだということを悟りました。大急ぎでかれは燃え残りを足で踏みにじって消し、灰を蹴散らし、火を燃やした穴に芝土をかぶせました。それからかれはそっとフロドのいるところに戻りました。

「口笛を聞かれましただか？　それに答みたいに聞こえたのも？」と、かれはたずねました。「ほんの二、三分前ですだ。ただの鳥だといいと思いますが、そうは聞こえなかったです。それよりだれかが鳥の鳴き声を真似してるように思えましただ。心配なのは、おらの燃やした火が煙を出してたことですだ。これでもしおらが面倒なことを惹き起こすことになったら、おらは絶対に自分を許しはしませんだ。もしかしたらそのチャンスもねえかもしれませんが！」

「しーっ！」フロドが声をひそめていいました。「声が聞こえたような気がしたぞ。」

二人のホビットは銘々の小さな荷物をひもで縛ると、いつでも逃げられるように身につけ、さらに羊歯の茂み深くもぐり込みました。そこで二人はうずくまって耳を澄ませました。

声であることはもう間違いありません。低い声でひそひそ話していますが、遠くではありません。おまけにだんだん近づいてきます。その時、まったくだしぬけにすぐそばではっきり口を利いた者がいました。

「ここだ！　煙が出てたのはここだぞ！」と、その声はいいました。「やつはこの近くにおろう。羊歯の茂みの中にいること間違いなしだ。罠にかかった兎のようにひっ捕えてくれよう。そのあとでやつが一体いかなる生きものなのか問いただすとしよう。」

「そうじゃ。それから何を知ってるかをな！」また別の声がいいました。

たちまち四人の男が銘々別の方角から羊歯を踏み分けてやって来ました。もはや逃げることも隠れることもかなわぬと知って、フロドとサムはがばと跳び起きると、背と背を合わせてそれぞれの小さな剣をさっと抜き放ちました。

もしこの二人が自分たちの目にしたものに驚いたとすれば、二人を捕えた者たちはもっともっとびっくりしました。立っていたのは背の高い四人の男たちでした。二人はきらきら光る広刃の槍を手に持ち、あとの二人はほとんど自分たちの背丈ほどもある大弓と長い緑の羽根のついた矢のはいった大きな矢筒を持っていました。四人とも脇には剣を吊し、色合いがさまざまに変わる緑がかった茶色の服を着ていました。イシリエンの林の中の空地を見られないように歩くにはその方が都合がいいかのようでした。緑色の籠手で手をおおい、顔も目を除いて緑色の頭巾と覆面で隠されていました。その目はどれもきらきらと光る鋭い光を湛えていました。すぐにフロドはボロミルのことを思い浮かべました。なぜならこの男たちは背恰好も態度も、そして話し方もかれに似ていたからです。

「われらの探していたものではござらぬな。」と、一人がいいました。「だが、われらの見つけたのは何でござろうか？」

「オークではないな。」別の一人はそういうと、フロドの手につらぬき丸がきらめくのを見た瞬間つかんだ刀の柄から手を離しました。

「エルフかな？」三人目が確信なげにいいました。

「いや！　エルフではない。」四人の中でも一番背の高い、見たところかれらの頭と思われる四人目の男がいいました。「エルフたちは近頃イシリエンを歩くことがない。それにエルフというのは、打ち眺めたところ驚くほどに美しいという。ともかくそう聞いておる。」

「てことは、おらたちがそうじゃねえってことだね。」と、サムがいいました。「どうもありがとさんよ。で、お前さま方はおらたちのことをとやこうあげつらうのが終わったら、今度はお前さま方がだれであり、なぜ二人の疲れた旅人を休ませておけないのか、たぶん話してくださることってしょうな。」

緑の服を着た背の高い男は厳しい顔をしたまま笑いました。「わたしはゴンドールの大将ファラミルだ。」と、かれはいいました。「だがこの地には旅人は一人もおらぬ。おるのは暗黒の塔か白の塔に召使われている者だけだ。」

「しかし、わたしたちはそのどちらでもないのです。」と、フロドがいいました。「そしてわたしたちは旅人なのです、たとえファラミル殿がどのようなことをいわれるにせよ。」

「それでは名前と用件をとくとく名のられよ。」と、ファラミルがいいました。「われらにはなすべき仕事がある。今は判じものや談判をしている時ではなく、またその場所でもない。さあ！　お前たちのもう一人の仲間はどこにおる？」

「もう一人？」

「さよう、こそこそうろついておるやつだ。向こうの池の中に鼻を突っ込んでるのを見たのだ。みっともないやつだった。間者の仕事をするオークの血がまじっておるか、それともかれらの手下ででもあろうか。だがやつは巧妙にもわれらの目をくらませて逃げおった。」

「あれが今どこにいるのかわたしは知りません。」と、フロドはいいました。「かれは旅の途中偶然出会った道連れに過ぎず、わたしはかれのことには責任はないのです。もしかれを見つけられることがあれば、命は助けてやってください。わたしたちのところにお連れいただくか、よこしていただきたい。あれは哀れな小悪党に過ぎませんが、わたしはしばらくの間、かれをわたしの庇護のもとに置いているのです。ところでわたしたち自身のことについて申せば、われら二人は多くの川を越えたかなた、遥か北西の方角にあるホビット庄よりまいったホビットです。わたしの名前はドロゴの息子フロド、そして一緒にいるのはハムファストの息子サムワイズ、わたしに奉公しているりっぱなホビットです。わたしたちは長い旅をしてまいったのです――裂け谷、人によってはイムラドリスとも呼ぶ所から来ました。」ここでファラミルはぎくっと驚きの色を見せて、フロドの言葉に一層注意を向けました。

「わたしたちには連れが七人いました。そのうち一人をモリアで失い、残る者たちにはラウロスの上流パルス・ガレンで別れました。わたしの血縁の者が二人とドワーフが一人います。それにエルフが一人と、人間が二人です。その二人はアラゴルンにボロミル。かれは南の都、ミナス・ティリスから来たといっていました。」

「ボロミル殿が！」四人の男たちは揃って声をあげました。

「デネソール侯の息子ボロミルとな？」そういうファラミルの顔には奇妙な厳しい表情が浮かびました。「そなたはかれとともに来られたのか？　それが本当だとすれば、まことに興味ある事実だ。小さな異邦人方よ、デネソールの息子ボロミルは白の塔の長官にしてわれらの総大将であった。われらはいたくかれを恋しく思っておるのだ。それではそなたたちはいったい何人であり、かれとはいかなるかかわりを持たれたのか？　とくいい給え。朝日が上ろうとしておるぞ！」

「ボロミル殿が裂け谷にお持ちになった謎の言葉はあなたもご承知ですね？」と、フロドは答えました。

　　折れたる剣を求めよ、
　　そはイムラドリスにあり。

「その言葉は確かに承知いたしておる。」驚いてファラミルはいいました。「そなたもそれを知っておるとは、そなたの言葉の真実性をいくらか証拠づけることになろう。」

「わたしが先ほど名を挙げたアラゴルンがその折れたる剣の所持者なのです。」と、フロドがいいました。「そしてわたしたちはこの歌の中に歌われている小さい人なのです。」

「それはわかる。」ファラミルは考え込みながらいいました。「ともかくそうかもしれぬということはわかる。それでイシルドゥルの禍(わざわい)というのは何なのか?」

「それは秘密にされています。」と、フロドは答えました。「無論やがては明らかになることでありましょうが。」

「このことについてはもっと聞かせてもらわねばならぬ。」と、ファラミルがいいました。「そしていったいいかなる用があってそなたがかくも遠く東の方まで来られたか、それもあれなる影の下を。」かれは指で示して名をいいませんでした。「しかし今ではない。われらは今片付けねばならぬ仕事がある。そなたたちは危険にさらされておる。そして今日は野を通ろうと、道を通ろうと遠くまでは行けぬだろう。真昼までにこのすぐそばで激しい撃ち合いが行なわれよう。そのあとは、死か、でなければアンドゥインへ速やかに逃げ戻るのだ。そなたたちの番をするのに二人を残していこう。そなたたちのためでもあるし、わたしのためでもある。賢明なる者はこの土地では偶然の出会いを信用せぬのだ。もしわたしが戻ってきたら、もっとそなたと話すとしよう。」

「ではご機嫌よう！」フロドは低く頭を下げていいました。「あなたがどう考えられるにせよ、わたしは唯一なる敵を敵とする者たちすべての味方です。わたしたちもあなた方と行(こう)を共にいたしましょう。もしわれらごとき小さき者にしも、あなた方のごとき見るからに剛勇にして力ある方々のお役に立つことを望み得るとすれば、またわたしの用向きが許しさえすればですが。願わくばあなた方の剣に光が輝きますように！」

「小さい人たちは礼儀を心得ておられるな、ほかの点はどうであれ。」と、ファラミルがいいました。「ではご機嫌よう！」

ホビットたちは再び腰を下ろしましたが、自分たちの考えていることや疑問に思っていることを、お互いに一言も口に上(のぼ)せはしませんでした。かれらのすぐそば、暗い月桂樹(げっけいじゅ)の木立ちのまだらな影の真下には二人の男たちが見張りに残っていました。日射しが熱くなるにつれ、男たちは涼気を取るために時折り覆面を外しましたので、フロドはかれらがりっぱな顔立ちの男たちであることを知りました。皮膚の色は薄く、髪の毛は黒っぽく、灰色の目とまじめで誇り高い顔の持ち主たちでした。かれらは低い声で話し合っていました。初めのうちは共通語を用いていましたが、その語法は昔風でした。しかしそれもやがて自国語に変わっていきました。聞くともなしに耳を傾けていたフロドは、かれらが話している言葉がエルフ語か、そうでないにしてもそれとほとんど変わらぬ言葉であることに気がついてびっくりしました。そしてかれは驚きの色を浮かべて二人を見つめました。なぜならかれはこの男たちが西方の貴人たちの血筋をひく南のドゥーネダインであるに違いないと知ったからです。

しばらくしてかれは二人に話しかけましたが、二人とも口が重く、答えは慎重でした。かれらは自分たちの名がマブルングとダムロドであり、ゴンドールの兵士であること、そしてイシリエンの野伏(のぶせ)であることを教えてくれました。かれらは敵に攻略される前のイシリエンに住んでいた者たちの子孫であったのです。このような者たちの中からデネソール侯は敵中潜入者を選んだのです。かれらは密(ひそ)かにアンドゥインを渡り（その方法と場所についてはかれらはいおうとしませんでした）、エフェル・ドゥーアスと大河の間を徘徊するオークやその他の敵どもを襲撃するのです。

「ここからアンドゥインの東岸まではかれこれ十リーグある。」と、マブルングはいいました。「それゆえわれらはめったにこれほど遠くまでは出てまいらぬ。だが今回の遠征には新しい任務がある。われらはハラドの人間たちを要撃しにまいったのだ。いまいましいやつばら！」

「その通りじゃ、いまいましい南方人め！」と、ダムロドがいいました。「話によれば、その昔にはゴンドールと南のさいはての、ハラドの諸国との間には通商関係があったということだ。といっても友好関係は一度もなかったが。その当時はわれらの国境はアンドゥインの河口を越えて南のかなたにまで伸びていた。そしてかれらの国土の中でも一番わが国境に近いウンバールはわれらの主権を認めていた。しかしそれからもう久しくなる。かれらとの間に往来があった頃から何代もの年月が経った。そして最近になってわれらは知ったのだ。われらの敵がかれらの間に影響力を持ち来り、かれらはかの者に乗り換えた、いやかの者のもとに帰参したということを――かれらは昔からいつでもかの者の意を甘受しておったからな――東に住む者もまた多くがそうであるように。ゴンドールの命運もすでに定まり、ミナス・ティリスの城壁も滅びる運命にあることをわたしは疑わぬ。かの者の力と敵意の大なること、かばかりなのだ。」

「しかしそれでもわれらはいたずらに座視して、かの者の思い通りにさせようとはせぬ。」と、マブルングがいいました。「あのいまいましい南方人どもは今やこの古代からの街道を進軍し来って、暗黒の塔の軍勢をさらに増大させようとしておるのだ。さよう、ゴンドールの技術が作り上げたほかならぬその道を上ってまいるのだ。そしてわれらの聞き知ったところでは、かれらの不用心さはますますつのり、自分たちの新しい主人の力の強大なること、かの者の山々の影でさえ自分たちを守ってくれるであろうと考える有様。われらはもう一度かれらを懲らしめにまいったのだ。かれらの大軍が北上中なりという報告は何日か前にわれらのもとに届いておる。われらの計算では、かれらの連隊のうち一つは正午よりいくらか前にこの上の道を通過するはずである。そこは切り通しになっておって、かれらはそこを通る。だが、道は通っておろうとも、かれらは通さぬぞ！　少なくともファラミル様が御大将であられる限りはな。今では危険な冒険的試みにはいつでもあの方が指揮をとられる。あの方は不死身だ。でなければほかの目的のために運命があの方のお命を助けておるのだ。」

かれらの話し声は次第に消えて、みんなは耳を澄ませて黙り込みました。何もかもが静まりかえって、警戒の糸をぴんと張りつめているように思えました。サムは羊歯の茂みの際にうずくまって、じっと外をうかがいました。その鋭いホビットの目でかれは、さらに多くの男たちをそこかしこに見いだしました。かれらはばらばらに、あるいは長い列を作って音も立てず斜面を登っていきます。小さな森や低い林の影を伝っていく者もあれば、茶色と緑の服装が迷彩になってほとんどその姿も見分けがたく、草やわらびのやぶの中を這っていく者もありました。だれもみな頭巾をかぶり、覆面をし、手には籠手をつけ、ファラミルとその仲間たちと同じような武装をしていました。やがてかれらは全員通り過ぎ見えなくなりました。太陽は子午線近くまで上りました。影は縮まりました。

「ゴクリの畜生め、どこに行きやがったんだ。」木陰の奥の方に這い戻りながら、サムは思いました。「あいつ、オークと間違えられて串刺しになるか、それとも黄色い顔に炙られるか、どっちかの目に会う見込みが大ありだ。だけどあいつのことだ、自分で自分の始末はするだろうよ。」かれはフロドの傍らに横になると、仮寝を始めました。

かれは角笛の吹き鳴らされる音を聞いたように思って目を覚まし、体を起こしました。もう真昼でした。二人の見張りは木の下の暗がりに立って油断なく神経を張りつめさせていました。突然前よりも一層大きく角笛が鳴り響きました。間違いなく上の方から、斜面を登りつめた向こうから聞こえてきました。サムは叫び声や、荒々しいどなり声も聞いたように思いましたが、まるで遠くの洞穴から聞こえてくるようにかすかな音でした。それから程なく、すぐそばの、ちょうどかれらの隠れている場所の上のところで合戦の物音が起こりました。鋼と鋼が触れ合って鳴り響く音、鉄冑に剣が打ち込まれるガーンという響き、刃が盾を打つ鈍い音がはっきりと聞かれました。人々は喚声をあげ、声を限りに叫んでいました。そして澄んだ声が一際高く叫んでいました。「ゴンドール！　ゴンドール！」と。

「まるで百人の鍛冶屋が一斉に鍛冶の仕事をやってるみたいですだ。」と、サムはフロドにいいました。「ちょうど見頃の近さですだ。」

しかし物音はだんだん近くなりました。「やって来るぞお！」と、ダムロドは叫びました。「見ろ！　罠から逃れて、道の方から逃げて来るのがいるぞ。あそこだ！　われらの味方が後を追っている。そして御大将が先頭に立っておられるぞ。」

もっと見たくなったサムは、出ていって見張りたちに加わりました。かれは少し上に這い登って、比較的大きな月桂樹(げっけいじゅ)の木立ちの一つに身をひそめました。ちょっとの間、かれは赤装束の色の浅黒い男たちが少し離れた斜面を駆け降りていくのを望み見ました。緑の服に身を固めた戦士たちが跳(と)ぶようにそのあとを追い、逃げていく敵兵を切り倒していました。空中には矢が繁く飛び交(か)いました。その時突然かれらが隠れひそんでいる土手のふちを越えて真っ直一人の男が落ちて来て、ほっそりした木々の間に突っ込み、かれらのほとんど真上で止まりましたが、その場所は二、三フィート離れた羊歯(しだ)の茂みの中で、その男は顔を下向けたまま、金の首当て(カラー)を下に外(はず)れたところから緑色の矢羽根が何本も突き出ていました。男の緋(ひ)色の長衣はずたずたに切り裂かれ、真鍮(しんちゅう)の薄板を重ねた胴衣は破れ、切り裂かれて、金でゆわえた黒い編髪は血に濡れていました。茶色の手は折れた剣の柄(つか)をまだ握りしめていました。

この時サムは初めて人間と人間が闘(たたか)うのを目にしたのですが、あまりいい気持ちはしませんでした。かれは死んだ者の顔が見えないことを喜びました。男の名は何といい、出身地はどこであるのか、そして本当に悪い心を持ったやつなのか、それとも何らかの謀(たばか)りか威(おど)しに乗せられて、故郷をあとに長い進軍を重ねて来たものなのか、そして本当はその故郷に留まって平和に日を過ごすことを願ってはいなかったのか――こういったことすべてが一瞬のうちにふっとかれの心に浮かび、またたちまち心の外に押し出されてしまいました。というのは、マブルングが倒れた体の方に足を踏み出したちょうどその時、また新たな物音が起こったからです。大きな叫び声やどなり声が聞こえました。サムはその中に甲高い吼え声のような、ラッパのような音を聞きとりました。そしてその時、ズシンズシン、ドシンドシンと、まるで巨大な破城槌を地面にぶつけているような大きな地響きが聞こえました。

「気をつけろ！　気をつけろ！」ダムロドが朋輩に叫びました。「願わくばヴァラールよ、あいつの鼻先をそらせて下さらんことを！　ムーマクだ！　ムーマクだ！」

サムが驚き、恐れ、かつはいつまでも忘れ難い喜びを味わったことには、巨大な姿をしたものがすさまじい音を立てて林の中から現われ、斜面を駆け降りてきたのです。その大きさは家ほどもあり、いや家よりももっとずっと大きいようにかれには見えました。まるで灰色の皮を着た動く小山です。おそらく恐怖と驚異がホビットの目にそのものの姿を拡大して見せたのかもしれません。しかしハラドのムーマクは事実途方もなく大きな図体をした獣でした。かれと同じものは今ではもう中つ国を歩いてはいません。この末の世にまだ生きているその同類の中に、わずかながらありし昔のかれの胴まわりと堂々たる姿の記憶が留められているに過ぎません。かれはやって来ました。見守っている者たちの方に向かって真っ直に、そして、あわやという時にわきにそれ、二、三ヤードしか離れていないところを、のっしのっしと地面をゆさぶりながら通り過ぎていきました。その大きな脚ときたらまるで大木のよう、とてつもなく大きな耳は帆のように広がり、長い鼻は今にも打ってかかろうとする大蛇(だいじゃ)のように持ち上がっていました。小さな赤い目は怒り狂っています。角のような形をした上向いた牙(きば)は金の帯輪で巻かれ、ぽとぽとと血を滴(したた)らせていました。かれを飾っていた緋色と金色の飾りものもずたずたに切れて体の周りにはためいていました。攻城やぐらそのものと見える物の残骸(ざんがい)が山のような背中にのっていました。猛(たけ)り狂って森を通り過ぎる間につぶされてしまったのです。そしてかれの首の上の方に死に物狂いにまだしがみついている小さな人影と見えたのは——色黒人(スワート)の中では大男ともいえる力ある戦士の体でした。

　巨大な獣は、わけのわからぬ憤怒(ふんぬ)に駆(か)られ、池や茂みの間をまごまごしながら通り抜け、轟(とどろ)くような地響きを立てて進んでいきました。飛んでくる矢もその脇腹の三重の皮に当たると弾(はず)んで飛び、あるいは傷も与えずにポキッと折れてしまうのでした。獣の前にいる人間たちはどちらの陣営であるとを問わず、逃げ出しました。

しかし追いつかれて地面に押しつぶされる者が多勢いました。やがてかれの姿は見えなくなりましたが、遠くの方でまだ鼻をラッパのように鳴らしたり、足を踏み鳴らしたりするのが聞こえました。獣がその後どうなったか、サムは遂に聞かずじまいでした。逃れ得てしばし荒野をさ迷った後、生国を遠く離れた異郷の地で死に果てたか、あるいはどこか深い穴にでもはまってしまったか、それとも怒り猛って駆け続け、大河に突っ込んで水に呑まれたか、知る由もないことでした。

サムはほーっと深い息をつきました。「オリファントだ！」と、かれはいいました。「やっぱりオリファントはいるんだ。おらの見たのはそうなんだ。何ちゅう生きもんだ！　けど、郷里のやつらだれもおらのいうことを信じようとはしまいて。やれやれ、これでおしまいなら、ちいっと眠ろうかな。」

「眠れる間に眠るといい。」と、マブルングがいいました。「しかしご無事なら、御大将が戻られよう。そして御大将がお戻りになれば、われらは速やかにここを立ちのくことになろう。われらの行為が敵の耳にはいり次第、追手が向けられるであろうからな。それまでには間もあるまい。」

「その時には静かに行かれるようお頼みしますだ！」と、サムはいいました。「おらの眠りを邪魔しねえでください。一晩中歩いたんですから。」
マブルングは笑っていいました。「御大将がお前たちをここに置いていかれると
は思わんがね、サムワイズ殿、」と、かれはいいました。「だが今にわかろう。」

五　西に開く窓

ほんの数分まどろんだと思う間もなく目が覚めたサムは、もう午後も遅く、ファラミルが戻ってきていることを知りました。かれは多くの男たちを伴っていました。潜入軍の生き残りが今や全員このあたりの斜面に集合していたのです。その兵力はおよそ二百から三百とみられます。かれらは広い半円を描いて坐り、その両翼の間にファラミルが地面に腰を下ろして坐り、その前にはフロドが立っていました。その光景は奇妙にも捕虜の裁判に似通っていました。

サムは羊歯（しだ）の中から這い出しましたが、だれもかれに注意を払う者はいません。そこでかれは男たちの列の一番端に席を占めました。ここにいれば今進行中のことが一切見聞きできるからでした。かれは必要とあればいつでも主人を助けに飛び出せる心積りをしながら、一心に見守り、耳を澄ましていました。かれはファラミルの顔を見ることができました。もう覆面を取っていましたから。その顔は厳しくいかめしく、探るようなまなざしの背後には鋭い理知の力がうかがわれました。じっとフロドを見据えている灰色の目には疑惑の色が浮かんでいました。サムはこの大将がいくつかの点で、フロドの身上説明に満足していないことにすぐ気がつきました。裂け谷から出立した一行の中で、かれはどのような役割を果たすことになっていたのか、どういう理由でかれはボロミルと別れたのか、そして今はどこに行こうとしているのか。とりわけかれはイシルドゥルの禍にしばしば話題を戻らせました。明らかにかれは何か重大なことをフロドがかれから隠していることに気づいたようです。

「だが、イシルドゥルの禍が目覚めるのは小さい人の到来の時だ。少なくとも例の言葉はそのように判読されねばならぬ。」と、かれはいい張りました。「それでもしそなたがあそこで名前の出ている小さい人というのであれば、おそらくそなたはこの物を、たとえそれがなんであれ、そなたの話に出た会議に持参したであろう。そしてボロミルはその場所でそれを見たのだ。これをそなたは否定するか？」

フロドは答えませんでした。「そうか！」と、ファラミルはいいました。「それなら、わたしはそのことについてさらにそなたから知りたいと思う。なぜならボロミルにかかわることはわたしにもかかわるからだ。古い言い伝えの語るところでは、一本のオークの矢がイシルドゥルを倒した。しかしオークの矢はその数が多く、その一つを見ても、ゴンドールのボロミルには破滅の印とは受け取れなかったであろう。そなたはこの物を手もとに保管しておったのか？　それは隠されている、とそなたはいった。だが、それはそなたが隠しておきたいからではないのか？」

「いいえ、わたしが隠したいからではないのです。」と、フロドは答えました。「それはわたしに属しているのではないのです。それは大きい人であろうと小さい人であろうと、限りある命を持つ者には属していないのです。もっともそれに対して権利を主張し得る者がありとすれば、それはモリアからラウロスに至る間われら一行を導いた統率者で、わたしが先ほど名前を出したアラソルンの息子、アラゴルンでありましょう。」

「どうしてそういうことになるのか？　エレンディルの息子たちが築いた都の公子、ボロミルであってはどうしていけないのか？」

「なぜならアラゴルンはエレンディルの息子にほかならぬイシルドゥルの直系の子孫であるからです。そしてかれの所持している剣はエレンディルの剣だったのです。」

驚きの囁き（ささや）きが男たちの環（わ）を走り抜けました。大声で叫んだ者もいます。「エレンディルの剣が！　エレンディルの剣がミナス・ティリスにくるのか！　すばらしい知らせだ！」しかし、ファラミルの顔は動きませんでした。

「ことによるとそうかもしれぬが、」と、かれはいいました。「しかしもしこのアラゴルンなる者がミナス・ティリスに来るようなことがあれば、このような大なる権利は立証されねばならぬだろうし、明白な証拠物件が要求されるであろう。六日前にわたしが出立した時にはかれはまだ来ていなかった。そなたの仲間はだれ一人来ていなかった。」

「ボロミル殿はその主張に納得されました。」と、フロドはいいました。「まことに、もしボロミル殿がここにおられたら、あなたの質問のすべてにお答えなさるでしょう。そしてあの方はもう何日も前にラウロスにおられ、真っ直あなた方の都に向かわれるつもりだったのですから、あなたはお戻りになられれば、すぐにかの地で答を得られるでしょう。一行の中でのわたしの役割は、他の者同様、あの方もご存知です。会議の席上全員の前で、イムラドリスのエルロンド様ご自身からわたしに命ぜられたことなのですから。その命を帯びてわたしはこの地にまいったのです。しかし一行以外の者にこの秘密を明かすのはわたしのなすべきことではありません。けれど、われらの敵に敵対するのだと主張される方々なら、これを妨げられぬ方が賢明でありましょう。」

フロドの口調は内心どう感じておるにせよ堂々たるものでした。サムはそれを聞いて満足しました。しかしファラミルは納得しません。

「そうか！」と、かれはいいました。「そなたはわたしに他人のことには干渉せず、自分の国にさっさと立ち戻り、そなたには構うなというのか。ボロミルがすっかり話してくれるだろう、戻ってきたらな。かれが戻ってくればと、そなたはいうのか！　そなたはボロミルの友人だったのか？」

フロドの心にはかれに襲いかかってきたボロミルの記憶がまざまざと浮かんできました。一瞬かれはためらいました。かれをじっと見守っていたファラミルの目が険しくなりました。「ボロミル殿はわれら一行の勇敢なる一員でした。」ようやくフロドはいいました。「そうです。わたしはあの方の友人でした。わたしの方では友人のつもりでした。」

ファラミルはこわい顔に微笑を浮かべました。「それではそなたはボロミルが死んだと聞けば、悲しむだろうな？」

「もちろん悲しみます。」と、フロドはいいました。それからかれはファラミルの目に浮かんだ表情に気がついて、口ごもりました。「死んだ？」と、かれはいいました。「あの方が死んだといわれるのですか。そしてそれをご存知だと？　あなたは今までずっとわたしを言葉の罠（わな）にかけてもてあそぶおつもりだったのですか？それとも今は嘘をついてわたしを陥れるおつもりですか？」

「わたしはたとえ相手がオークでさえ、嘘をついて陥れたりはせぬ。」と、ファラミルがいいました。

「それではあの方はどういう風にして亡くなられたのです？　そしてあなたはどうしてそれをご存知なのです。あなたが都を去られる時には、まだ一行の者たちは一人として到着しておらなかったといわれたではありませんか。」

「かれの死に方については、わたしはかれの友であり仲間であった者が話してくれるだろうと期待していたのだ。」

「しかしわたしたちが別れた時にはあの方は健在だった。そして今もやはり生きておられるかもしれません。この世界には確かに数々の危険は存在しますが。」

「たしかに数々の危険がある。」と、ファラミルがいいました。「それに少なからぬ裏切りもな。」

　サムはこのやりとりを聞いているうちにだんだんいらいらと腹が立ってきたので

すが、この最後の言葉にはもうどうにも我慢ができなくなり、環(わ)の真ん中に飛び出していくと、ずかずかと主人のそばに近づきました。

「ごめんくだせえまし、フロドの旦那。」と、かれはいいました。「けど、こんなことの相手はもう充分ですだ。この人は旦那にこんな風に話す権利はねえです。旦那がこれまでさんざんいろんな目にあってこられたというのに、それも、みんなのためひいてはこの男のため、ここにいる大きい人たちのためを思えばこそだのに。

「おい、いいか、大将！」かれはファラミルの真ん前にしっかりと足を踏みしめて立ちました。両手を腰に当て、顔にはちょうど果樹園に度々はいり込んで見咎(みとが)められ、かれのいう『生意気な口答え』をしたホビット小僧に話しかけてでもいるような表情を浮かべていました。あちこちに囁(ささや)き声が起こりました。そればかりでなくこれを見守る男たちの顔には微苦笑が浮かんでいました。地面に腰を下ろした自分たちの大将が、両足を踏んばり、かんかんに腹を立てている若いホビットと向かい合っている光景はかれらの経験では考えられぬことでした。「おい、いいか！」と、かれはいいました。「お前(めえ)さまは何をねらってなさるのかね？　モルドールのオークどもがみんなしておらたちに襲いかかってくる前に話をはっきりさせようじゃねえかね！　もしお前さまがだね、うちの旦那がこのボロミルさんなるものを殺してそれから逃亡したとでも思ってるのなら、お前さまは利口じゃねえよ。けどいうことがあるんなら、さっさといっちまってくれ、そして終わりにしてくれ！　それから、そのことでどうしようっていうつもりなのか、それもおらたちにいってくれ。だがなあ、口ではおらたちの敵と戦っているといっている者たちがだよ、ほかの者たちが自分たちなりに応分のことをしようとしてるのに、邪魔せずにはおかないというんだから残念なことよなあ。あいつはえらく喜ぶこったろうて、もしあいつに今のお前さまが見えたらな。新しい味方ができたと思うこったろう。」

「控えよ！」と、ファラミルはいいましたが、怒っていませんでした。「主人をさしおいてしゃべってはならぬ。主人の知恵の方がお前のより勝(まさ)っておるのだからな。それにわれらの身に迫っている危険のことならだれにも教えてもらう必要はない。たとえ危険が迫っていようと、困難な事柄を正しく判定するためには、わたしは瞬時を惜しみはせぬ。もしわたしがお前のように性急(せっかち)なら、わたしはとうにお前たちを打ち果たしていたかもしれぬ。というのも、わたしはこの地で見いだした者はことごとくゴンドールの大侯の許しを得ずに打ち果たすよう命ぜられているからだ。しかしわたしは人であろうと獣(けだもの)であろうと、必要もなしに殺しはせぬ。やむを得ぬ場合ですら喜んで殺すことはないわ。またわたしは無駄に話しているのではない。

だから気を安んじるがよい。主人のわきに腰を下ろし、静かにしておれ！」

サムは赤い顔をしてのろのろと腰を下ろしました。ファラミルは再びフロドの方に向き直りました。「そなたはわたしがどうやってデネソールの息子の死を知ったのかとたずねたな。死の便りにはさまざまな翼がある。『夜はしばしば近い親族に便りをもたらす。』といわれている。ボロミルはわたしの兄なのだ。」

悲しみの翳がかれの顔をよぎりました。「そなたはボロミル卿の道具の中でかれがたずさえていた特に特徴のある物を何か憶えておるかな？」

フロドはまだ何か罠があるのではないかと恐れ、そしてこの論争はしまいにはどういう結末になるのだろうかと思いながら、しばらく考えていました。居丈高につかみかかってきたボロミルの手からは辛うじて指輪を救いましたが、これだけ多勢の戦い好きな強い男たちに囲まれた今はどう切り抜けたらいいか、かれにはわかりませんでした。しかしかれは心の底では、ファラミルがたとえ見たところはその兄に非常によく似ているとはいえ、兄ほど自己中心的ではなく、また同時により厳格であり、より賢明でもあると感じていました。「ボロミル殿は角笛を持っておられたと記憶しています。」ようやくかれはいいました。

「よく憶えておられた。して実際にかれを見た者ならではの記憶だ。」と、ファラミルはいいました。「ではおそらくそなたはそれを心に思い浮かべることができよう。それは東の国の野牛の大角であり、銀で巻き、古代の文字が書かれていた。この角笛はわが家の長子が代々受け継いできたものであり、危急の場合その昔ゴンドールの版図の及んだ領域内であればどこでこれを吹き鳴らそうと、その音は注意を引かずに消え去ることはないといわれている。

「わたしが今回の遠征に出立する五日前のこと、今日から数えて十一日前の今頃、わたしはこの角笛が吹き鳴らされるのを聞いた。それは北の方から聞こえてくるように思えた。しかしその音はかすかで、まるで心に聞こえるこだまでしかないようだった。われらは、というのはわが父とわたし自身であるが、これを凶兆と考えた。なぜなら、われらはボロミルが国を離れて以来、一度もその消息を聞いておらないし、国境を見張る者たちも一人としてかれが通るのを見ておらないからだ。それから三日目の夜、さらに別の不思議がわたしの身に起こった。

「夜半わたしはアンドゥインの水辺に坐っていた。青白い新月の下の薄闇の中で逝いて止まらぬ水の流れを見守っておった。葦が悲しげにさわいでいた。このようにしてわれらはたえずオスギリアスに近い河辺を見張っておる。オスギリアスは今やその一部が敵の手に握られ、敵はここから出撃して、われらの国土に侵略してくるのだ。しかしその夜はありとあらゆるものがこの真夜中には眠っていた。その時わたしは見た。あるいは見たように思った。一隻の小舟が灰色の光芒を放ちながら河面を漂ってくるのを。高いへさきを持った変わった造りの小舟で、中にはこれを漕ぐ者も舵を取る者もいなかった。

「わたしは畏れの念に襲われた。かすかな光がその小舟を包んでいたからだ。しかしわたしは立ち上がって岸辺に降りていき、流れの中に足を踏み入れた。そちらの方へと引き寄せられたからだ。その時、小舟はわたしの方に向きを変えた。そして速度を落とし、手を伸ばせば届くほど近くをゆっくりと流れていった。しかしわたしはそれに手を触れることはしなかった。小舟はまるで重い荷を載せているように深く水に浸っていた。そしてわたしの目の下を通り過ぎる時、わたしはそれが透き徹った水でほとんど一杯に満たされているように思った。光はそこから放たれているようだった。そしてその水に洗われながら、一人の戦士が眠ったまま横たわっていた。

「膝には一振りの折れた剣があった。わたしはかれの上に加えられた多くの傷をみた。これはわたしの兄、ボロミルだった。死んで、な。そのいでたち、その剣、愛するその顔、みなわたしの知っているものだった。ただ一つ見えない物といえば、角笛だった。そしてただ一つわたしの知らない物といえば美しいベルトだった。黄金の木の葉をつなぎ合わせたもののようで、かれの腰に巻かれていた。『ボロミル！』わたしは叫んだ。『あなたの角笛はどこにあるのです？　あなたはどこに行かれるのです？　ああ、ボロミル！』しかしかれは行ってしまった。小舟は流れの中に向きを転じ、かすかな光を放ちながら夜の闇の中に去った。まるで夢幻とも思えたが、夢ではなかった。なぜなら醒めようもないからだ。それでわたしはかれが死んで大河を下り、海に去っていったことを疑わぬのだ。」

「なんという悲しいことだ！」と、フロドがいいました。「それは確かにわたしが存じ上げている通りのボロミル殿です。なぜなら、金のベルトはロスローリエンでガラドリエルの奥方があの方にお上げになったものだからです。あなたがご覧になっているエルフの灰色の衣服をわたしたちに着せて下さったのもあの方です。このブローチも同じ細工の品です。」かれは喉もとの下のところでマントを留めている緑と銀の葉に手を触れました。

ファラミルは仔細にそれに目を留めました。「美しい。」と、かれはいいました。「その通り、これも同じ技を持った者の作った品だ。それではそなたはローリエンの地を通り抜けてきたのか？　かつてはラウレリンドーレナンと呼ばれていたところを。しかし人間でこの地を知る者がいなくなってからもう久しくなる。」かれはフロドを見る目に新たな驚きの色を浮かべながら、低い声でつけ加えました。「そなたには随分不思議なところがあるが、これでわたしにも合点がいき始めた。もっとわたしに話してくれまいか？　なぜといえば、ボロミルが死んだということ、それも故郷の地を目の前にして死んだということは考えるだに辛いことだからだ。」

「わたしにはもうすでにお話しした以上のことを申し上げることはできません。」と、フロドは答えました。「しかしあなたのお話はわたしを不吉な予感で満たします。あなたがご覧になったのは幻で、それ以上のものではないと、わたしは考えます。かつて存在した、あるいはこれから存在する不幸の投影か何かでしょう。それがわれらの敵のたばかりの手でないとすればです。わたしは死者の沼地の水底に眠るがごとく横たわっている古の美しい武者たちの顔を見ました。それともかの者のよこしまな術策によっていかにもそうらしく見えたのかもしれません。」

「いや、わたしの場合はそうではなかった。」と、ファラミルはいいました。「なぜといえば、かの者の仕業は見る者の心を嫌悪の念で満たすが、わが心を満たしたのは深い悲しみと哀れみだったのだから。」

「けれど、どうしてこういうことが実際に起こり得たのでしょうか？」と、フロドはたずねました。「なぜなら、どんな舟だとてトル・ブランディルから先、岩山の連なるところを越えて運べっこないからです。それにボロミル殿はエント川を渡り、ローハンの広野を横断して帰国するつもりでおられました。それにしてもたとえどんな舟であれ、いったいどうやってあの大瀑布の泡立つ水を乗り越え、しかも逆まく水に落ちて壊れも沈みもせずにおられるのでしょう？　たとえ水はかぶっていたにせよ。」

「わたしにはわからぬ。」と、ファラミルはいいました。「しかしあの小舟はどこから来たのか？」

「ローリエンです。」と、フロドはいいました。「このような小舟三隻でわたしたちは大瀑布までアンドゥインを下ってきました。これらの舟もやはりエルフの手になるものです。」

「そなたは秘められた地を通ってきた。」と、ファラミルはいいました。「しかしその力をそなたはほとんど理解しておらぬように見えるな。もし人間が黄金の森に住まう妖しの奥方とかかわりを持ったとすると、そのあと不思議なことが続けて起こることを予期した方がいいのだ。なぜといえば、限りある命の人間にとって、この太陽の照らす世界の外に歩み出ることはいたく危険なことだからだ。古の代でもそこから変わらぬまま出てきた者はほとんどおらぬ、といわれている。

「ボロミルよ、おお、ボロミルよ！」と、かれは叫びました。「かの女はあなたに何をいったのです、死すことなきかの妃は？　かの妃は何を見たのでしょうか？　その時、あなたの心に何が目覚めたというのでしょう？　なぜあなたはラウレリンドーレナンに行かれたのです？　どうしてあなた自身の道を通り、ローハンの馬に乗り、朝のうちに故郷に帰ってみえなかったのです？」

　それから再びフロドの方に向き直り、かれはもう一度静かな声で話しました。

「今の問いに対してはそなたも少しは答えることができよう、ドロゴの息子フロドよ。しかしそれは今この場でというわけではない。ただそなたがわたしの話したことをいまだに一場の幻と考えておるといけないので、このことは話しておこう。ボロミルの角笛だけは少なくとも現実に戻ってきた。戻ってきたらしいというのではない。角笛は戻ってきた。ただ二つに割れていた。まさかりか剣で割られたように。二つの片割れはそれぞれ別に岸に流れついた。一つはゴンドールの見張りたちのひそむ蘆の中に見いだされた。それは北の方、エント川の合流点より川下だった。もう一つは水の流れに乗ってぐるぐる回っているところを、たまたま河に用のあった者に見いだされた。奇しき偶然だが、殺人は顕われる、と申すからな。

「そしていま長子のこの角笛は二つに割れて、高い椅子に坐し、新しい知らせを待つデネソール侯の膝の上にある。それでそなたは角笛の割れたについては何もわたしに話すことはできぬのか？」

「はい、わたしはそのことは知りませんでした。」と、フロドはいいました。「しかし角笛が吹かれるのをあなたが聞かれたという日は、あなたの算定に間違いがなければ、わたしたちが別れた日です。つまりわたしとこの召使が一行から離れた日になります。そして今あなたのお話を聞いて、わたしの心は恐れでいっぱいです。なぜなら、もしボロミル殿がその時危難に遭われて殺されなすったのなら、わたしの連れたちも全部命を落としたのではないかと思わねばならぬからです。かれらはみなわたしの縁者や友人でした。

「わたしへのお疑いを取りのけられ、もう行かせてくださいませんか？　わたしは疲れ果て、悲しみに胸もふさがれ、心配でたまりません。けれどわたしもまた殺されてしまわぬうちに、この身には果たさなければならぬ、少なくとも試みるだけは試みてみなければならぬ仕事があるのです。そしてわれら二人の小さい人だけが一行の中で生き残ったとすれば、なおさら急ぐ必要があります。

「お帰りください、ファラミル殿、ゴンドールの勇敢なる大将殿、そしてあなたの都を守れる限りお守りください。そしてわたしを運命の連れていくところに行かせてください。」

「そなたとともに話しても、わたしにとっては慰めとなるべきものはないが、」と、ファラミルはいいました。「そなたはまたわたしとの話の中から必要以上の不安を引き出されたに相違ない。ローリエンのエルフたち自身がかれのところに来てくれたのなら別として、いったいだれがボロミルに葬（とむら）いの装いをさせてくれたのだろう？ オークでもなければばかの名をいうをはばかる者の召使たちでもない。そなたの仲間たちのうち何人かはまだ生きているとわたしは思う。

「それにしても、フロドよ、わたしは何にせよ、なんらかの変事が北の辺地に起こったことをもはや疑わない。この厳しい時代を生きてきたことによって、わたしがいくぶん人間の言葉と顔の目利（き）きになれたとすれば、小さい人たちにも同じ推測をすることは許されるのではなかろうか！ とはいえ、」ここでかれは微笑を浮かべました。「フロドよ、そなたにはどこか不思議なところがある。エルフのような様子とでもいったらいいのだろうか。しかしわたしが最初思っていた以上のことがそなたとの話し合いに見いだされるようだ。今となってはそなたをミナス・ティリスに伴い、そこでデネソールにそなたからじかに答えてもらわねばならぬ。もしわたしが今わが都にとって凶と出るべき道を選べば、わたしは当然命を失うはめになろう。それゆえ、わたしは何をなすべきかをあわてて決めたりはせぬ。だが、この場所にもうこれ以上ぐずぐずしてはおれぬ。」

かれはさっと立ち上がると、次々に命令を下しました。かれの周りに集まっていた男たちはたちまちいくつかの小さいグループに分かれ、あちこちに散り、見る間に岩や木々の陰に消えていきました。やがて残ったのはマブルングとダムロドだけになりました。

「ではそなたたち、フロドとサムワイズ、わたしとこの衛兵たちと一緒に来てくれるな。」と、ファラミルはいいました。「そなたたちはそのつもりでも、今はこの道を南には行けぬぞ。ここ数日は安全ではなくなるだろう。それにこの騒ぎのあとだから、これからは今までよりずっと厳しく見張られるようになるだろう。それにともかく今日はそなたたちは遠くまで行けまい。大層疲れておるからな。われらにしてもそうだ。われらはこれから隠れ家に行くことになっておる。ここからおよそ十マイル足らずのところだ。オークどもにも敵の間者（かんじゃ）どもにもまだ見つかってはおらぬ。それにもし見つかったにしても、そこなら多勢に抗して長く持ちこたえられるだろう。われらはそこに引き揚げてしばらく休息できるのだ。そなたたちもともに来られよ。朝になったら、わたしにとって、そしてまたそなたたちにとってどうするのが最善であるか、決めるとしよう。」

フロドとしてはこの要望、むしろ命令に同意するほかはありませんでした。またさしあたってはどっちみちそうするのが賢明な行動に思えました。ゴンドールの兵たちの急襲がイシリエンの旅を今まで以上に危険なものにしていたからです。

かれらは直ちに出発しました。マブルングとダムロドが少し先に立ち、ファラミルがフロドとサムを伴ってそのあとに続きました。ホビットたちが水浴びをした小さな湖のような池のこちら側を巡り、流れを渡って、長い土手を登ると、緑の陰の多い森林地帯にはいっていきました。この森林地帯は西に向かって絶えず下っていました。かれらはホビットの足の許すかぎり足早に歩きながら、声をひそめて話をしました。

「わたしがそなたとの話を中断したのは、」と、ファラミルはいいました。「サムワイズ殿がわたしに念を押されたように時間が切迫していたことだけが理由ではなく、われらの話題が多くの者たちの面前で公然と話し合うのがはばかられる事柄に近づきつつあったからでもある。わたしが話をむしろ兄の方に転じ、『イシルドゥルの禍』にはあれ以上言及しなかったのもそういう訳だからだ。フロドよ、そなたはわたしに一切を隠さずに話してはおらぬな。」

「わたしは嘘をついてはおりません。そして真実については話せる限りのことをお話しいたしました。」と、フロドはいいました。

「わたしは咎めているのではない。」と、ファラミルはいいました。「そなたはむずかしい立場にあって巧みに、かつ賢明に話を運んだようにわたしには思えた。しかしわたしはそなたの言葉がいい表わした以上のことをそなたから知った、あるいは推量した。そなたはボロミルとは親しくなかった。あるいは友好裡に別れなかった。そなたにしても、サムワイズ殿にしても何か不満に思うことがおありのようだ。わたしは兄を非常に愛していたし、進んでその仇を討ちたいと思うが、しかしまたわたしはかれをよく知っている。『イシルドゥルの禍』か——わたしはこの『イシルドゥルの禍』がそなたたち一行の間にあって、争いの元になっていたのではないかと敢えて推量したいのだが。それは明らかにある種の強力な家伝の宝器に違いない。そしてこのような品物は古から伝えられた話の中にこれについて少しでも教えることがあれば、盟友たちの間にも不和を生じさすことになる。当たらずといえど遠からずではないかな？」

「遠からずです。」と、フロドはいいました。「しかし的の中心は外れました。わたしたち一行には争いはありませんでした。もっとも気の迷いはありました。エミュン・ムイルからどちらの道をとるべきか迷う気持ちです。しかしそれはともかくとして、古から伝えられた話は、家伝の宝器というような物について軽々しい言葉を吐く危険をも教えておりますよ。」

「ああ、それではわたしの思った通りだ。そなたはボロミルとだけうまくいかなかったのだ。かれは例のその品をミナス・ティリスに持ってきたいと思った。口惜しいかな！　最後にかれを見たそなたの口を封じ、わたしが知りたいと思っていること、すなわち死の直前の数時間かれの心と頭にあったことをわたしに明かすことをはばむとはねじれた運命だな。かれが過ちをおかしたかどうか、そのことについてはわたしははっきりいえる。かれは何かよいことをなしとげて、りっぱに死んだ。かれの顔は生きている時よりも美しいぐらいだったからな。

「だが、フロドよ、わたしは最初イシルドゥルの禍について無理にもそなたに話させようとした。許してくれ！　あのような時にあのような場所で、賢明ならざることだった。わたしには考えてみるゆとりがなかった。われらは激戦を経てきたばかりであり、余りにも多くのことがわたしの心を占めていたのだ。しかしそなたと話している間にも、わたしは次第に的に近づいていった。それでわざと的外れに射ったのだ。そなたも知っているに違いないが、都の支配者の間には、よその国には伝わっていない古い伝承がまだたくさん保存されているからだ。われらの家系はエレンディルの血筋ではないが、ヌーメノールの血はわれらの中にも流れておる。なぜならわが家系は王が戦いに出られて留守の間、王に代わって統治した善良なる執政マルディルまでさかのぼることができるからだ。この王というのはエアルヌル王で、アナーリオンの血筋の最後の王であり、お子がなく、遂に帰ってみえなかった。その時以来、といっても人間の世代で数えて何代も何代も昔のことになるが、執政が都を治めてきたのだ。

「そしてボロミルのことで、憶えていることにこういうことがある。まだかれが少年の頃で、われらの先祖たちの話やわれらの都の歴史をともに学んでいる時、かれはいつでも自分の父親が王でないことに機嫌を損じたものだった。『もし王様が帰って来なかったら、執政が王様になるのに何百年あったらいいの？』そうかれはたずねた。『王権のもっと小さなよその国では数年かもしれぬ。』父はそう答えた。『ゴンドールでは一万年でも充分とはいえぬ。』ああ！　ボロミルよ、かわいそうに。

このことはかれの一面を物語ってはおらぬかな？」「それでもあの方は敬意をもってアラゴルンに対しておられました。」

「その通りです。」と、フロドはいいました。「そなたのいうようにかれがアラゴルンの主張に納得していたら、当然アラゴルンを大いに敬うところだろう。しかし危機はまだきていなかった。かれらはまだミナス・ティリスに到着しておらなかったし、またその都を守る戦いにおける好敵手同士にもなっていなかった。

「さもあろう。」と、ファラミルはいいました。「だが話がそれた。われらデネソールの家の者は遠い昔から伝えられてきた多くの伝承に通じている。なおまたわが都の宝庫には、いろいろな物が保存されている。しなびた羊皮紙に、いや、それだけではない、石の上、金銀の薄片に、それもさまざまな文字を使って書かれた本や銘板がある。その中には今ではもうだれにも判読不能なものもある。そしてあとのものも今までにこれを開いてみた者はほとんどいないぐらいだ。わたしはその中のものを少しは読むことができる。教わったからだ。灰色の放浪者をわれらのもとに連れ来ったのもこれらの記録だった。わたしが初めてかれに会ったのは、ほんの子供の時で、それ以来かれは二度か三度訪れている。」

「灰色の放浪者ですと？」と、フロドはいいました。「その人には名があるのですか？」

「われらはエルフ流にミスランディルと呼んでいた。」と、ファラミルがいいました。「そしてかれも満足していた。『わしの名はさまざまな国でさまざまに呼ばれる。』と、かれはいった。『エルフの間ではミスランディル、ドワーフにはサルクーン、今は忘れられた西方での青年時代にはわしはオローリンだった。南の国ではインカーヌス、北の国ではガンダルフ、東の国には行かぬ。』とな。」

「ガンダルフ！」と、フロドはいいました。「あの方のことだと思いました。灰色のガンダルフ、この上なく大事な助言者。われら一行の統率者。あの方はモリアで亡くなられました。」

「ミスランディルが亡くなった！」と、ファラミルがいいました。「そなたたち一行にはよくよく悪運がついてまわったようだな。あれほどの偉大な英知と力を有する者が――なぜといえばかれはわれらの国でも数々の驚嘆すべきことを行なったからだ――そのかれが滅びることがあろうとは、そしてあれほどの該博な知識がこの世から取り上げられることがあろうとは、にわかには信じ難い。このことをそなたは確かだといい切るのか、かれはただそなたたちを置いてどこか自分の望むところに立ち去ったのではないといわれるのか？」

「悲しいかな！　確かです。」と、フロドはいいました。「わたしはあの方が奈落に落ちるのを見たのです。」

「これには何か恐るべき由々しい話があるとみた。」と、ファラミルがいいました。「そのことは多分今夜にでもそなたから話してもらえよう。このミスランディルなる人物は、今にして思うと、単なる伝承学の大家に留まらなかった。われらの時代に行なわれるあらゆる行為の原動力ともなるべき立役者だったのだ。かれがわれらの国にあってわれらの夢の難解な言葉について相談にのってくれたなら、われらは使者を立てずとも、かれからその言葉の意味を明らかにしてもらえただろう。しかしおそらくかれはそうしてくれなかったかもしれぬ。そしてボロミルの旅は運命づけられていたのだ。ミスランディルは一度として未来のことをわれらに話してくれたことはないし、またかれの意図することを明かしてくれたこともないからだ。かれはどのようにしてか知らぬが、デネソールからわれらの宝庫の中に秘められた品々を調べる許しを得た。そしてわたしはかれから少しは教えてもらった。といってもかれが教えてくれる気になった時だけだが（そしてそんなことはめったになかった）。なかんずくかれはゴンドールの草創期にダゴルラドで戦われた、そしてわれらがその名をいうをはばかるかの者が打ち倒された、かの大合戦について詮索し、われらに質問したものだった。そしてかれはイシルドゥルの物語をしきりに聞きたがった。といってもかれについて語るべきことはむしろわれらの方が少なかったのだが。なぜといえば、かれの最期についてはわれらの間に伝わっていなかったからだ。」

ここでファラミルの声は低められ、囁き声になりました。「だが、これだけは教えてもらった。というより推察した。そして爾来ずっとわたしの心の中だけに秘めてきた。それはこういうことだ。イシルドゥルは名をいうをはばかる者の手から何かを取った。それはかれがゴンドールから去って、生ある者の間には二度と再び見られなくなる前のことだ。ミスランディルの問いに対する答はここにあるとわたしは思った。しかしその当時は、これは古の知識を求める者にだけかかわる問題のように思われた。われらの夢の謎の言葉がわれらの間で論議された時も、わたしは『イシルドゥルの禍』をこれと同じ物だとは思わなかった。なぜならイシルドゥルは待ち伏せた敵に襲われ、オークの矢に射殺された。これはわれらの知っておる唯一の伝説によるもので、ミスランディルもこれ以上のことは一度もわたしに話してくれなかった。

「この物が実のところ何であるのか、わたしにはまだ考え当てることができない。

しかし威力と危険を持った何らかの家伝の宝に違いない。おそらく冥王によって考え出された恐ろしい武器であろう。もしこれが合戦で優位を与えるものであるならば、わたしはあの誇り高く恐れを知らないボロミルが、そしてしばしば事を急ぎ、ミナス・ティリスの勝利を（それに伴いかれ自らの誉れを）絶えず切望していたボロミルが、このような物をほしいと思い、それに魅せられたかもしれないと充分信じることができる。かれがあのような使いに行ったことが口惜しい！　父からも都の長老たちからもわたしが選ばれただろうに、年上であり、より強健だというので（どちらも本当だが）、かれが名のりをあげ、だれがどういってもこれを思い止まらすことはできなかった。

「だがもう心配しないでよい！　わたしは今話した物がたとえ道端に転がっていようとそれを取ろうとは思わない。たとえミナス・ティリスが危殆に瀕しようと、そしてわたしだけが、ミナス・ティリスの都のために、またわが誉れのために冥王の武器を用いてこの都を救うことができることになったとしても。いいや、わたしはかかる勝利を望まない、ドロゴの息子フロドよ。」

「会議もそれを望みませんでした。」と、フロドはいいました。「わたしも望みません。わたしは本当はこんなことにはかかわりたくなかったのです。」

「わたしとしては、」と、ファラミルがいいました。「王宮の中庭に白の木が再び花開き、銀の王冠が戻り、ミナス・ティリスが平和を楽しむのを見たい。ミナス・アノールが再び古の代のごとく、光に満ち、高く汚れなく、いかなる王妃にも見劣りせぬ王妃のごとく美しく立つのを見たい。多くの奴隷たちの女主人のようであることは望まぬ。たとえ喜んで働く奴隷たちの親切な女主人であるにしても、それは望まぬ。すべてを喰い尽くす破壊者に抗してわれらがおのが命を守る限り、戦いはあるに違いない。しかしわたしは輝く剣をその切れ味のために、矢をその速さのために、戦士をその誉れのために愛しはしない。わたしはただそれらの守るものを愛するのだ。すなわちヌーメノールの人間たちの都を。そしてわたしはこの都がその思い出のために、その古格のために、その美しさのために、そしてその現在の英知のために愛されてほしいのだ。恐れられてほしくはない。年老いて賢い人間の威厳を人が恐れる畏れは別として。

「それゆえわたしを恐れられるな！　わたしはこれ以上そなたに話してくれとは頼まない。わたしは今わたしの話していることが的に近いかどうか教えてくれるようにそなたに頼むことさえしない。しかしもしそなたが、わたしを信頼してくれるなら、わたしはそなたの現在の探索行について、たとえそれが何であれ――そなたに助言することができるかもしれない、さよう、手助けすることさえできるかもしれない。」

フロドは何も答えませんでした。かれはもう少しのところで、このまじめそうな青年に心にあることを何もかも話して、助力と助言を受けたいという望みに屈するところでした。かれの言葉はそれほど賢くりっぱなものに思われたのです。しかし何かがかれを引き止めました。かれの心は恐れと悲しみに塞がれました。どうもそうらしく思われるように、もしかれとサムだけが本当に九人の徒旅人たちの中でただ二人生き残ったとすれば、その時かれは唯一人一行の使命の秘密に責任を持つことになります。軽はずみな言葉より人の厚意を無にする疑い深さの方がまだましです。それにボロミルの記憶、指輪の誘引力がかれの中に生じさせた恐るべき変化の記憶が、ファラミルに目を向けその声に耳を傾けると、まざまざと心に蘇るのでした。かれら兄弟はあまり似てないにもかかわらずやっぱり濃い血のつながりがあったからです。

かれらはしばらくの間黙々と歩き続けました。年経た木々の下を灰色と緑の影のように足音を立てず通り過ぎました。頭上にはさまざまな小鳥が歌い、陽の光はイシリエンの常緑の森のつややかな屋根のような濃緑の木の葉に当たってきらきらときらめきました。

サムは一生懸命聞いてはいましたが、会話には加わりませんでした。かれは同時にその鋭いホビットの耳をそばだてて、かれらを取り囲む森林地帯のひそやかな物音に注意を向けていました。かれが気がついたことの一つは、二人の話の中にゴクリの名前が一度も出てこなかったことです。かれはほっとしました。といっても、その名を二度と耳にしないですむだろうと望むことは虫がよすぎるとは思ったのですが。かれはまた自分たちが単独に歩いているといっても、すぐそばに多勢の男たちがいることにもすぐ気づきました。前方の木陰から木陰に軽やかに身を移していくダムロドとマブルングだけではなく、両側にも別の男たちがいました。みんなある決められた場所に密かにそして速やかに進んで行くところでした。

一度はまるで皮膚をちくっと棘で刺されたような感じで後ろから見張られていることを知って、不意に後ろを振り返り、小さな黒っぽい姿の者が木の幹の背後にすっと隠れるのをちらと目にしたように思いました。かれは物を言おうとして口を開きましたが、また閉じてしまいました。「はっきりそうだとはいえねえ。」かれは自分にいいきかせました。「それに何でまたあの野郎のことを旦那やこの大将に思い出させることがあるかね、お二人さんがやつのことを忘れたいと思ってるならよ？おらも忘れられたら忘れたいよ！」

こうしてかれらはどんどん進んでいきました。やがて森林地帯の木々も次第に疎らになり、土地はますます急な下り坂になってきました。それからかれらは再び右の方へと道をそれ、たちまち狭い谷間を流れる小さな川のあるところに来ました。これはずっと上の方で例の丸い池からちょろちょろと流れ出ていたのと同じ水の流れで、ここではもうたばしる早瀬となって、深くえぐられた川床の無数の石の上を激して下っていました。水の上には柊や黒っぽい黄楊の灌木がおおいかぶさっていました。西に目を向けると、眼下には霞む光の中に低地地帯と広々とした草地が、そして遥か遠くには西に傾く太陽の光を受けてきらめくアンドゥインの洋々たる川水を見ることができました。

「ここで、お気の毒千万だが、一つご無礼をいたさねばならない。」と、ファラミルはいいました。「この非礼をば、上から受けた命令よりも、武人の情けを先に立てて、そなたたちを討ちも縛りもしなかった者に免じて、何とぞ許して下さることを望む。しかし今われらが目を開けたまま通って行く道を他処者には一人として、たとえそれがわれらと共に闘うローハンの人間であろうと、見せてはならぬ掟にはいやでも従わねばならないので、あえてそなたたちに目隠しさせていただくぞ。」

「なさりたいようになさってください。」と、フロドはいいました。「エルフたちでさえ必要な場合には同じようにします。わたしたちは目隠しをされたまま、美しいロスローリエンの国境を横断したのです。ドワーフのギムリはこれを悪くとりましたが、ホビットたちはこれに耐えました。」

「わたしが案内してまいる所はそんな美しい場所ではない。」と、ファラミルはいいました。「しかしそなたが無理強いではなく、快く目隠しを許す気持ちになってくれてわたしはほっとした。」

かれが低い声で呼ぶと、すぐにマブルングとダムロドが林の中から出てきて、かれのところまで戻ってきました。「この客人に目隠しをせよ。」と、ファラミルはいいました。「しっかりと、だが客人方が不快に思われない程度に結ぶように。客人方の手は縛るな。二人とも見ようとしないと約束されるだろうから。わたしは安心してこの人たちに自分から目を閉じてもらうこともできるのだが、目というものは足がよろめいたりすると目ばたきするものだから。足もとが大丈夫なように案内してさし上げろ。」

そこで二人の見張りたちは緑の布でホビットたちの目を縛り、かれらのかぶっていた頭巾をほとんど口のあたりまで引き下ろしました。それからすばやく一人一人の手を取るとそのまま進んでいきました。この最後の一マイルばかりの行程でフロドとサムがわかったことといえば、暗黒の中で推しはかってそれとわかったことだけでした。しばらくすると、急な下り坂を降りていることに気がつきました。間もなくその道はとても狭くなり、みな一列になって両側の岩壁をこするように進みました。見張りたちは二人の肩に両手をしっかりと置いて後ろから二人の進行の舵を取りました。時折り道のでこぼこした所に来かかると、二人はちょっとの間ひょいと持ち上げられ、それからまた下に降ろされました。流れの音はいつも右の方から聞こえました。そしてその音は次第に近く次第に大きく聞こえてきました。とうとうかれらは立ち止まりました。マブルングとダムロドはすばやく何回か二人の体の向きを変えました。二人はそれですっかり方向感覚を失くしてしまいました。道はそこからしばらく登りになりました。なんだか寒くなってきたようです。水の音もかすかになりました。それから二人は持ち上げられ、かかえられたままたくさんの段々を降り、角を曲がりました。不意に二人の耳にはまた水の音が聞こえてきました。今はその音も大きく、水しぶきをあげながら勢いよく流れていました。ホビットたちは自分たちの周りの至る所からその水音が聞こえるように思いました。そして細かい雨が手に頰に当たるのを感じました。やっと二人は下に降ろされてもう一度足をつけて立ちました。しばらくの間二人はそのまま立っていました。半ば恐れ、目隠しをしたまま、自分たちのいる場所も知らず。そしてだれ一人口を利きませんでした。

その時すぐ後ろからファラミルの声がしました。「見てもらってよろしい！」布が取りのけられ、頭巾が後ろに引かれました。二人は目をぱちぱちさせて啞然として立っていました。

二人が立っていたのは磨かれた石の濡れた床の上でした。それはあたかもかれらの背後に暗く口を開いている、荒削りの岩の門の踏段のようでした。しかし目の前には薄い水の幕がかかっていました。それはフロドが片手を伸ばせば中に腕が突っ込めるぐらいの近さでした。水の幕は西に面していました。その背後にある夕陽の水平な光の箭が水に当たると、赤い光が砕け、無数の明滅する光の条となって、絶えず色が移り変わっていくのでした。それはちょうど金、銀、ルビーにサファイア、それに紫水晶といった宝石が互いにつなぎ合わされたカーテンが焼き尽くすことのない火に隈なく赤々と照り映えている、どこかのエルフの塔の窓辺にでも立っているような感じでした。

「運よくちょうどいい時に着いて、せめてものことにそなたたちの辛抱に報いることができた。」と、ファラミルがいいました。「これはヘンネス・アンヌーン、夕陽の窓といわれ、数多くの泉を持つ国、イシリエンのありとあらゆる滝の中でも最も美しいものだ。他処(よそ)の者でこれを見たことのある者はほとんどおらぬ。だが、この後ろにはこれにふさわしい美事な広間があるわけではない。さあ、はいってご覧あれ！」

かれが話しているうちにも日は沈み、赤々と燃える日は流れる水の中に薄れ去ってゆきました。ホビットたちはそれに背を向けて、人を寄せつけないような低いアーチの下をくぐりました。中にはいった途端、かれらはそこが岩屋であることを知りました。荒削りの広い部屋で天井はカーブしてでこぼこしていました。数個の炬火(たいまつ)が燃え、ぴかぴか光る壁に淡い光を投げかけていました。そこにはもう多勢の男たちがいました。一方の側にある暗い狭い入口からなおも二人、三人とはいって来ます。薄暗がりに目が慣れるにつれ、ホビットたちはこの洞穴(ほらあな)が思っていたより広く、武器や食糧が部屋一杯に貯えられているのを見ました。

「さて、ここがわれらの隠れ場所だ。」と、ファラミルがいいました。「大いにくつろげるという場所ではないが、そなたたちはここで安らかに一晩を過ごすことができよう。少なくとも乾いているし、食べ物もある。火はないが。昔はこの洞穴を水が流れ、アーチから流れ出ていたのだが、古(いにしえ)の技術者の手によって、この谷のずっと上の方で水路が変えられ、水の流れは二倍の高さの滝となって、この洞穴の遥か上の岩から落下させられるようになった。この岩屋に通じる道は、その時、水やその他のものがはいらないように、唯一つを残して全部封じられてしまった。今では外に出る道は二つしかない。そなたたちが目隠しをしたままはいって来た向こうのあの通路と、もう一つは夕陽の窓のカーテンを通り抜けて、ナイフのように切り立った岩石で埋まった深い滝壷(たきつぼ)に出るのだ。それでは、夕食が用意されるまでしばらく休まれるがよい。」

ホビットたちは片隅(すみ)へ連れていかれ、もし休みたければ横になれるように低い寝台があてがわれました。その間、男たちは静かにてきぱきと、洞穴の中のあちこちで忙しく立ち働いていました。軽いテーブルがいくつも壁のところから持ち出され架台の上に置かれて、食器が並べられました。この食器類は簡素で飾りのないのがほとんどでしたが、どれもできのいい美しいものばかりでした。丸い大皿に、うわぐすりをかけた茶色の陶器や、黄楊の曲げものの皿小鉢は滑らかで清潔でした。ここかしこに磨いた青銅製の杯や水鉢が置かれ、一番奥のテーブルの中央にある大将の席のそばには飾りのない銀の酒杯が一つ置かれました。

ファラミルは男たちの間を歩き回り、はいって来た男たちの一人一人に低い声でたずねました。南方人たちの追跡から戻って来た者たちもおれば、本道の近くに偵察のために残され、一番あとになってはいって来た者もいます。南方人たちは全員仕止められましたが、あの大きなムーマクだけは別で、かれがどうなったかはだれも知りませんでした。敵の方には何の動きも見られません。オークの間者の一人すら見かけられないのでした。

「アンボルンよ、お前は何も見たり聞いたりしなかったかな?」ファラミルは一番最後にはいって来た者にたずねました。

「えー、はい、殿」と、その男は答えました。「少なくともオークは一人もです。しかし何か知りませんが、ちょっとおかしなものを見ました。あるいは見たように思いました。夕闇が濃くなってくる時でした。物が実際の大きさより大きく見える時です。ですから、ひょっとしたらただの栗鼠にすぎなかったかも知れません。」

サムはこの話に耳をそばだてました。「しかしもしそうだったにしても、黒栗鼠でした。それに尻尾が見えませんでした。それはまるで地面の上の影のようで、わたくしが近づきますと、さっと木の後ろに隠れ、どんな栗鼠よりもす速く木の上に登っていきました。殿はふだん野の獣を無益に殺させたりはなさいませんし、これは獣にしか見えませんでしたので、わたくしは矢を射かけることはしませんでした。どっちみち暗過ぎて、狙い誤たず射ることはできません。それにその生きものはあっという間に木の葉の繁みの暗がりに消えてしまいました。しかしわたくしはしばらくの間そこに留まっていました。なんだかおかしなものに思えたからです。それから急いで戻ってきたのです。わたくしが立ち去ろうとする時、そいつが高いところからわたくしに向かってシーシーと怒った声を出してるのを聞きました。おそらく大きな栗鼠だったのでしょう。名をいうをはばかる者の影の下で、もしかしたら闇の森の獣たちのうちのあるものがわれらの森の方にまでさ迷って来たのかもしれませぬ。かの森には黒い栗鼠がおると聞いておりますから。」

「もしかしたらそういうことかもしれぬ。」と、ファラミルはいいました。「だが、もしそうとすれば、凶兆だ。イシリエンには闇の森からの逃亡者は来てもらいたくはない。」サムにはかれがしゃべりながらホビットたちの方にすばやい一瞥を投げたように思えました。しかしサムは何もいいませんでした。しばらくの間かれとフロドは仰向きに寝たまま炬火（たいまつ）の明かりを見ていました。男たちはあちこち動きながら声をひそめて話していました。それから突然フロドはふっと眠りに陥ってしまいました。

サムは一生懸命眠るまいと努めながら、とつおいつ心で問答を繰り返していました。「あの人は大丈夫かもしんねえな。」と、かれは考えました。「それとも大丈夫じゃねえかもしんねえ。いってることはりっぱでも汚い心を隠してることもあるからな。」かれはあくびをしました。「一週間でも眠れるくらいだぞ。そうすりゃずっと元気が出るだろうよ。それに目を覚ましてたとこで、おらに何ができる？ おらたった一人で、この大きな男たちをみんな相手にしてよ。何もできねえよ、サム・ギャムジー、それでもやっぱりお前は目覚ましてなきゃなんねえぞ。」そしてどうにかかれは目を覚ましていることができました。洞穴（ほらあな）の入口から明るさが薄れ、落下する水の灰色の幕は次第におぼろとなり、いよいよ色濃くなっていく夕闇の中に没してしまいました。水音は決してその調べを変えることなく朝であろうと夕暮れであろうと夜であろうと常に聞こえてきます。それはサラサラと眠りを囁（ささや）きかけるのでした。サムは握りこぶしでごりごり目をこすりました。

気がついてみるとさらに多くの炬火が点されていました。葡萄酒の樽の口が開けられています。貯蔵食品の樽も開けられています。滝から水を汲んでくる者もいます。洗面器で手を洗っている者もいます。銅製の大きな鉢と白い布がファラミルのもとに運ばれ、かれも手を洗いました。

「客人方をお起こししろ。」と、かれはいいました。「それから水を持っていって差し上げろ。食事の時間だ。」

フロドは体を起こしてあくびをし伸びをしました。サムは人から傅かれるのには慣れていませんから自分の前に立ってお辞儀をし、水のはいった洗面器を捧げ持っている背の高い男をちょっとびっくりして眺めました。

「どうか下に置いてくだせえまし！」と、かれはいいました。「その方がおらにも、あなたさんにも楽ですだ。」それから男たちが驚きもしおもしろがりもしたことには、かれはその冷たい水の中に頭を突っ込んで、首や耳まで水に濡らしました。

「夕食前に頭を洗うのはあなた方の国の習慣ですか？」ホビットたちの世話をしている男がたずねました。

「いいや、朝ご飯の前ですだ。」と、サムはいいました。「だけど、眠りが足りない時は、首に冷たい水をかけると萎れたレタスに雨が降ったような効めがありますだ。それ！ これで少し腹ごしらえする間ぐらい充分目覚ましておられますだよ。」

二人はそのあとファラミルの隣りの席に案内されました。樽に毛皮をかぶせた座席は人間たちの長腰掛けより高くホビットたちが食事しやすい高さになっていました。食べ始める前に、ファラミルとその部下たちは西を向いてしばらく黙想しました。ファラミルはフロドとサムにも同じことをするように合図をしました。

「われらはいつもこうするのです。」一同が着席する時、ファラミルがいいました。

「われらはかつて存在したヌーメノールの地に向かって、そして今もそのかなたに存在するエルフの故国の方を、そしてエルフの故国のかなたに今もそしてまた未来永劫に存在するものの方を向いて立つのです。そなたたちには食事に際してこのような習慣はおありにならぬのかな？」

「ありません。」フロドにはなんだか自分がまったくの田夫野人であるように思われてきました。「しかし客として招かれた場合には、わたしたちは主人にお辞儀をし、食べ終わったあとでは立ち上がって主人に礼を述べます。」

「われらとてそれはします。」と、ファラミルはいいました。

長い旅と野宿を重ね、寂しい荒れ野で何日も何日も過ごしたあとであってみれば、この夕食はホビットたちにはまるで大ご馳走のように思えました。清潔な手と清潔なナイフと皿を用いて、ひんやりといいにおいのする淡黄色の酒を飲み、パンとバター、塩漬け肉、そして乾した果実に上等の赤チーズを食べるのです。フロドもサムも出された物は何一ついやとはいいませんでした。二度めのお代わりはもちろん、三度めのお代わりでさえ辞退はしませんでした。葡萄酒は全身の血管と疲れた四肢を駆けめぐり、ホビットたちはローリエンの地を離れて以来覚えのない愉悦とくつろぎを感じました。

すっかり食事が終わると、ファラミルは二人を洞穴の奥のカーテンで一部を仕切った引っ込んだ場所に案内しました。そしてそこに椅子が一つとスツールが二つ持ち込まれました。壁の凹みに陶器製の小さなランプが一つ燃えていました。

「二人ともすぐに眠くおなりだろうが、」と、ファラミルはいいました。「とりわけサムワイズ殿は、食事前には目を閉じまいとされていたからな――貴重なる空腹の刃を鈍らすのを恐れてか、はたまたわたしのことを恐れられたのか、わからぬが。だが食事のあと、それも絶食に近いような状態が続いたあとの食事だから、余りすぐに眠るのはよくない。しばらく話をするといたそう。裂け谷からの旅の途次、さぞやいろいろと話の種になることがおありになったに違いない。それにそなたたちにしても、おそらくわれらのこと、そしてまたそなたたちが今おられる土地のことで知りたいと思うことがおありだろう。わたしに、わが兄ボロミルのこと、老ミスランディルのこと、ロスローリエンの美しい人たちのことを話していただきたい。」

フロドはもう眠くありませんでしたので、喜んで話をしました。しかし、食べ物と葡萄酒のおかげで気分がくつろいだとはいえ、すっかり警戒心をほどいてしまったわけではありません。サムは嬉しそうに笑みこぼれて口の中で歌など歌っていましたが、フロドが話している時は、最初のうちは聞くだけで満足し、ただ時たま思い切って嘆声を上げ、その話に賛意を示すにとどまりました。

フロドはたくさんの話をしました。しかしいつでもかれは一行の旅の目的と指輪のことからは話題をそらし、むしろ一行が経験したすべての冒険の中でボロミルが果たした勇敢な役割について委しく述べようとしました。荒れ地の狼たちとのこと、カラズラス山麓で雪に閉じこめられた時のこと、それからガンダルフが落下したモリアの坑道でのことでした。ファラミルは橋の上での闘いの話に一番心を動かされました。

「オークから逃げ出すなんて、ボロミルには気にくわなかったに違いない。」と、かれはいいました。「たとえ相手がそなたのいっていたバルログとかいう恐ろしいものであったにせよ――また最後まで踏み止まっていたのがかれであったにせよ。」

「あの方は最後でした。」と、フロドはいいました。「でもアラゴルンはどうしてもわれら一行の先頭に立たざるを得なかったのです。ガンダルフ亡きあとは、あの方だけが道を知っていたのです。しかし面倒を見なければならぬわたしたち弱き者がいなければ、アラゴルンにしてもボロミル殿にしてもあの場から逃げようとはしなかったでありましょう。」

「そうかもしれぬ。ボロミルはそこでミスランディルとともに死んだ方がよかった。」と、ファラミルがいいました。「そしてラウロスの大瀑布の手前でかれを待っていた運命に出会うべく先に進まなかった方が。」

「そうかもしれません。けれど、今度はあなた方のお国の来し方行末をお聞かせいただけませんか。」フロドはそういって再び話題をそらせました。「ミナス・イシルとオスギリアスのこと、そして不朽の都ミナス・ティリスのことをもっと教えていただきたいからです。あなた方の長い戦いで、この都にどのような望みがあるのでしょうか？」

「どのような望みがあるかといわれるのか？」と、ファラミルはいいました。「望みという望みを失ってからもう久しい。エレンディルの剣がもし本当に戻ってくるなら、再び望みをかきたててくれるかもしれない。しかしそれも災いの日を先に延ばすだけのことしかできぬだろうとわたしは思う。別の思い設けぬ助けがエルフからでも人間からでもやってこぬ限り。なぜなら、われらの敵は力を増す一方であり、われらは力を減ずる一方なのだから。われらは衰えいく民であり、春なき秋にも等しいのだ。

「ヌーメノールの人間たちは大陸の海辺に、また海に近い地域にあまねく広く定住した。しかしかれらの大部分が悪に陥り、愚行に身を落とした。暗黒の主と魔術に魅せられた者も多勢いた。怠惰と安逸にすっかり身を委ねる者もいた。互いに争う者もいた。そして遂にその弱味につけこまれ蛮族によって征服されてしまった。

「ゴンドールで妖術が行なわれたことがあるとは、また名をいうをはばかるかの者の名がうやうやしく口にされたことがあるとは、聞いていない。西方からもたらされた古の英知と美はエレンディル金髪王の息子たちの王国に久しく残っていたが、今もまだその名残が見られる。とはいえ、ゴンドールの衰微をもたらしたのはゴンドール自身にほかならない。徐々に老耄に陥り、敵は眠っていると考えるに至った。敵はただ放逐されただけで滅ぼされたわけではないのに。

「死が常に当面する問題だった。なぜといえば、ヌーメノール人たちは相変わらず無限の命を渇望していたからだ。ちょうど古代王国においてそれが渇望され、その結果それを失うことになったように。王たちは生きている者たちの家々よりりっぱに墓を造営し、系図の巻物中の古い名前を息子たちの名前より大切なものに思った。子無き王侯たちは古びた館（やかた）に坐し、紋章学に思いを凝（こ）らし、秘密の部屋では、萎（しな）びた男たちが強力な不老長寿の薬を調合し、あるいは高い冷たい塔の中で星々のことを探った。そしてアナーリオンの血筋の最後の王には世継がいなかった。

「しかし執政たちはもっと賢明であり、恵まれてもいた。賢明であったというのは、海岸沿いのたくましい種族により、そしてまたエレド・ニムライスのより強健な山岳民族によって、わが国人の力を更新した点だ。かれらは北方の誇り高い民族と休戦の協定を結んだ。かれらはそれまでしばしばわが国を襲っていた、恐るべき剛勇の持ち主たちであるのだが、遠くさかのぼればわれらと同じ種族であり、野蛮な東方人や残虐なるハラドリムとは異なる。

「かくして第十二代執政の（ちなみにわが父は二十六代目になる）キリオンの時代に、北方人がわれらを援護すべく駆けつけ、広大なるケレブラントの野にわれらの北辺の地を押えていた敵を潰滅（かいめつ）せしめた。この者たちこそわれらが呼んでいうロヒルリムであり、馬を駆使する者たちだ。そこでわれらはかれらに爾来ローハンと呼ばれることになったカレナルゾンの広野を割譲した。というのもこの地方はそれまで長らく人口が稀薄であったからだ。そしてかれらはわが盟邦となり、未だかつてわれらに二心を抱いたことはなく、有事に際してはわれらを助け、われらの北辺の地と、ローハン谷の守り手となっている。

「かれらはわれらの学問と風習の中から、習いたいと思うものを学び取った。そしてかれらの王たちは必要とあればわれらの言葉を話しはする。だがおおむね先祖伝来の流儀を墨守し、かれら自身の記憶を固守している。そして自分たち同士では、自国の北方語を話している。われらはかれらを愛している。丈高い男たちも、美しい女たちも共に勇敢であり、金色の髪と、晴れやかな目を持ち、力も強い。かれらを見ていると、人類の青春期、上古の日の人間たちはかくもあったかと思われるのだ。事実われらの伝承の大家たちの語るところによれば、かれらは昔からわれらと密接な関係を有していたのだ。つまりかれらもヌーメノール人たちの起こりと同じ三つの人間の家系から出ている。エルフの友の金髪のハドルから直接出たものではおそらくなかろうが、ハドルの族のうち、お召しを拒んで西の方へ海を渡っていかなかった者たちから出ているのであろう。

「というのは、われらは伝承の中で人間をかくの如く三通りに分けて考えたのだ。上の人あるいは西方国の人と呼ばれたのは、すなわちヌーメノール人であり、それから中の人、つまり黄昏の人間たちは、たとえばロヒルリムや遥か北方に今なお住むその一族であって、それから蛮族、すなわち暗黒の人間たちであると。

「しかし今では、もしロヒルリムがいくつかの点で次第にわれらに近づいてきて、技芸に長じ、温雅さを増してきたということであれば、われらもまたかれらに近づいてきたのであって、もはや上の人という資格を主張することはほとんどできないのではないか。われらは中の人、黄昏の人となり果てた。ただわれらにはほかのものの記憶が残っているのだ。というのは、ロヒルリムのように、われらも今ではそれ自体よきものとして戦いと剛勇を愛している。それはスポーツであると同時に目的でもある。そして今なおわれらは戦士たる者は単なる攻防の手段と殺傷の技だけでないそれ以上の技能と知識を持つべきであると考えているのだが、それにもかかわらず、戦士を他の職業の者より上に見ているのだ。われらの時代が必要とするのはこのような者たちなのだ。わが兄ボロミルもそうであった。武勇の人であった。そしてそれゆえにかれはゴンドールの最良の人物と目されていた。そして事実かれは非常に勇敢であった。もう久しきにわたってミナス・ティリスにはこれほど艱難に耐え、これほど果敢に戦い、あるいは大角笛をこれほど力強く吹き鳴らす世継はおらなかった。」ファラミルは嘆息して、しばらく黙り込みました。

「いろいろお話ししてくだせえましたが、エルフのことについちゃ、旦那はあんまりお話しになられえですね。」突然勇気をふりしぼって、サムがいいました。かれはファラミルがエルフのことを話すのに敬意をもって話してるようだということに気がついていたのです。そしてこのことがかれの礼儀正しさ、そしてかれの食べ物と酒にもましてサムの尊敬を克ち取り、かれの疑いの気持ちを鎮めたのです。

「まったくその通り、サムワイズ殿、」と、ファラミルがいいました。「それはわたしがエルフ学に通じておらぬからだ。だがそなたはここでわれらが変わってしまったもう一つの点に触れたわけだ。すなわちヌーメノールから中つ国へと落ちていったことだ。というのは、そなたたちもミスランディルが仲間であり、エルロンドとも話をしたというのであれば、おそらく知っていようが、エダイン、すなわちヌーメノール人たちの先祖は最初の戦いの時、エルフの側に立って戦い、その褒美として、大海の真ん中にある王国を与えられた。それはエルフの故国の見える所にあった。だが、中つ国では暗黒の時代に、人間とエルフは次第に疎遠となっていった。

それはわれらの敵の奸計によるとともに、緩慢な時の移り変わりによることでもある。移りゆく時とともにどの種族もそれぞれに別々に切り離された道を歩いていったのだから。人間は今ではエルフを恐れ、疑っている。そのくせエルフのことはほとんど何も知らぬのだ。そしてわれらゴンドールの者も他の人間たちのように、ローハンの人間たちのようになってきた。というのは冥王の敵であるかれらですら、エルフたちを避け、黄金の森のことを恐怖をもって口にするからだ。

「しかしながらわがゴンドールの国には可能な時にはエルフと交渉を持つ者がまだおるにはおるのだ。そして時折り密かにローリエンに出かけていく者があり、かれらはめったに戻ってはこぬ。わたしは違う。限りある命の人間が長上族との交際を気紛れに求めるのは非常に危険だとわたしは思っている。そうはいっても、白の奥方と話したそなたが羨ましくはあるが。」(訳註　長上族は、最初に生まれた者、エルフを指す。)

「ローリエンの奥方！　ガラドリエルさま！」サムは叫びました。「あの方をごらんにならなくちゃいけませんだ。ほんとうに、ごらんにならなきゃあ。おらはただのホビットで、故郷での仕事といえば庭師ですだ。おらのいうことわかってくださるだか。で、おらは詩歌の道とやらには長じてねえのです――詩を作ることをいってますだ。まあ、ざれ歌みたいなもんなら、時折り作らねえわけでもねえですが。ほんとの詩ちゅうのはだめですだ――そういうわけで、おらにはいおうと思っとることがいえねえのです。おらのいおうと思っとることは歌でいわなくちゃいけねえのです。それにはあなたさんは馳夫さんに、つまりアラゴルンのこってす、それともビルボ旦那に会わなきゃだめです。けどもおらもあの奥方のことを歌に歌えたらどんなにいいかと思いますだ。美しいお方ですわ！ なんともいえない魅力ですわ！ 時には花盛りの大樹のようかと思うと、時には白水仙のように、ほっそりと小柄な感じですだ。ダイヤモンドみたいに硬く、月の光みたいに柔らかですだ。お天道さんの光みたいに暖かく、お星さんの霜みたいに冷てえのです。雪の山のように遠くて近づきがたいかと思うと、春になって髪に雛菊を飾った娘っ子たちよりも陽気ですだ。でもこれはみんな的はずれのたわごとばかりになりますだが。」

「それでは奥方はほんとうに魅力があるに違いない。」と、ファラミルがいいました。「『危険なほど美しいのだろう。』

「『危険』という意味はおらにはわかりませんだ。」と、サムはいいました。「おらの気がついたことは、人は自分で自分の危険をローリエンに持っていくんです。そして自分で持ちこんだからあそこでその危険を見つけるちゅうわけです。けど、奥方のことを危険だといってもいいかもしれませんだ。なぜちゅうと、あのお方ご自身がそりゃお強いからですだ。あのお方にぶつかれば、あなたさんは岩にぶつかった船みたいに木端微塵に砕けるか、それとも川に落ちたホビットみたいに溺れ死んでしまわれるこってしょう。それでも別に岩や川には咎はねえのです。それでボロ――」かれはいいやめて顔を真っ赤にしました。

「それでどうしたんだね？『それでボロミルは』というつもりだったんだろう？」と、ファラミルはいいました。「何をいうつもりだったのかね？　ボロミルは自分で自分の危険を持ちこんだというのかね？」

「そうですだ、旦那、失礼ですが。それにあなたさんのお兄さんはおらがそんなことといっていいならりっぱな方ではありましたけど。それにあなたさんは始めっから大体見当をつけてられましただ。ところでおらはボロミル様を注意して見守り、あの方のいわれることに耳を傾けてましただ。裂け谷からずっとです――おわかりでしょうが、旦那のお世話をするためで、ボロミル様に悪意があったわけではねえです――それにあの方はローリエンで初めて、おらにはその前から見当のついとったこと、つまりご自分が何をほしいと思っとられるかということにはっきり気づかれたのだと、おらは考えますだ。初めて見た時から、あの方はほしいほしいと思ってなすっただ、われらの敵の指輪を！」

「サム！」フロドは仰天（ぎょうてん）して叫びました。かれはしばらくの間深い物思いに沈んでいたのです。そして今突然そこから目覚めたのですが、もう遅すぎました。

「しまった！」そういうサムの顔からは血の気が引き、そして今度はまたすぐに真っ赤に血が上りました。「またやっちまっただ！『お前がでっかい口をば開く時はいつだってあとの祭だ』とっつぁんがいつもいってたが、その通りだ。どうしよう、どうしよう！

「さあ、聞いてくだせえ、旦那！」かれはくるっとファラミルの方を向くと、奮（ふる）い起こせる限りの勇気をふるって、きっとファラミルの顔を見ました。「あなたさんは召使が馬鹿も同然だちゅうことにつけ込んで、おらの旦那をいいようにはなさらんでしょうな。あなたさんはずっとりっぱな口を利（き）いてられたんで、おらもつい用心を捨てて、エルフのことやら何やらしゃべっちまいましただ。『りっぱな口より、りっぱな行い』と、おらの故郷（くに）では申しますだ。今こそお前さまのお人柄を示して下さる機会ですだ。」

「どうもそうらしいな。」ファラミルはゆっくりと非常に低い声でそういうと、不思議な微笑を浮かべました。「それではこれがすべての謎への答であったか！この世から消えてなくなったと思われていた一つの指輪か。それをボロミルは力ずくで取ろうとしたのだな？　そしてそなたたちは逃げたというわけか？　そしてはるばる逃げてきたところは――わたしのふところだ！　そして人気(ひとけ)ない荒れ地のこの場所でそなたたちはわたしの掌中にある。小さい人二人に、わたしの命令を待機している多勢の部下たち、それと指輪の中の指輪というわけだ。思いもかけぬ幸運ではないか！　ゴンドールの大将、ファラミルがその人柄を示す機会とはな！　ははは！」かれは立ち上がりました。その姿は非常に背が高くていかめしく、灰色の目がきらりと光りました。

フロドとサムはぱっと腰掛けから起(た)ち、壁を背にして並び、剣の柄(つか)を探りました。あたりはしんと静まりかえりました。洞穴(ほらあな)の中の男たちは一斉(いっせい)に話し止め、びっくりしてこちらに目を向けました。しかしファラミルは再び椅子に坐り直し、静かに笑い出しました。それから不意にまた真面目(まじめ)な顔になっていました。

「ああ、ボロミルよ！　何という痛ましい試練であったことか！　わたしの悲しみはそなたたちによってどんなにいや増したことか、人間を危(あや)うくする物をたずさえて、遥かな国からやって来た、そなたたち二人の不思議な旅人によってな！　だがそなたたちが人間を見る目はわたしが小さい人たちを見る目よりも劣るな。われらは嘘はつかぬ、われらゴンドールの人間はな。われらはめったに大言壮語を吐くことなく最後までなしとげるか、あるいはその途中で死ぬか、どっちかだ。『道端に転がっていようと、それを取ろうとは思わない』と、わたしはいった。たとえわたしがこの品をほしいと思うような人間であろうと、そしてこの品が何であるかはっきり知らずにそういっていたとしても、やはりわたしは自分のいったこの言葉を誓いと考えて、これによって制約されるだろう。

「だがわたしはそのような人間ではない。それにわたしは人間が逃げねばならぬ危険がいくつか存在していることを承知している程度の頭のある人間だと思っている。安心して坐られよ！　そしてサムワイズよ、元気を出すがいい。失言したように思うなら、それはそういう巡り合わせで避けられなかったのだと考えるがよい。そなたの心には誠実さだけではなく洞察力もあって、その目よりももっとはっきり見ているのだ。というのは、奇妙に思えるかもしれぬが、このことをわたしに明らかにしても心配はないのだよ。そなたの愛する主人を助けることにさえなるかもしれぬ。わたしにできることであれば、このことがかえってそなたの主人のためにはよかったというようにしようではないか。だから元気を出すがいい。だがもう二度とこの物の名を声に出していうことさえならぬぞ。一度で充分だ。」

ホビットたちは自分たちの席に戻り、静かに腰を下ろしました。男たちはめいめいの飲み物とおしゃべりに戻っていきました。大将が小さいお客たちをからかうかどうかしたのであって、それももう終わったのだと納得したからです。

「さてさて、フロドよ、われらはこれでやっと互いにわかり合ったな。」と、ファラミルがいいました。「もしそなたが他の者たちから頼まれて、不本意ながらこの品をわが身に引き受けたのであれば、わたしはそなたに同情もするし、敬意も表する。そしてこれを隠し持ったまま使わないそなたにただ感嘆するのだ。わたしにとってそなたたちは新しい種族であり、新しい世界だ。そなたたちの種族は皆こうなのかな？　そなたたちの国は満ち足りた平和な国土であるに違いない。そしてそこでは庭師というのは非常に重んじられているに違いない。」

「何もかもいうことなしというわけではありません。」と、フロドはいいました。

「しかし庭師は確かに重んじられています。」

「だがその地に住んでいる者でも、天が下のありとあらゆるものと同様疲れることはあるに違いない。たとえ庭仕事をしておってもな。おまけにそなたたちは故国から遠く離れ、旅の疲れもあろう。今夜はもうこれだけにして、二人とも眠るがよい

——安心して。安心できればだが。恐れてはならぬ！　わたしはあれを見たいとは思わぬ、さわりたいとも思わぬ。あるいは今知っていること（これだけでも充分だが）以上のことを知りたいとも思わぬ。というのもひょっとして危険がわたしを待ち伏せ、わたしはドロゴの息子フロドのように試練をうまく通り抜けることができぬかもしれないからだ。さあ休まれるがよい——だがその前に、よければこのことだけ教えてもらいたい。そなたたちはどこに行こうとされるのか？　そして何をしようとされるのか？　なぜといえばわたしは見張り、待ち、そして考えねばならぬからだ。時は過ぎる。朝になればわれらは銘々に課せられた道に速やかに進まねばならぬのだ。」

フロドは最初の打ちのめすような恐怖が過ぎ去る時、自分の体が震えるのを感じました。そして今はひどい疲労感が雲のようにかれの上に垂れこめてきて、かれはもはや隠すことも抵抗することもできませんでした。

「わたしはモルドールにはいる道を見つけるつもりなのです。」かれは消え入るような声でいいました。「わたしはゴルゴロスに行くつもりです。わたしは火の山を見つけあの物を滅びの罅裂(きれつ)に投げ込まねばならないのです。ガンダルフがそういったのです。わたしはよもや自分があそこに行けようとは思わないのですが。」

ファラミルはしばらくの間沈痛な驚きの色を浮かべてまじまじとかれを見つめていました。それから不意にかれは手を差し伸ばしてゆらゆらと体の傾いたフロドを抱き止め、そっとその体を持ち上げると寝台まで運び、そこに横にさせて、暖かくふとんで包みました。フロドはたちまち深い眠りに陥っていきました。

その横にはかれの召使のためにもう一つ寝台が置かれていました。サムはしばらくもじもじしていましたが、やがて深々とお辞儀をしていいました。「お休みなさいまし、大将さん、お殿さん、あなたさんは好い機会をおつかみになりましただ。」

「そうかな？」と、ファラミルはいいました。

「そうですとも。そしてあなたさんのお人柄を示されましただ。この上なく高潔なお人柄を。」

ファラミルはにっこりしました。「生意気な口を利く召使だな、サムワイズ殿よ。いやいや、誉められる値打ちのある者から誉められることはどのような褒美にも勝る。しかしこのこと自体には何も誉むべきことはないのだ。わたしはあれ以外のことをしようという誘惑も望みも持たなかったからだ。」

「あのうー、あなたさんは」と、サムはいいました。「おらの主人にはどことなくエルフ的なとこがあるとおっしゃいました。それは結構なお言葉でその通りでごぜえますだ。けれど、おらにはこういうことがいえますだ。あなたさんにもどことなく、ええと、あのう、どことなくガンダルフの旦那を、つまり魔法使を思い出さすところがおありでごぜえますだ。」

「そうかもしれない。」と、ファラミルはいいました。「おそらくそなたは遥か遠くからヌーメノールの風（ふう）を認めたのかもしれないな。ではお休み！」

六　禁断の池

　フロドはふと目を覚まし、ファラミルが体の上に身を屈(かが)めているのを見ました。一瞬以前の恐怖に襲われて、フロドは体を起こして、しりごみしました。

「何も恐れることはない。」と、ファラミルはいいました。

「もう朝ですか？」フロドはあくびをしていいました。

「いや、まだだ。しかし夜はもう終わろうとしているし、満月が沈みかけている。ちょっと見にきていただけぬか？　そなたの助言を仰ぎたいこともあるし。眠っておいでのところをお起こしして申し訳ないが、来て下さらぬか？」

「まいりましょう。」フロドはそういうと起き上がって、ぶるぶる震えながら暖かい毛布と毛皮をあとにしました。火の気のない洞穴(ほらあな)の中はとても寒く思われました。静寂(しじま)にただ水の音だけがやかましく聞こえてきます。かれはマントを羽織り、ファラミルのあとについていきました。

サムは本能的な警戒心からふっと目が覚め、まず主人のベッドが空になっているのを見て、ぱっと跳び起きました。それからかれは今はもう仄白い光の満ちたアーチ形通路の中に二人の人影を見ました。フロドと一人の男でした。かれは急いで二人のあとを追い、壁沿いに並んだマットレスの上に眠っている男たちの列を通り過ぎました。洞穴の入口を通り過ぎながら見ると、水の幕は今は絹に真珠に銀糸を織りなした目も眩むばかりまばゆい帳とも、溶けいく月光の氷柱とも見えました。しかしかれは立ち止まってこれを眺めようとはせず、すぐそこからわきにそれ、主人のあとについて洞穴の岩壁に明けられた狭い出入口を通り抜けました。

かれらはまず真っ暗な通路を進み、次いで濡れた石段をいくつも登り、それから岩を平たく刻みこんで造った小さな踊り場に出ました。ここは長い深い立坑を通して頭上に高くかすかに光っている仄白い空に照らされていました。ここから階段はさらに二方に通じ、一つはそのまま上に登って、流れの上方の土手に通じているように見えました。そしてもう一つはここから左に曲がっていました。かれらは左手の階段を登っていきました。階段は小さな塔の中の階段のように螺旋状に上に登っていました。

ようやくかれらは石に囲まれた暗闇から脱け出し、まわりを見回しました。ここは手摺りも欄干もない広い平たい岩の上でした。かれらの右手、東側には幾層にも段になった岩の上を水しぶきを上げながら急流が流れ落ち、それから急降下して滑らかに岩を削り取った水路一杯にか黒い水流が白い泡を散らして寄せ来って、ほとんどかれらの足もとで勢いよく渦巻きながら、左手に大きく口を開いている崖っぷちを越えて真っ直落下していきました。そこの崖際に一人の男が立っていて、黙ったまま、じっと下を見下ろしていました。

フロドは頭を回らして幾条もの滑らかな首筋のようにカーブしながら落下していく水を眺めました。それから目を挙げて、遥か遠くに目を注ぎました。もう夜明けも近いかのように、あたりは深々と冷えて静まりかえっています。遥か西の空には満月が丸く白く沈みかけていました。眼下の広大な谷間には白っぽい靄がかすかに光り、銀色の煙霧が広い湾のように立ちこめているその下にはアンドゥインの冷えびえとした夜の水が流れていました。その向こうには黒々とした闇が浮かび、その闇のここかしこに、冷たく鋭く遠く白く、幽霊の歯のようにきらっと光っているのは、万年雪をかぶったエレド・ニムライス、ゴンドール王国の白の山脈の峰々でした。

しばらくの間、フロドはそこの高い岩の上に立っていました。この広大な夜のどこかに、自分のかつての仲間たちが歩いているか、眠っているか、それとも霧の屍衣に包まれて死んで横たわっているのかと考えると、全身をぞくっと震えが走り抜けました。何のためにかれは忘却の眠りから呼び起こされて、ここに連れてこられたのでしょう?

サムもこれと同じ問いへの答を知りたくてたまらず、どうしても我慢しきれずに呟きました。かれとしては主人の耳だけに聞こえるようにいったつもりでした。

「たしかにいい眺めですだ、フロドの旦那。けど、骨はおろか心臓まで冷えちまいますだよ！　何が始まるんですかね？」

ファラミルがこれを聞いて答えました。「ゴンドールの向こうに月が沈むのだよ。美しきイシルよ、かれが中つ国から去り行く時古きミンドルルイン山の白の捲き毛にその光が映えるのだ。少しくらいぞくぞくしようとその値打ちはある。だがわたしがそなたたちを連れてきて見て貰おうと思ったのはこれではない——もっとも、サムワイズよ、そなたは別にわたしが連れてきたのではないぞ。だからその警戒心の報いを受けるのはやむを得まい。あとで葡萄酒を一杯やれば寒さも吹き飛ぶだろう。さあ、まず見てみられよ！」（訳註　イシルはエルフ語シンダリンで「月」の意。）

かれは暗い崖っぷちに黙々と立っている歩哨の傍らに足を進めました。フロドもそのあとに従いました。サムはしりごみしました。かれはこの濡れた高い台地にいるだけでもう不安で仕様がなかったのです。ファラミルとフロドは下を見下ろしました。遥か眼下には白い水の流れが泡立つ滝壺に注ぎ込み、次に岩をくりぬいた深い長円形の池の中を黒々と渦巻いて、最後には狭い出口を通る道を再び見つけ、濛々と水煙をあげてさざめきながら、もっと緩やかで平らな流域へと流れ去っていくのが見えるのでした。滝裾には月の光がまだ斜めに射して、池の小波をきらめかしていました。そのうちフロドは池の近い方の土手に黒っぽい小さなものがいるのに気づきました。しかしそれに目を留めるか留めないかのうちに、それは泡立ち滾っている滝壺のすぐ先にひらりと飛び込んで姿を消しましたが、黒々とした水を切るその鮮やかさはまるで箭か石の波切りのようでした。

ファラミルは傍らの男の方を向いていいました。「それでお前はあれを何と思うね、アンボルンよ？　栗鼠かな、それとも川蟬だろうか？　闇の森の夜の池には黒い川蟬がおるのかな？」

「何であれ、鳥でないことは確かです。」と、アンボルンは答えました。「四本の手足があり、人間みたいに飛び込みます。その飛び込み方も相当うまいもんです。何を狙っているのでしょうか？ 水の幕の後ろにあるわれらの隠れ場所に上ってくる道を探しているのでしょうか？ どうやらわれらもとうとう見つけ出されたかに見えます。わたくしはここに弓を持っております。そしてほかにもほとんどわたくしと互角の腕前の射手たちを両岸に配置してあります。あとは殿のご命令を待つばかりです。」

「射ちますか？」急にフロドの方を向いてファラミルがいいました。

フロドはしばらく答えませんでした。それから「いけません！」と、かれはいいました。「いけません！ どうぞ射たないでください。」もしサムに敢えて口を出す勇気があれば、かれは、もっと即座に、もっと声を大にして、「はい、射ってください。」と、いったでしょう。かれには見えませんでしたけれど、三人の言葉からかれらが見ているものが何であるのかは充分に推測できました。

「では、そなたはあれが何であるのか知っておられるのだな？」と、ファラミルがいいました。「さあ、それではこれでご覧になったわけだから、なぜあの者の命を助けねばならぬのか、その理由をお聞かせ願いたい。わたしとの話の中でそなたはあの浮浪者風の連れのことについては一度も言及されなかった。それでわたしはかれのことはそのまましばらく捨て置いたのだ。つかまえてわたしの前に連れてくるまでは放っておいてよいと思ったのでな。わたしは一番目の利く狩猟者たちにかれを探させた。しかしかれはかれらの目をくぐり抜け、昨夕の黄昏時にここにいるアンボルンが見かけたほかは、今に至るまで、だれもかれの姿を見かけなかった。だが今度かれがしたことは、山の方で兎の罠を仕掛けたなどというようなものではない。かれは図々しくもヘンネス・アンヌーンにやって来たのだ。その罰としてかれは命を失うことになる。それにしても驚くべきやつだ。あんなにこっそりと人目を盗みながら、よりもよってわれらの窓の真ん前の池で遊んでおるのだからな。やつは、人間たちが一晩中見張りも立てずに眠ってると思っているのだろうか？　なぜそう考えるのだろう？」

「答は二つあると思います。」と、フロドはいいました。「一つには、かれは人間のことをほとんど知らないのです。それにあなた方の隠れ家はこれほど人目に触れぬ所にありますから、いくらあいつが油断のならぬやつとはいえ、ここに人間が隠れているとはおそらく知らないのではないでしょうか。もう一つは、用心をも忘れるほどおさえきれない望みによってここまで誘われてきたのではないかと思うのです。」

「ここにおびき寄せられたといわれるのか？」ファラミルが低い声でいいました。

「ありうることかな？　ではかれはそなたの負荷を知っておるのか？」

「いかにも知っているのです。かれ自身あれを多年にわたって所持していたのですから。」

「あいつが持っていたと？」ファラミルは驚きの余り息を荒くしていいました。

「この問題は次々と新たな謎から謎へと入り組んでいくのだな。それで、かれはあれを追い求めているのかな？」

「多分そうです。あれはかれにとっていとしいものなのです。しかしわたしはこのことはお話ししませんでした。」

「それで今あいつは何を探しているのだろう？」

「魚ですよ。」と、フロドはいいました。「ご覧なさい！」

　一同は暗い池を覗き込みました。池の向こう端の深い岩陰から小さな黒い頭が見えました。一瞬何かがきらっと銀色に光り、かすかな小波が渦を作りました。黒い頭は池の端に泳いでいきました。そしてその時驚くほどの敏捷さで蛙のような姿をしたものが水からはい出て土手に上がりました。それはすぐに坐りこんで、動かす度にきらりと光る小さな銀色の物をしゃぶり始めました。月の最後の光は今はもう池の外れの岩壁の背後に落ちています。

　ファラミルは低い声で笑いました。「魚とはな！　それほど危険な飢えではないが、だがそうもいかぬかもしれんぞ。ヘンネス・アンヌーンの池で取った魚はかれにその持てる物すべてを失わすことになるかもしれぬ。」

「やつは今ちょうどこの矢の向いたところにいます。」と、アンボルンはいいました。「射ってはいけませぬか、殿？　招かれずしてこの場所に来る者には死を与えるのがわれらの掟です。」

「待て、アンボルン。」と、ファラミルはいいました。「これは一見したほど簡単な事柄ではないようだ。で、フロドよ、そなたの言分はどういうことかな？　いったいどういうわけで命を助けてやらねばならぬのかな？」

「あれはひどくみじめなやつで腹を空かせています。」と、フロドはいいました。「そして自分の危険に気づいておりません。それにガンダルフなら、つまりあなたのおっしゃるミスランディルなら、今いった理由から、そして他の理由からもかれを殺さぬようにあなたに命ぜられたことでしょう。あの方はエルフたちにもそのようにいいつけられました。わたしにはその訳がはっきりわかりませんし、推測を今は公然と口にすることができません。しかしあの者はある意味でわたしの使命と密接に結びついているのです。あなた方がわたしたちを見つけて連れていくまで、あれがわたしの道案内だったのです。」

「そなたの道案内だと！」と、ファラミルはいいました。「事はいでてますます奇となったな。フロドよ、わたしはそなたのためには大いに力を尽くしたいが、このことは認めるわけにはいかぬぞ。油断のならぬこの浮浪者をここからそのままかれの好きなように自由に行かすことになれば、あれにその気があれば、あとからまたそなたたちの旅に加わろうし、あるいはオークに捕えられて、拷問（ごうもん）の嚇（おど）しに屈し、知っていることを一切しゃべってしまうかもしれぬ。かれは殺すか捕えるかせねばならぬ。もしすぐにつかまえられぬとしたら、殺すほかない。だが、羽根のついた矢でも使わぬ限り変幻自在なあんなつるつる滑るものをどうやって捕えることができよう。」

「わたしをそっとかれのところに行かせてください。」と、フロドはいいました。「矢をつがえてくださって結構です。そしてもしわたしがしくじったら、せめてわたしを射（う）ってください。わたしは逃げませんから。」

「では急いで行かれよ！」と、ファラミルはいいました。「もしかれが一命を拾えば、かれはその不幸な生の余生をそなたの忠実な召使となろう。アンボルンよ、フロド殿を土手まで案内して差し上げよ。そっと行くんだぞ。あの者には鼻もあれば耳もある。弓はこっちによこせ。」

　アンボルンは不満そうな声をあげて、フロドの先に立ち、螺旋状の階段を踊り場まで降り、そこからもう一方の階段を登りますと、やっと二人は密生した灌木に隠された狭い空地に出ました。黙々と通り過ぎながら、フロドは今いる所が池の上の方にある南側の土手の頂であることに気づきました。池はもう暗く、滝は西の空に消えやらず残っている月の光をわずかに受けて、ただかすかに灰色に見えます。かれにはゴクリの姿は見えませんでした。かれは少し前に進みました。するとアンボルンがそっと後ろにやって来ました。

「そのままおいでなさい！」かれはフロドの耳に囁きました。「右手に注意なさるよう。池に落ちられたら、魚取りのご友人のほかはだれもあなたをお助けできませんから。それからあなたの目には見えないかもしれませんが、すぐ近くに弓を持った男たちがいることをお忘れにならぬよう。」

　フロドは手探りをするためと、よろけないようにするために、ゴクリ式に両手を使って匍い進みました。岩は大体が平らで凹凸もありませんでしたが、その代わり滑りやすくなっていました。かれは立ち止まって耳を澄ましました。最初は後ろの方で絶え間なく落下する滝の水音のほかは何の物音も聞こえませんでした。それから程なく聞こえたのは、スースーという音のまじる呟き声でしたが、それは程遠からぬ前方から聞こえてくるのでした。

「魚だよ、うまい魚よ。白い顔もとうとう消えたよ、いとしいしと、そうよ。これでわしら安心して魚が食えるのよ。いや、安心してじゃないよ、いとしいしと。それは、いとしいしと失くなっちまったからよ。そうよ、失くなっちまった。卑怯なホビットだよ、いけないホビットだよ。わしらを置いて行っちまった、ゴクリ、それでいとしいしとも行っちまった。かわいそうに、スメーアゴルだけたった一人ぼっちよ。いとしいしといない。いけない人間たちだよ。やつらあれを取るよ。わしのいとしいしと盗むよ。盗っ人。わしらあいつらを憎む。魚だよ、うまい魚だよ。わしらを強くしるよ。目に光をつけ、指に力をつけるのよ、そうよ。やつら絞め殺してやる、いとしいしと。みんな絞め殺してやる、そうよ、わしらに機会があればよ。うまい魚だよ。うまい魚だよ！」

ゴクリの独り言はまるで、滝の音と同じくらい途絶えることなく、いつまでもこの調子で続きました。ただ涎を流したり喉をゴクゴクさせたりするかすかな音に遮られるだけでした。フロドはぞくぞく震えながら、憐れみと嫌悪の情を抱いてこれを聞いていました。かれはこの独り言が止んでくれるといい、この声を二度と再び聞かずにすめばいいと思いました。アンボルンはそれほど後ろの方ではありません。そっと戻っていって、射手たちに射ってもらうようにかれに頼むこともできます。ゴクリが魚を貪りながら油断しているすきに、かれらは充分近くまでやって来られるかもしれません。一本でも狙い誤たず当たれば、フロドはこの哀れっぽい声から永久に逃れられるのです。でもそれは駄目です。ゴクリは今ではかれに要求する権利を持っているのです。召使はその奉公に対して主人に要求する権利があるのです。たとえその奉公が恐怖から出たものであるにせよ。もしゴクリがいなかったら、かれらは死者の沼地の泥の中にはまってしまったことでしょう。それにどういうわけかフロドにはガンダルフがきっとそうは望まないということがまったくはっきりわかっていたのです。

「スメーアゴル！」かれは低い声でいいました。

「魚だよ、うまい魚だよ。」声はいいました。

「スメーアゴル！」もう少し声を高くして、かれはいいました。声はぴたっと止みました。

「スメーアゴル、お前を探しにきたんだよ。主人はここだ。おいで、スメーアゴル！」答はなく、息を吸い込むようなスースーというかすかな音がするばかりです。

「おいで、スメーアゴル！」と、フロドはいいました。「わたしたちは危険な立場にいるんだよ。人間たちはお前をここで見つければ、お前を殺してしまうだろう。死にたくないのなら、さあ、急いで。主人のところにおいで！」

「いやだよ！」と、声はいいました。「いい旦那じゃないよ。かわいそうに、スメーアゴルをおっぽって、新しい友達と行っちまうんだからよ。旦那待たせてもいいよ。スメーアゴルまだ食べ終わってないからよ。」

「ぐずぐずしてはいられないんだよ。」と、フロドはいいました。「魚は持っておいで。さあ、おいで！」

「いやだよ！　魚を喰ってしまうよ。」

「スメーアゴル！」フロドは必死になっていいました。「いとしいしとが怒るぞ。わたしはいとしいしとを手にしていうぞ。かれに骨を嚥みこませ、息をつまらせてやれとね。二度と魚を味わうことがないようにとね。さあ、いとしいしとが待ってるぞ！」

激しくスースーという音がしました。やがて暗がりからゴクリが四つん這いになって出てきましたが、まるで道を間違えて主人に呼ばれ、のこのこついてきた犬のようでした。口に食べさしの魚を銜(くわ)え、片手にもう一尾(びき)持っています。かれはまるで鼻と鼻がひっつくほど近々とフロドのそばに寄り、フンフンとにおいを嗅(か)ぎました。色の薄い目が輝きました。それからかれは魚を口から取って背を伸ばしました。

「いい旦那だよ！」かれは囁(ささや)きました。「いいホビットだね、かわいそうなスメーアゴルのとこに戻ってきたね。おとなしいスメーアゴル来たよ。さあ、行こうよ、急いで行こうよ、そうだよ。木の間を通ってよ、白い顔も黄色い顔も暗いうちによ。そうよ、さあ、行こうよ！」

「ああ、すぐに行くとしよう。」と、フロドはいいました。「だが今すぐというんじゃない。わたしは約束したようにお前と一緒に行く。もう一度約束するよ。だが今じゃない。お前はまだ安全ではないのだよ。わたしはお前を救ってやるからね。だけどお前はわたしを信用しなければいけない。」

「わしらが旦那を信用しなきゃいけない？」ゴクリが疑わしそうにいいました。

「なぜかよ？　なぜすぐに行かないのよ？　もう一人のやつはどこにいる？　怒ってばかしいる失礼なホビットのやつよ？　あいつはどこにいる？」

「あそこの上の方だ。」フロドは滝を指さしていいました。「かれを置いて行くわけにはいかない。かれのところに戻らなくては。」かれの気持ちは重くなりました。

これではぺてんも同然です。かれは本当にファラミルがゴクリを殺させるだろうと思っていたわけではありませんが、おそらくかれを捕えて縛ることはするでしょう。そうすればフロドのしたことはこの哀れな裏切り者にとっても裏切り行為に見えることは間違いなしです。フロドが自分にできる唯一の方法でかれの命を救ってやったのだということをかれにわからせるか信じさせることはおそらく不可能でありましょう。かれとしてはほかにどんなことができましょう？――できる限り両者との約束を守ろうとすれば。「さあ！」と、かれはいいました。「でないと、いとしいしとが怒るぞ。これからこの流れの上の方に戻るんだ。どんどん行くんだよ。お前が先に！」

ゴクリはしばらくの間水際にぴったり沿って、疑わしそうに鼻をひくひくさせながら這い進みました。程なくかれは立ち止まって頭を上げました。「あそこに何かいる！」と、かれはいいました。「ホビットと違うよ。」不意にかれは引き返してきました。飛び出した目に緑の光が閃いていました。「旦那、旦那よ！」かれはシーシーと怒った声を出しました。「しどいよう！　だましたよう！　嘘ついたよう！」かれは唾を吐きかけると長い両腕を差し伸ばし、その白い指で今にもつかみかかろうとしました。

ちょうどその時、かれの後ろにぬっと現われたアンボルンの黒い大きな姿がさっとかれを襲いました。大きな強い手がその首筋をひっつかみ、押さえつけました。かれはまるで電光のようにぐるぐる身をよじってもがくかと思うと、ずぶ濡れでつるつるした全身を鰻（うなぎ）のようにのたうちまわり、果ては猫のように嚙（か）みついたりひっかいたりしました。しかしさらに二人の男が暗がりから姿を現わしました。

「神妙にしろ！」と、一人がいいました。「さもないと針鼠（はりねずみ）のように体中針を突き刺してやるぞ。おとなしくするんだ！」

ゴクリは片足を引きずって歩きながら、哀れっぽい声でめそめそ泣き始めました。男たちはかれを縛りましたが、その縛り方は決してお手柔らかではありませんでした。

「お手柔らかに、お手柔らかに！」と、フロドはいいました。「あなた方にはむかう力はありませんから。しないですめば、痛い目にあわさないでください。ずっとおとなしくなりますから。スメーアゴルよ！　この人たちはひどいことはしやしないから。わたしが一緒に行って、ひどい目にあわさないようにしてやるよ。わたしも一緒に殺さない限り、そんな目にあわせはしない。お前の主人を信用するんだよ！」

ゴクリはかれの方に向き直って唾をひっかけました。男たちはかれをひょいと持ち上げると、すっぽりと目の下まで頭巾をかぶせ、運んでいきました。

フロドはそのあとについて行きましたが、ひどく情けない気持ちでした。かれらは灌木(かんぼく)の茂みの陰の空地を通り抜け、階段を降り、通路を下って、洞穴(ほらあな)に戻りました。炬火(たいまつ)が二つか三つ点(とも)されていました。男たちは起きていました。サムもいました。かれは男たちがかついでいるぐにゃぐにゃした包みにいぶかしげな目を向けました。「やつをつかまえられたんですか?」かれはフロドにたずねました。

「そうだ。いや、ちがう。わたしはつかまえなかった。かれの方からわたしのところにやって来た。初めはわたしを信用していたんだと思う。わたしはこんな風にかれを縛り上げてほしくはなかったんだが。うまくいくといいが。それにしてもこんなことはじつにいやだなあ。」

「おらもいやです。」と、サムはいいました。「それにあの困ったやつがいる所じゃ、何一つうまくいきっこねえですだ。」

男が一人来て、ホビットたちを手招きし、洞穴の奥の引っ込んだ所に連れていきました。ファラミルがそこの自分の椅子に坐っており、かれの頭上の壁の凹(くぼ)みには再び灯火(ともしび)が点されていました。かれは二人に自分のそばの腰掛けに坐るように合図しました。「客人方に葡萄酒をお持ちせよ。」と、かれはいいました。「それからとりこを連れてくるように。」

葡萄酒が運ばれました。ついでアンボルンがゴクリをかかえて来ました。かれはゴクリの頭からかぶり物を取りのけ、かれを立たせ、自分はかれを支えるために後ろに立ちました。ゴクリは目をパチパチさせると、重ったるい血の気のない瞼でその目の敵意を隠してしまいました。かれはひどく惨めな者に見えました。水をぽとぽと垂らしながらしょぼたれて、ぷんぷんと魚のにおいをさせています（かれの片手にはまだ魚が一尾握りしめられていました）。まばらな髪の毛は伸びすぎた雑草のように、骨と皮の額に垂れ下がり、鼻からは鼻水が垂れています。

「放せ！　わしらを放せ！」と、かれはいいました。「綱が痛いよ、そうよ、痛いよ。わしらなんにもしちゃいないよ」

「なんにもせぬというのか？」ファラミルは鋭いまなざしをこの惨めな者に注ぎましたが、その顔に怒りや憐れみや驚きのいかなる表情も見られませんでした。「なんにもか？　お前は今までに縛られるような、あるいはもっとひどい罰を受けるに値するようなことは何一つしてなかったというのか？　だが、幸いなことに、そのことはわたしの裁くべきことではない。しかし今夜、お前は来るだけで死をもって罰せられる所に来たのだ。この池の魚は高いものにつくのだぞ。」

ゴクリは手からぽろっと魚を落としました。「魚はいらない。」と、かれはいいました。

「魚につけられた値ではない。」と、ファラミルはいいました。「ここに来て池を見るだけで死の罰を受けるのだ。これまではここにいるフロド殿の嘆願によりお前の命だけは取らないでおいた。その話によると、お前は少なくともフロド殿にはかれが感謝するだけのことはしたそうだからな。だがお前はわたしの疑念をも晴らさねばならぬ。お前の名は何という？　いずこからまいった？　そしていずこへ行く？　何の用があってか？」

「わしらは迷ったのよ、迷ったのよ。」と、ゴクリはいいました。「名前もない、用もない、いとしいしともない、なんにもない。ただの空っぽ。ただ腹がへってるよ。そうよ、わしら腹へってるのよ。ちっちゃい魚を二つか三つ、食べにくい骨ばかしのちっちゃい魚だよ、かわいそうにこれだけだよ、もらったのは。それなのにあの人(しと)たちは殺すとよ。あの人たちはそりゃ賢いよ、正しいよ、そりゃとても正しいのよ。」

「そんなに賢くはない。」と、ファラミルはいいました。「しかし公正ではある。そうだ、多分われらのわずかな賢さの許す範囲では公正であろう。かれの綱を解いてやってくれ、フロドよ！」ファラミルはベルトから小さな小刀を取って、フロドに渡しました。ゴクリはその動作を間違って取り、悲鳴を上げて床に平伏しました。

「いいかね、スメーアゴル！」と、フロドはいいました。「わたしを信用しなくちゃいけない。わたしはお前を見捨てはしないよ。できるなら、正直に答えなさい。お前にいいようにしてあげる。悪いようにはしないから。」かれはゴクリの手首と足首を縛ってある紐を切り、かれの体を持ち上げて立たせました。

「ここへ来い！」と、ファラミルがいいました。「わたしの顔を見るんだ！　お前はこの場所の名前を知っているかね？　以前にもここへ来たことがあるのか？」

ゴクリはのろのろと目を上げると、いやいやながらファラミルの目を見ました。ゴクリの目からは光という光が消え失せ、その目は陰気に色失せたまま、ゴンドールの人間の澄んだたじろがぬ目をしばらくじっと見据えました。し－んと静まり返ったまま、ものをいう者もありません。やがてゴクリは頭をうつむけ、へなへなとくずおれて、床の上にしゃがみ込み、ぶるぶると震えました。「わしら知らないよ、知りたいとも思わないよ。」かれは泣き声を出しました。「一度も来たことないよ、二度と来ないよ。」

「お前の心には鍵のかかった扉と閉じた窓がある。そしてその後ろには暗い部屋がある。」と、ファラミルはいいました。「だが、この件ではお前は真実を話しているとわたしは判断する。それはお前にとって結構なことだ。だが二度と戻ってこないといっても、どういう誓いを立てるのか？　それから言葉によってであろうと、手真似によってであろうと、いかなる生きものをも決してここに案内せぬとな。」

「旦那が知ってるよ。」ゴクリは横目でちらりとフロドの方を見ていいました。「そうよ。旦那知ってるよ。わしら旦那に約束するよ、もし旦那助けてくれたらよ。わしらあれに約束するよ、そうよ。」かれはフロドの足もとにすがりました。「わしらを救ってくれよう、いい旦那、よう！」かれは哀れっぽい声を出しました。「スメーアゴルいとしいしとに約束する。堅く約束するよ。二度と来ない、決してしゃべらない、そうとも決してだよ！　しないよ、いとしいしと、しないよう！」

「そなたはこれで満足されたかな？」と、ファラミルはいいました。

「はい、」と、フロドはいいました。「少なくともあなたはこの約束を認められるか、それともあなた方の掟を実行されるほかはありません。これ以上のことは得られますまい。しかしわたしはかれに約束したのです。わたしの所へ来れば、かれに悪いようにはせぬと。それでわたしは信義にもとることになるのを恐れるのです。」

ファラミルはしばらくの間坐ったまま考えこんでいました。「よろしい。」ようやくかれはいいました。「わたしはお前をお前の主人、ドロゴの息子フロドに引き渡そう。お前をどうするつもりかかれに言ってもらうとしよう！」

「しかしファラミル殿、」フロドは一礼をしていいました。「殿はまだフロド本人に関する殿のご意向を明らかにしておられません。そしてそのことを知らせていただくまでは、かれもおのが計画、また連れたちのための計画を具体化することはできません。殿は朝までご判決を延ばされました。しかしその朝ももうすぐです。」

「それではわたしの判決を明らかにしよう。」と、ファラミルはいいました。「そなたに関しては、フロドよ、都の執政のより高い権限に縛られる者としての力の及ぶ限り、わたしはそなたがゴンドールの国内ではその古の境界線の最先端に至るまで自由に通行されてよいと言明する。ただし、そなたも同行者も、この場所に招かれずして来る時には許可がいる。この判決は一年と一日の間有効とし、その後はそなたがその期限が切れるまでにミナス・ティリスに来られ、都の大老にして執政である者の前に出頭されない限り消滅する。その時はわたしからかれに願って、わたしの執った措置を承認してもらい、これを終生のものに改めてもらおう。それまでは、そなたが保護される者であれば何人（なんぴと）なりとわたしとゴンドールがこれをその保護のもとに置くこととする。これでよいかな？」

フロドは深々と頭を下げていいました。「仰せ、忝（かたじ）けなく承知しました。」と、かれはいいました。「わたしはいつでも殿のご用を勤めます。このようなことがかくも高潔にして尊敬すべき方にとって何らかの価値があればですが。」

「大そう価値あることですぞ。」と、ファラミルはいいました。「それではそなたは、これなる者、スメーアゴルなる者を保護されるのだな？」

「確かにスメーアゴルを保護いたします。」と、フロドはいいました。サムは聞こえるほどの溜息（ためいき）をつきました。これは丁重なやりとりに向けられたものではありません。それについてはサムもどのホビットにもおとらず、満腔（まんこう）の賛意を覚えました。まったくのところホビット庄ならこういうことはもっともっとたくさんの言葉やお辞儀（じぎ）を必要としたでしょう。

「それではお前にいっておくが、」ファラミルはゴクリの方を向いていいました。「お前には死の判決が下されている。しかしフロドとともに歩く限り、われらの側からはお前は安全だ。しかしながら、もしかれを離れてさ迷っているところをゴンドールの人間に見つかれば、この判決が実施されるぞ。そしてもしお前がかれによく仕えなければ、ゴンドールの内であろうと外であろうと、たちどころに死がお前を見舞うだろう。さあ、わたしに答えよ。お前はどこに行くつもりなのか。フロドの言葉では、お前はかれの道案内だったそうだな。かれをどこに案内して行くのだ？」ゴクリは返答をしませんでした。

「このことはどうあっても答えさせるぞ。」と、ファラミルはいいました。「わたしのいうことに答えよ。さもないとさっきいったことは撤回するからな！」それでもゴクリは答えませんでした。

「わたしがかれに代わってお答えします。」と、フロドがいいました。「かれはわたしが頼みました通りわたしを黒門に連れていきました。しかしそれは通行不能でした。」

「名をいうをはばかるかの国にはいるための開かれた門は一つもないのだ。」と、ファラミルはいいました。

「これを見て、わたしたちは道をそれ、南方街道を使ってここまで来たのです。」フロドは言葉を続けました。「というのも、ミナス・イシルの近くに通れる道がある、あるいはあるかもしれないとかれがいうからです。」

「ミナス・イシルではなく、ミナス・モルグルだ。」と、ファラミルはいいました。

「はっきり知りませんが、」と、フロドはいいました。「その道は上りになっていて、古の都があったかの谷間の北側にある山中に通じているのだと思います。それは高い割れ目に達し、そしてそこから下りになって――その先にあるものに通ずるのです。」

「そなたはその高い峠の名を知っておられるのか？」と、ファラミルがたずねました。

「いいえ。」と、フロドはいいました。

「それはキリス・ウンゴルと呼ばれている。」ゴクリは怒って激しくスースーというと、ぶつぶつ独り言をいい始めました。「そういう名前ではないのか？」ファラミルはゴクリに向き直っていいました。

「違う！」と、ゴクリはいいました。それからかれはまるで何かに刺されたように、キイキイと悲鳴をあげました。「そうよ、そうよ、前にその名聞いたことあるよ。だが、その名がどうしたのね？　旦那はどうしてもはいるという。だからわしらなんとかどこかの道にあたらなきゃなんないよ。ほかに試す道はないよ。ないとも。」

「他に道はないかな？」と、ファラミルはいいました。「どうしてそれがわかる？　それにだれがかの暗黒の領土の境界線を残らず踏破したというのか？」かれはその目をゴクリに向け、長い間注意深く、かれを見つめていました。やがてかれは再び口を開きました。「この者を連れていけ、アンボルンよ。手荒に扱ってはいけない。だが目を離さぬように。それから、スメーアゴルよ、滝壷に飛び込んでみようなどとはするな。あそこの岩は鋸のように切り立っておって、死ぬ時期も来ぬうちにお前を殺してしまうだろうからな。もういいから魚を持って行くがいい！」

アンボルンは出て行きました。そしてゴクリは身をすくませてその前を行きました。フロドたちのいる奥の間にはカーテンが引かれました。

「フロドよ、この点ではそなたのやり方はあまり賢明でないと思うのだが。」と、ファラミルはいいました。「そなたはあの者と行くべきではないと思う。あれは悪人だ。」

「いいえ、まったくの悪人ではありません。」と、フロドはいいました。

「たぶん完全な悪人ではないだろう。」と、ファラミルはいいました。「だが敵意が癌のようにあいつを蝕み、邪悪な性質がつのっている。かれに案内してもらえばろくなことにはならぬ。もしそなたがかれと別れるおつもりがあれば、わたしはゴンドールの国境のかれが指定する地点までかれに安全通行権を与え、道も教えてやろう。」

「かれはそれをお受けしたがらないでしょう。」と、フロドはいいました。「かれは今までずっとそうだったように、わたしのあとをついてきたがるでしょう。そしてわたしはかれを保護のもとに置き、かれが案内してくれるところに行くともう何度も約束したのです。殿はわたしにかれとの約束を破れなどとはおっしゃらないでしょうね？」

「そうはいわぬ。」と、ファラミルはいいました。「いいたい気持ちは山々だが。というのも、他人に向かって約束を破るように勧めることは、自らそうするよりも罪が少ないように思えるからだ。とりわけ友人が必ずや憂き目を見るべき定めに知らずして身を置いているのを見たとすれば。だが、よい――かれがそなたと行く気なら、そなたはかれを我慢せねばならぬ。しかしそなたは何がなんでもキリス・ウンゴルに行かねばならぬわけではあるまい。この場所のことを、かれは知っていることの洗いざらいお聞かせしてはおらぬ。それだけはわたしはかれの心にはっきりと読んだ。キリス・ウンゴルにはおいでになるな！」

「それではどこに行けばいいのでしょうか？」と、フロドはいいました。「黒門に戻って、あそこの番人たちにわれとわが身を引き渡せばいいのでしょうか？　この場所の名前をそれほどまでに怯け立つものにするいかなることを殿はご存知なのでしょうか？」

「確かなことは何も。」と、ファラミルはいいました。「われらゴンドールの人間はこの頃はあの街道より東には決して行かぬ。そしてわれらのような若い年代の者は一人としてその経験すら持たぬ。また影の山脈に足を印した者もだれもおらぬ。この山脈についてわれらの知ることはただ古い昔の報告と過去の噂に過ぎぬ。だが、ミナス・モルグルの上を通る山道には何か邪悪な恐ろしいものが棲んでいる。キリス・ウンゴルの名前が出ると、老人たちや伝承に通ずる者たちは蒼ざめて黙すのが常だから。

「ミナス・モルグルの谷が悪しき場所に化したのは、遠い遠い昔だ。そしてそこは追放されたわれらの敵がまだ遥か遠くに棲まっており、イシリエンの大部分がまだわれらの手中にある時でも、脅威と恐怖をはらむ場所だった。そなたもご存知の通り、かの都はかつては堅固の地であり、誇らかに美しく、ミナス・イシルといって、われら自身の都と姉妹都市であった。しかしその地は、われらの敵がその最初の盛時に支配した残忍な人間どもによって奪われた。かれらはかの者の没落後住むべき地も主人も失ってさ迷っておったのだ。この人間の王たちは暗黒の悪に陥ったヌーメノールの人間たちであったといわれている。われらの敵はかれらに力の指輪を与え、かれらを食い尽くしてしまったのだ。かれらは生きながら戦慄すべき邪悪な幽鬼となり果てた。かの者が去った後、かれらはミナス・イシルを奪い、そこに棲まって、そこと周りの谷間をことごとく荒廃に帰せしめた。そこは空虚のように見えて、そうではなかった。なぜなら崩れ落ちた城壁の中には姿なき恐怖が棲んでいたからである。九人の王たちがそこにいた。そしてかれらの主人が戻ってきた後は、かれらは再び強大となった。そしてこの主人の帰還にかれらはひそかに手を貸し、これを準備したのだ。やがて、この恐怖の門から九人の乗手たちが現われたが、われらはかれらに抵抗することができぬ。かれらの砦には近寄られるな。そなたたちは見つけられるだろう。あそこはまんじりともせぬ目に満ちた眠ることなき敵意の地なのだ。あちらの方には行かれるな！」

「でも殿はそれ以外にどの道を教えてくださるのですか？」と、フロドはいいました。「殿ご自身はかの山々に至る道、かの山々を越える道を示してくださることはできないといわれる。しかしわたしは会議の出席者たちに対し誠をかけて約束したことによって、どうあってもかの山々を越えて行く道を見いだすか、あるいはそれを求めて死ぬほかはないのです。そしてもし土壇場になって道を続けることができず引き返すとすれば、わたしはエルフや人間の間でどこに身を置いたらいいのでしょう？　殿はこの品とともにわたしをゴンドールに行かせたいとお思いでしょうか？　殿の兄君をそれに対する願望のために狂気に追いやったかの品物とともにです。かの物はミナス・ティリスではいかなる働きをするでしょうか？　荒廃に満ちた死せる土地を挟んで互いに歯をむき出した二つのミナス・モルグルの都を並び立たすこととなるのでしょうか？」

「そうなってほしくはない。」と、ファラミルはいいました。

「それでは殿はどうせよとおっしゃるのですか？」

「わからぬ。ただわたしとしてはそなたを死地にあるいは苦しみに赴かせたくはないのだ。それにわたしはミスランディルならこの道を選ばなかっただろうと思うのだ。」

「けれどあの方がおられなくなった以上、わたしとしては自分に見つけられる道を行かねばならぬのです。長い時間をかけて探している暇もありませんし。」と、フロドはいいました。

「苛酷な運命、望みなき使命よなあ。」と、ファラミルはいいました。「だが、せめてわたしの警告だけは憶えていてくだされ。あの道案内、スメーアゴルに用心されれよ。かれは以前になにものかをあやめたことがある。わたしはかれの顔にそれを読みとった。」かれは嘆息しました。

「さてさて、われらはかく相会うてかく別れるのか、ドロゴの息子フロドよ。そなたにはめめしい言葉は必要でない。わたしはこの天日のもと生きて再びそなたに会える日があろうとは思わない。だが今はそなたとそなたの同胞すべてへのわが祝福の言葉を受けて行き給え。食事の支度が整うまで今しばらく休まれるがよかろう。

「わたしとしてはこそこそうろつき回るあのスメーアゴルがわれらの口に上ったかの品物を所有するに至り、またそれを失うに至った経緯を喜んで聞かせてもらいたいと思うが、今はそなたを煩わすまい。もし思いも設けずそなたが生ある者の国に生還され、燦々と日の当たる城壁の傍らに坐し、過去のものとなった苦しみを笑い話として再びわれらが互いに語り合える時があれば、その時は、そなたに物語っていただくこととしよう。その時がくるまで、あるいはヌーメノールの見る石の視界にも映らぬまた別の時まで、さらば恙なく行かれよ！」

かれは立ち上がってフロドに向かい深々と一礼をすると、カーテンを引き、洞穴の中に去って行きました。

七　十字路まで

　フロドとサムは寝台に戻り、しばらくの間体を休めて、黙々と横たわっていました。その間に男たちは起き出てきて、その日の仕事が始まりました。一刻の後、二人のもとに水が運ばれ、やがて三人分の食事が支度されたテーブルに案内されました。ファラミルも二人と一緒に朝餉を取りました。かれは前日の戦い以来一睡もしていなかったのですが、疲労の色は見えませんでした。

　食事を終えてかれらは立ち上がりました。「途上、飢えに悩まされぬように。」と、ファラミルはいいました。「そなたたちはほとんど糧食を持っておられぬ。わたしは旅人に向く食べものを少々荷物に詰めるよう命じておいた。イシリエンを歩かれる限り水に不足はされぬだろうが、息づく死の谷間、イムラド・モルグルから流れ出る水はいかなる水でも飲まれぬように。それからこのこともお話ししておかねばならぬ。わたしが遣わした斥候や見張りたちは全員戻ってきた。その中にはモランノンの見えるところまで忍んで行った者たちもいる。かれらはみな奇妙なことを見つけた。かの地は空となっている。街道には何もおらず、足音はおろか、角笛、弓弦の音一つどこにも聞かれぬということだ。何かを待ち受ける沈黙が名をいうをはばかるかの国を包んでいる。これが何の前兆となるのかわたしにはわからぬ。しかし時は何か大きな結末に向かって速やかに近づいている。今や嵐がこようとしている。急げる間は急がれるがよい！　支度がおできになったのなら、まいるとしよう。もう間もなく暗闇の上に朝日が上がるだろう。」

ホビットたちの荷物が運ばれてきました（前よりいくらか重くなって）。それからよく磨き込んだ二本の頑丈な木の杖も持ってこられました。鉄の石突きがかぶせてあり、彫り物のしてある握りには、編んだ革紐が通してありました。

「お別れに際し、そなたたちに差し上げるべき適当な餞別がないので、」と、ファラミルはいいました。「この杖を受けていただきたい。荒れ地を歩き、高地を登る方々のお役に立とう。白の山脈の人間たちはこの杖を使っている。もっともこれはそなた方の背丈に合わせて切り落としてあり、石突きも新しくしてある。これが作られたのはゴンドールの木工職人たちの愛ずるかの美しいレベスロンの木からである。そしてこの二本の杖には、見いだすこと、ならびに生還することの効力が込められている。願わくばこの効力がそなた方のはいって行かれるかの影の下にあっても完全に消え失せることのないように！」

ホビットたちは低く頭を下げました。「この上なくご優待くださった一宿の主殿」と、フロドはいいました。「半エルフのエルロンドがわたしに申されました。旅の途次、秘かなそして思い設けぬ友情を見いだすことがあろうと。もちろんわたしは殿がお示しくださったかほどの友情は予期しておりませんでした。このような友情を見いだしましたことは凶を大いなる吉に転じましょう。」

さてかれらは出発の用意が整いました。どこかの片隅か隠れ穴の中からゴクリが連れてこられました。かれは前にくらべて何だか気をよくしているように見えました。とはいっても相変わらずフロドにへばりつき、ファラミルの視線を避けてはいましたが。

「そなたの案内人には目隠しをしてもらわねばならぬ。」と、ファラミルはいいました。「しかしそなたとそなたの召使のサムワイズには、もし望まれるならこれを免除する。」

ゴクリは男たちがかれの目を縛りにくると、キイキイと悲鳴をあげ、体をよじらせて、フロドにしがみつきました。そこでフロドはいいました。「わたしたち三人とも目隠ししてください。そしてまずわたしの目から縛ってください。そうすればたぶんかれにも害意のないことがわかるでしょうから。」かれのいう通りに目隠しが行なわれ、かれらはヘンネス・アンヌーンの洞穴から連れ出されました。通路を通り、階段を登ってしまうと、かれらは新鮮なかぐわしい冷えびえとした朝の空気を身辺に感じました。なおも目隠しされたままもうしばらく歩き続けました。初めは上りで、それから緩やかな下り勾配になりました。ようやくファラミルの声がして、目隠しを取るように命じました。

かれらは今は再び木々の差し伸べる大枝の下に立っていました。滝の音はもう一つも聞こえません。それはあの渓流の流れていた峡谷といま立つ場所との間に長い南に向いた斜面が横たわっていたからです。西を見ると木々の間から光が透けて見えました。そこはまるで世界が突然そこで終わりになっているかのように、空だけが見晴らせる崖っぷちになっていたのです。

「ここでわれらの道は別れ別れとなる。」と、ファラミルはいいました。「わたしの助言を聞いていただけるのなら、まだ東には向かわれぬように。このまままっすぐ行かれよ。そうすればまだ何マイルもの間森の陰に隠れておいでになれようから。

そなた方の西側には崖っぷちがあり、そこで土地は落ち込んで大きな谷間になっている。切り立った急な崖になって落ち込んでいる所もあれば、長い斜面の山腹になっている所もある。この崖っぷちと森の際に寄って行かれるように。初めのうちは白日の下を歩かれても大丈夫だと思う。この土地は今偽りの平和の中でまどろんでいる。そしてここしばらくはすべての悪しきものもここから退いている。では道中恙なく、さらば！」

そしてかれはかれの国の人々のやり方に従って、ホビットたちを抱擁しました。体を屈め、両手をかれらの肩に置いて、額にキスしました。「すべての善き人間たちの善意を負いて行き給え！」と、かれはいいました。

ホビットたちは地面につくほど深々と頭を下げました。それからかれはくるっと背を向けると、もう振り返らずに立ち去って、少し離れたところに立っている二人の見張りたちの所に去って行きました。緑の服を着た男たちがそのあとどんなにすばやく動いたか、それこそ瞬きする間に姿を消してしまったのを見て、ホビットたちは驚嘆してしまいました。今までファラミルが立っていた森は、まるで一場の夢の跡のように空虚で索漠としたものに見えました。

フロドは溜息をついて再び南に向き直りました。ゴクリは自分がこのような礼儀を無視していることを見せつけるかのように、木の根元の土をひっかき回していました。「もう腹がへったのかな？」と、サムは考えました。「やれやれ、またこれから始まるか！」

「あいつらやっと行っちまったかね？」と、ゴクリはいいました。「いやな悪い人間たち！スメーアゴルの首まだ痛いよ、そうよ、まだ痛いよ。さあ、行こうよ！」

「ああ、行こう。」と、フロドはいいました。「だが、お前に慈悲を示してくれた人たちの悪口しかいえないのなら、黙っているがいい！」

「いい旦那よ！」と、ゴクリはいいました。「スメーアゴルただ冗談いってただけだよ。スメーアゴルいつだって勘弁してやるよ、そうよ、そうよ、勘弁してやるよ、いい旦那の小さなごまかしもだよ。おお、そうともよ、いい旦那よ、いいスメーアゴルだよ！」

フロドとサムは返事をしませんでした。荷物をかつぎ上げ、手に杖を持って、かれらはイシリエンの森の中へと進んで行きました。

その日かれらは二度休息をとり、ファラミルの用意してくれた食料を少し食べました。何日分もたっぷりある乾し果物に塩漬け肉、それから風味が変わらないうちに食べきれるだけのパンがありました。ゴクリは何にも食べませんでした。

日が上り、隠れたまま頭上を通り過ぎ、沈み始めました。木の間を通して西に見える光が金色に変わっていきました。かれらはいつもひんやりした緑の影の中を歩きました。取り囲んでいるものは沈黙だけでした。鳥たちはみんな飛び去ってしまったか、それとも黙してしまったかのようです。

沈黙の森には夕闇が早く訪れました。そして夜になる前にかれらは疲れきって足を止めました。ヘンネス・アンヌーンからここまで七リーグかそれ以上も歩き続けて来たのです。フロドは老樹の下のふかぶかした土の上に身を横たえ、夜中眠って過ごしました。サムはその傍らに横になったものの、気持ちがそれほど落ち着かず、何度も目を覚ましました。しかしそのつどゴクリのいる気配はありませんでした。ゴクリは二人が休むことに決めるや否や知らぬ間にいなくなってしまうのです。どこか近くの穴の中で自分だけ眠ったのか、それとも夜の間落ち着きなくうろつき回っていたのか、かれはいいませんでした。しかし暁の最初のかすかな光が射すとともに戻って来て、連れたちを起こしました。

「起きなきゃいけないよ、そうよ、いけないよ！」と、かれはいいました。「まだまだ先は長いよ、南に行って東に行くよ。ホビットさん、急がなくちゃいけないよ！」

その日も前日とほぼ同じように過ぎましたが、ただ沈黙（しじま）はもっと深くなったように思えました。空気は次第に重苦しくなり、木の下では息詰まるほどになってきました。まるで雷雨でもやってきそうな感じでした。ゴクリは度々立ち止まって、空気のにおいを嗅（か）ぎ、それからぶつぶつと独り言をいってはあとの二人にもっともっと急ぐようにせきたてるのでした。

二度の休憩を間に挟んだその日の三度めの行程が終わりに近づき、午後も終わろうとする頃、森が開けてきて、木々は前よりも大きくなり、また疎（まば）らになってきました。森の中の広い空地には幹の太い柊（ひいらぎ）の大木が黒々といかめしく立っていました。そしてそれらの柊の間に立ち混じってここかしこにとねりこの古木や、茶色がかった緑の芽を吹き出したばかりの樫の大木がありました。その周りには長い緑の草地が広がり、そこにはもう今は眠りのために閉じた白や青のアネモネやきんぽうげがまだらに生（お）い茂っていました。また森林に自生するヒアシンスの葉で何エーカーもびっしりと埋まったところもあちこちにありました。鈴型の蕾（つぼみ）をつけたつやつやした茎がもう土の間からにょきにょきと頭を擡（もた）げていました。生きているものは獣（けだもの）であろうと鳥であろうと、何一つ見られません。しかし、この開けた場所に出ると、ゴクリは次第に怖がるようになりました。そこでかれらは長い影から影へ飛び移るようにして用心深く歩いて行きました。

森の外れまで来た時には、日の光はにわかに薄れていきました。ここでかれらはねじれた樫の老木の下に坐りました。その根はまるで蛇のようにのたくって急な崩れやすい土手を匍い降りていました。かれらの前には深い小暗い谷間がありました。谷の向こう側は木々が再び密集して、陰気な夕暮れの空の下に青くか黒く南の方にずっと続いていました。右側には遥か遠く西の夕焼け空の下にゴンドールの山々が赤々と照り映えていました。左側には暗闇がありました。そそり立つモルドールの長城です。そしてその暗闇から長い谷間が出ていました。急勾配で下りながら絶えず広くなっていく谷を作ってアンドゥインに向かっていました。谷底には早瀬が流れていました。沈黙を通して岩間を流れるその音が上ってくるのをフロドは聞くことができました。早瀬のこちら側には流れと並んで道路が一筋白っぽいリボンのようにくねりながら、没り日の光一つ射さぬ冷えびえとした灰色の霧の中に下っていました。フロドはそこに、小暗い海上に漂うようにわびしく黒々と、古塔のこわれた尖塔や高いおぼろな頂が浮かんでいるのを遥か遠く認めたように思いました。

かれはゴクリの方を向いていいました。「ここがどこか知ってるのかね?」

「知ってるよ、旦那。危険な場所だよ。あれはね、旦那、月の塔から大河の岸辺の廃墟の都に降りていく道だよ。廃墟の都だよ、そうよ、とてもいやな所、敵がいっぱいだよ。わしら人間たちのいうこと聞いちゃいけなかったよ。ホビットたちもう随分道から外れてしまったよ。もう東に行かなくちゃいけない。あっちの方だ。」かれは骨と皮だけの腕を暗い山々の方に振って見せました。「それにわしらあの道路は使えない。ああ、だめだよ! 残酷なやつらがあっちから来るよ、月の塔から降りて来るのよ。」

フロドは道路を眺めおろしました。ともかく今はそこに動いているものは何一つありません。霧の中の空っぽの廃墟へと走っている、わびしい見捨てられた道のように見えました。しかし空気中には邪気が感じられました。目では見ることのできないものたちが実際に往来しているかのようです。もう夜の中に消え去ろうとしている遥かな尖塔に再び視線を移しながらフロドは身震いしました。水の音も冷たく無慈悲に思われました。幽鬼たちの谷間から流れ出る穢れた水、モルグルドゥインの声でした。

「どうしようか?」と、かれはいいました。「もう長い間遠くまで歩いた。後ろの森の中に隠れて横になれる場所を探そうか?」

「暗いところに隠れてもだめだよ、」と、ゴクリがいいました。「ホビットが今隠れなきゃなんないのは昼だよ、そうよ、昼だよ。」

「おい、おい!」と、サムがいいました。「少しは休まなきゃなんねえだよ、たとえ真夜中にまた起きるにしたってだよ。それからだってまだ何時間も暗いや。お前がおらたちを長いことひき廻してもたっぷりなだけ時間はあるだぞ、お前が道を知ってるならよ。」

ゴクリは不承不承これに同意し、木のある方に引き返しましたが、木々の点在する、森のへりにそってしばらくの間のろのろと東寄りに進んで行きました。あの不吉な道路にこんな近い地面で休むことをゴクリが承知しないので、しばらく話し合ったあと、三人はうばめがしの大木の木の股によじ登りました。樹幹からにょきによきと密生して出た枝がちょうどいい隠れ場所とかなり居心地のいい避難場所を作ってくれていたのです。夜がやってきて、木の天蓋の下はすっかり暗くなりました。フロドとサムは水を少し飲み、パンと乾し果物をいくらか食べましたが、ゴクリはすぐに体を丸めて眠ってしまいました。ホビットたちは目をつぶりませんでした。

ゴクリが目を覚ましたのは真夜中を少し過ぎた頃に違いありません。ホビットたちは不意にかれの薄青い目の瞼が開き、かすかに光りながら自分たちの方を見てるのに気づきました。かれは聞き耳を立て、においを嗅ぎました。これはどうやら夜の時間を知るためにかれがいつも使う方法のようでした。ホビットたちはもう前からそれに気づいていたのですが。

「わしら休んだかよ？　わしらよーく眠ったかよ？」と、かれはいいました。「行こう！」

「休んでないぞ、眠ってないぞ。」サムが不満そうな声をあげました。「でも行かなきゃなんないなら行くだ。」

ゴクリは木の枝からすぐにひらりと四つ足をついて地面に降りました。ホビットたちはもっとゆっくりそのあとに続きました。

二人は下に降りるとすぐ、またゴクリの案内で道を続けました。東に向かって暗い斜面を登っていきました。ほとんど何も見えません。夜の闇はもうとっぷり暗く、ぶつかるまでは木の幹にも気づかないくらいでした。地面はいよいよでこぼこになり、歩くのも骨が折れるようになりました。しかしゴクリは決して困っているようには見えませんでした。かれは先に立って茂みを抜け、茨の生えた荒れ地を通り抜けました。時には深い割れ目や暗い穴の縁を回り、時には灌木でおおわれた黒々とした窪地に降り、またそこから出ることもありました。しかしいくらか下りがあれば、その向こうの斜面はそれ以上に長くて急な上り坂になっていました。かれらはたゆみなく登りつづけました。最初の小休止の時振り返ってみると、自分たちがあとにしてきた森の屋根が広大な濃い影となり、暗いがらんとした空の下のさらに暗い夜のように横たわっているのがおぼろに認められました。東からは巨大な黒々としたものが薄気味悪くゆっくりと姿を現わし、かすかでおぼろな星々を呑み消していきました。そのあとに、沈もうとする月は追い迫る雲を逃れながら、どんよりした黄色い光の暈をかぶっていました。

とうとうゴクリがホビットたちの方を向いていいました。「すぐ明るくなるよ。ホビットさんたち急がなきゃいけない。このあたりじゃ木のないところにいるの安全じゃないよ。急いで！」

かれは歩調を速めました。二人はくたくたになってそのあとについて行きました。やがてかれらは広くて嶮しい山の背を登り始めました。ここは大部分がはりえにしだやこけもも、低くて強い野ばらのびっしりと繁茂した茂みにおおわれていました。もっともあちこちに開けている空地は最近火で焼き払われた傷痕であったのです。

頂に近づくにつれ、はりえにしだの茂みに一層しばしばぶつかるようになりました。はりえにしだの灌木は非常に年老いていて丈が高く、下の方はやせてひょろっとしていても、上の方は枝葉が茂り、もう黄色い花が咲き出していました。花は暗闇に照り、かすかな芳香を放っていました。棘のあるこの灌木はとても丈が高かったので、ホビットたちは立ったままでもその下を歩くことができ、棘のちくちくする深い土でおおわれた乾いた長い通路を通り過ぎました。

この広大な山の背の向こう端でかれらは歩き止め、もつれあって生えている茨の群落の下に隠れ場所を求めてもぐりこみました。そのねじれた枝は地面にまで垂れ下がり、迷宮のように匍いずる年経た野ばらがその上にかぶさっていました。その奥の方に部屋ほどの窪みがあり、枯枝や茨が棰代わりとなり、若葉と春の新芽が屋根を作っていました。ここでかれらはしばらく横になりました。余り疲れてしまって今はとても食べられなかったのです。おおいの隙間から外を見つめながら夜が次第に白んで明るくなるのを待っていました。

しかし明るくはなりませんでした。ただどんよりした茶褐色の薄明かりが訪れただけでした。東の方には、垂れこめた空の下に鈍い赤色のぎらぎらした光がありましたが、それは暁の赤光ではありません。間にある荒れ果てた土地の向こうには、エフェル・ドゥーアスの山々がかれらを睨めおろしていました。夜の闇が色濃く居すわったまま立ち去ろうとしない下の方は黒々と形も定かでなく、上の方はぎざぎざに切り立った山頂や稜線が火のように燃える空に脅かすような厳しい輪郭を見せていました。遥か右手には暗がりの中にあっても一際暗く黒々と巨大な山の肩が西に向かって突き出ていました。

「ここからどっちへ行くのだね？」と、フロドがたずねました。「あれがその口なのだろうか、つまりその——そのモルグル谷の？　あの黒々とした塊りの向こうにあるのが？」

「もうそのことを考えなきゃいけねえですか？」と、サムがいいました。「今日は昼間のうちはまさかもうこれ以上進まねえでしょうね、もし今が昼間ならばですだが？」

「たぶん進まないよ、たぶんね、」と、ゴクリがいいました。「だけど間もなく行かなくちゃいけないよ、十字路によ。そうよ、十字路によ。向こうの方だよ、そうよ、旦那。」

モルドールをおおっていた赤いぎらぎらした光は消え去りました。東の方に濛々と水蒸気が立ちこめ、かれらの頭上にまでのろのろと進んでくるにつけ、薄明かりは次第にその暗さを増していきました。フロドとサムはいくらかの食物をとり、それから横になりました。しかしゴクリはそわそわと落ち着きません。かれはホビットたちの食物は何も食べようとはせず、ただ水を少し飲んだだけで、茂みの下を鼻をふんふんいわせぶつぶつ独りごちながら這いまわっていました。そしてそのあと不意に姿を消してしまいました。

「食べ物探しに行ったんでしょうて。」サムはそういってあくびをしました。かれが先に眠る番でした。そして間もなくかれは夢路を辿っていました。かれは自分が袋小路に戻っていて何か探し物をしているのだと思いました。しかし背には腰が曲がるほど重い荷物を背負っているのです。どういうわけか、どこもかしこも雑草がばかにはびこっていて、茨や蕨が一番低い所にある生け垣に近い花壇にまで侵入しています。

「どうやらおらの仕事があるようだぞ。だがすっかり疲れちまっただ。」かれはそういい続けました。そのうち探し物のことを思い出しました。「パイプだ！」そう口に出すと同時にかれは目を覚ましました。

「ばかだな！」かれは目を開き、どうして自分が生け垣の下なんかに寝てるんだといぶかりながら、独り言をいいました。「ずっとお前の荷物の中にはいってるのによ！」それからかれはパイプは荷物の中にあるにしても、葉が一つもないことにまず気づき、次に今いるのは袋小路から何百マイルも離れたところであることに気づきました。かれは体を起こしました。今はもうほとんど暗くなっているように思えました。どうして旦那は交替させないで、晩までずっとおらを眠らせちまったんだろ？

「フロドの旦那、旦那はちっとも眠ってられないのですか？」と、かれはいいました。「時間は何時ですかね？　どうやら遅そうですねえ！」

「いや、遅くない。」と、フロドはいいました。「昼間だけど明るくなる代わりに暗くなってきているんだよ。だんだんだんだん暗くなってきている。わたしにわかっている限りでは、まだ正午にもなっていない。それでお前はたった三時間ばかり眠っただけだよ。」

「何が起こったんですかねえ。」と、サムはいいました。「嵐がくるんでしょうか？　もしそうなら、今までにないぐらいひどいやつがきますだ。深い穴の中にでもはいってりゃよかったと思うこってしょう。生け垣の下なんかにただもぐりこんでいるんじゃなくて。」かれは聞き耳を立てました。「あれは何ですかね？　雷ですか？

太鼓ですか？　それとも何でしょう？」

「わからない。」と、フロドはいいました。「もうかなり前から聞こえてるんだ。地面が震えるように思えることもあれば、耳の中で重い空気がずっきんずっきんと脈打っているように思えることもある。」

サムは周りを見回していいました。「ゴクリはどこですか？　まだ戻ってこねえのですか？」

「ああ、」と、フロドはいいました。「あれからずっと姿も見なければ、音もしないね。」

「やれやれ、あいつには我慢がなんねえ。」と、サムがいいました。「ほんとのとこ、おら、旅に持ってきたもんで途中で失くしてもこれ以上がっかりせんですむもんはほかにねえですだ。けどいかにもあいつのしそうなこってすだ。はるばるここまでやって来て、今になっていなくなっちまうんですからね、おらたちが一番あいつを必要としてるちょうどその時にですだ――ちゅうのは、あいつが少しでも役に立つようなことがあればのこってすが、あいつが役に立つなんて怪しいもんだと思いますがね。」

「お前は沼地のことを忘れてるよ。」と、フロドはいいました。「あれに何事もなきゃあいいが。」

「そして何もごまかしを企(たくら)んでなきゃいいですがね。それにともかくほかのやつらの手に落ちないでくれってこってす。そうなりゃ、わしらもすぐのっぴきならないことになりますだ。」

その時またもやゴロゴロと轟(とどろ)く音が聞こえてきました。今度は前より一層大きく殷々(いんいん)と響き渡りました。地面は二人の体の下で震動しているように思われました。

「どっちみちわたしたちはのっぴきならないことになってると思うね。」と、フロドはいいました。「この旅も終わりに近づいているんじゃないかな。」

「そうかもしれません。」と、サムはいいました。「けど、とっつぁんがよくいってたように、『命がありゃ望みがある』ですだ。『それに食いもんが必要』とね。とっつぁんはたいていそう付け加えてましただ。フロドの旦那、ちょっと食べて、それから少し眠られるといいです。」

午後は過ぎていきました。サムはこれでも午後と呼ばなきゃならないだろうと思いました。茂みから外をのぞいて見えるものといえば、一面に灰褐色で影のない世界が次第に色褪(あ)せ、形も色もない薄暗がりにゆっくりと変わっていくだけのことでした。むっと息詰まるような感じですが暖かくはありません。フロドは輾転反側し、時々何か寝言をいいながら、落ち着かない眠りを眠りました。サムは二度かれがガンダルフの名前を口にしたように思いました。時は遅々としていつ果てるともなく過ぎていくように思われました。突然サムは背後でスースーという音を聞きました。ゴクリがいました。四つん這いになって、目を光らせながら二人をじっと見ていました。

「起きろ、起きろ！　目覚ませよう、ねぼすけだよ！」かれは囁くようにいいました。「目覚ませよう！　ぐすぐずできないよ。行かなきゃだめだよ、そうよ、すぐに行かなきゃだめよ。ぐずぐずできないよ！」

サムは疑わしそうにじっとかれを見つめました。かれは怖がっているようにも興奮しているようにも見えました。「今行くだと？　お前のけちな狙いは何だ？　まだ時間にならねえだぞ。お茶の時間にさえなってるはずがねえ。ともかくお茶の時間があるようなちゃんとした場所ならな。」

「ふざけるな！」ゴクリが怒った声でいいました。「わしらちゃんとした場所にいないのよ。時間がどんどん足りなくなる。そうよ、どんどん経つよ。ぐずぐずできないよ。わしら行かなくちゃ。目覚ませよう、旦那よ、目覚ませよう！」かれはひっかくようにフロドにさわりました。フロドははっと眠りから覚め、にわかに上半身を起こして、ゴクリの腕をひっつかみました。ゴクリはその手から身を振り切って退きました。

「二人ともふざけたことしていられないよ。」かれは怒っていいました。「行かなきゃだめだよ。ぐずぐずできないよ！」そしてもうそれ以上何もかれから聞き出すことはできませんでした。どこに行っていたのか、そしてかれをこれほど急がせるような何が起ころうとしていると考えているのか、かれはどうしてもいおうとしませんでした。サムは深い疑惑の念に満たされ、それを態度に示しました。しかしフロドは心中に去来することを何一つ外に現わしませんでした。かれは溜息をつくと、荷物をひょいと持ち上げ、いよいよ濃くなる暗闇の中に出掛けていく用意をしました。

ゴクリは隠密な上にも隠密に二人を案内して丘の辺を下りました。身を隠す遮蔽物のある所ではその陰を離れず、何もない開けた場所では顔が地面にひっつくほど身を屈めて走り抜けました。しかしこれほどおぼろな明るさでは、目ざとい野の獣ですら、頭巾をかぶり、灰色のマントで身を包んだホビットたちを見ることも、また小さな人たちの可能な限り用心深く歩いている足音を聞くこともほとんどできなかったでしょう。小枝の折れる音も葉の擦れる音も立てず、かれらは通り過ぎ消え去りました。

こうして一時間ばかりの間、かれらは黙々と一列になって歩き続けました。時たま遠雷か山間に響く太鼓の音のようなかすかにゴロゴロと鳴る音に破られるほかは、絶えて物音一つせぬ静寂と、あたりを包む暗さに心も重くふさがっていました。隠れ場所を出てから下り、それから南に向き、山脈にかけて上りになっている長い切れ切れの斜面を、ゴクリは見いだせる限りのまっすぐな進路をとって進みました。やがてほど遠からぬ前方に黒い城壁のように浮かび上がる帯状の木立ちが見えました。近づくにつれ、これらの木々が非常な巨木であることに気づきました。随分年経た木々のようで、今なお高く聳え立っているのですが、その頂はあたかも嵐か雷が掠めて通ったように折れ朽ちていました。しかし嵐も雷もかれらを殺すこともできず、その測りしれぬ根をゆるがすこともできなかったかのようでした。

「十字路だよ、そうよ。」ゴクリが囁きました。一行が隠れ場を出てから初めて口に上された言葉です。「わしらそっちの方に行かなくちゃいけないよ。」今度は東に向きを変え、かれは二人の先に立って斜面を上りました。そして不意にその時目の前に見えたのです、南方街道が。道は山脈の外側の麓を周って、それから間もなくあの巨大な環状の木立ちの中にはいり込んでいました。

「道はこれしかないよ。」ゴクリは囁きました。「街道の先には小道もない。一つもない。どうしても十字路に出なくちゃいけないよ。けど急いで！　口利いちゃいけないよ！」

敵の野営地の中にはいり込んだ斥候のように抜き足差し足かれらは街道の方に降りて行き、街道の西側の縁の石の多い土手の下を忍び足で進んで行きました。その灰色の姿はかれら自身石とも紛うばかり、またその密かな足どりは獲物を狙う猫のようでした。とうとう木立ちのあるところに着いて気がつくと、かれらが立っているのは頭上をおおう物のない大きな環の中でした。真ん中は薄暗い空に向かって開いていました。そして、巨大な木の幹と幹の間の空間はまるで廃墟となった館の大きな暗いアーチさながらでした。この真ん真ん中で四方からきた道が出会っています。かれらの背後にはモランノンへの街道があります。かれらの前方にその道は再び走り出て南に長く続いています。右手には昔のオスギリアスからの道が上ってきていましたが、それはここで交差して東の暗闇の中に消えていました。これが四番目の道、すなわちかれらがこれから進むことになっている道だったのです。

不安に満たされてしばらくそこに立っているうちに、フロドは光が照っているのに気づきました。かれはそれが自分の傍にいるサムの顔を赤々と照らしているのを見ました。光のくる方に向いてみると、樹々の大枝のアーチの先に、オスギリアスへの道が、ぴんと張ったリボンのようにほとんどまっすぐに伸びてどんどん西の方へと下っているのが見えました。今やすっぽりと陰の中に入った陰鬱にくすんだゴンドールの先、西の方遥かに今太陽が沈もうとしていました。ゆっくりと伸びていく巨大な雲のとばりのへりをようやく見いだし、薄気味悪く燃えながらまだ汚されていない海の方へと落ちていくところでした。束の間の赤々とした光が巨大な坐像の上に落ちました。アルゴナスの大きな石の王たちと同じように静かにいかめしい姿です。歳月が蝕み、狂暴な手が傷つけていました。頭部がなくなっていて、その代わりにそれを嘲り真似て、粗く切り出した丸い石が載せてありました。そしてそこには野蛮な者たちの手で、額の真ん中に大きな赤い目が一つにたりと笑った顔と見せたものがぞんざいに描かれていました。坐像の膝に、巨大な椅子に、また台座に余すところなく、モルドールの蛆虫どもが用いるけがらわしい記号をまじえた落書きがありました。

突然フロドは、水平に射し込む光線に照らされて古びた王の頭部があるのを見ま

した。それは路傍(みちばた)に転がっていました。「ご覧、サム！」かれは驚きの余り声をあげ、思わず口を利(き)いてしまいました。「ご覧！　王様はまた冠をつけてられる！」目はうつろで、彫刻した顎鬚(あごひげ)はこわされていましたが、秀(ひい)でたいかめしい額のまわりには銀と金の花冠がありました。小さな白い星々のような花をつけた蔓草(つるくさ)があたかも倒れた王に敬意を表するように、額に巻きついていました。そして石の髪の割れ目には黄色い万年草が光っていました。

「やつらだっていつまでも征服はできない！」と、フロドはいいました。するとその時突然束(つか)の間(ま)に一瞥(べつ)したものは消え去りました。太陽は沈み消え失(う)せました。そしてランプを閉じたかのように、黒々とした夜が訪れました。

八　キリス・ウンゴルの階段

ゴクリはフロドのマントをぐいぐい引っ張って、不安そうにいらいらしながら怒った声を発しました。「行かなきゃだめだよ。ここに立ってちゃだめだよ。急げ！」

いやいやながら西に背を向け、フロドは道案内の導くままにそのあとについて、東の暗闇の中へと出て行きました。環状の木立ちを抜け、山脈の方に向かって忍びやかに道を進んで行きました。この道もしばらくの間は真っ直続いていましたが、間もなく南の方に湾曲し始め、しまいには遠くから見えていた岩山の大きな肩の真下に達していました。岩塊は背後の暗い空よりなお暗く黒々と人を拒絶するように、頭上に立ちはだかっていました。その影の下を匍（は）うように道は続き、岩陰を回ると、突然また東に折れ、急な登りになっていました。

フロドとサムは重苦しい心を抱いてとぼとぼと足を運んでいました。もはやわが身の危険を気遣（きづか）うことさえできないくらいでした。フロドの頭（こうべ）は垂れていました。

かれの担っている荷物がまたもやかれを下へ下へと引っ張るのでした。かの大きな十字路を過ぎるや否や、荷の重さは、イシリエンではほとんど忘れられていたというのに、再びいや増してきていたのです。今や足もとの道が急な登りになってきたのを感じ、かれはうんざりして上を見上げました。すると、見えたのです。見えるよとゴクリがいったのもちょうどその時でした。幽鬼たちの城塞でした。フロドは怯気づいて石の多い土手によりかかりました。

長く傾斜した谷間が影のように暗い深い裂け目となって、山脈のはるか奥の方まではいりこんでいました。フロドたちのいる所より遠い方の側、腕のように伸びた谷間をいくらか中にはいった所、エフェル・ドゥーアスの黒々とした膝のように曲がった部分に、岩の台座の上高く、ミナス・モルグルの城壁と塔が立っていました。その周囲は空も地もすっかり真っ暗でしたが、そこだけは光で照らされていました。といっても昔のミナス・イシル、すなわち月の塔が山々の谷あいに美しく輝いていたころ、大理石の壁から流れ出ていた閉じこめられた月の光ではありません。緩慢な月食に病む月の光よりも実際のところもっとおぼろな光でした。いやなにおいを放つ腐敗物の光、死屍の燐光のようにちらちらとゆらぎ、風になびいて、何物をも照らさない光なのです。城壁にも塔にも窓が見えました。内なる虚無に向かって開いている無数の黒々とした穴のようです。しかし塔の石積みの一番上の層はゆっくりと回転するのでした。まず一方へそれから反対の方向へと。闇を睨めつける巨大な幽霊の頭のように。しばしの間三人の道連れたちはしりごみしてそこに立ったまま、気の進まぬ目を凝らしてじっと見上げていました。ゴクリがまずわれに返りました。再びかれはホビットたちのマントを促すように引っ張りましたが、一言も口は利きませんでした。かれはほとんど二人を引きずらんばかりにして前に進みました。一歩ごとに足がすくみ、時もその歩みを遅らせているかのように思われました。足を上げてから下ろすまでに吐気を催すほどのいやなひと時がしばらくは過ぎるのでした。

　こうしてかれらは遅々として歩を運びながら白い橋にやって来ました。ここで道路はかすかに光りながら、谷間の真ん中を流れる渓流を越え、そのあとさらにうねうねとこの城塞の門に向かって上っていました。城門は北に面してめぐらされた外側の城壁に黒々と口を開けていました。谷川の両岸には広い平地があり、そこはおぼろな白い花々でみたされた小暗い草地でした。これらの花々もまた光を発していました。美しくはあっても、ぞっとするような恐ろしい形で、ちょうど不安な夢に現われる錯乱した物の形のようでした。そしてこの花は胸の悪くなるような墓所のにおいをかすかに放っていました。腐臭は空気をみたしています。橋は草地から草地へと渡されていました。橋の頭部には彫像がいくつか立っていました。人間の姿をしたのもあれば獣の姿をしたものもあり、いずれも巧みに彫られてはいるものの、どれもみな堕落した忌わしいものでした。橋の下を流れる水は音を立てず、水蒸気を立ち昇らせていました。しかし橋の周りに渦巻き絡まりながら立ち昇ってくる靄は寒気立つような冷たさでした。フロドは五感がたるみ、気持ちが暗くなるのを感じました。すると、突然、まるで自分の意志以外のある力が働いたかのように、かれは足を速め、よろよろしながら進み始めました。手探りするように両手をのべ、頭を左右にぶらんぶらんと揺らしながら。サムとゴクリの二人はそのあとを追いかけました。よろめく足取りであわや転びそうになりながら、サムが両腕に主人を抱きかかえたのは、橋のまぎわでした。

「そっちじゃない！　違うよ、そっちじゃないよ！」ゴクリが囁き声でいいました。しかしかれの歯から押し出された息は口笛のように重苦しい静けさを引き裂くかと思われました。かれはびっくり仰天して体を縮め地面にうずくまりました。

「止まってくだせえ、フロドの旦那！」サムがフロドの耳もとに呟きました。「戻ってくだせえ！　そっちと違います。ゴクリが違うといってます。そしておらも今度だけはやつのいうことに賛成しますだ。」

フロドは片手で額をなぞって、無理矢理視線を丘の上の城塞からそらしました。光を発する塔に魅せられ、かれは光る道路を塔の門に向かって駆け上がって行きたいという強い衝動と戦いました。とうとうかれはやっとのことで橋に背を向けました。そして背を向けながらも、指輪が自分にあらがって、首に下げた鎖を引っ張るのを感じました。そしてかれの目もまた、そこからそらされた瞬間、一瞬失明したかのように思えました。かれの前にある暗闇は一寸先も見えないほどだったのです。

ゴクリは怯えた動物のように地を這って、もうすでに暗闇の中に姿を消していました。サムはよろめく主人を支え導きながら、できるだけ速くゴクリのあとを追いました。谷川のこちら側の土手からほど遠くない、道路わきの岩壁に切れ目がありました。かれらはここを通り抜けました。サムは自分たちの歩いているのが狭い小道であることに気づきました。この小道も初めのうちは本道と同じようにかすかに光っていましたが、やがて死の花々の咲く草地より上に登って行くにつれ、このかすかな光が消え失せて、暗くなりました。そしてくねくねと曲がりながら谷間の北側の山腹へとはいって行きました。

この小道をホビットたちは並びあってとぼとぼと進みました。前を歩いているゴクリの姿は、かれが振り向いて、二人にどんどん続けて来るように手招きする時のほかは見ることができませんでした。かれが振り向くと、その目は緑がかった白い光を湛えて光りました。おそらくいやなにおいのモルグルのにぶい輝きを反射しているのかもしれませんし、あるいは心中の何か相応ずる気分によってかき立てられたものかもしれません。あの死んだ光と真っ暗なのぞき穴のことはいつもフロドとサムの意識にありましたから、二人は絶えず肩越しに恐る恐るちらっと目をやっては、その都度無理に元に戻して、いよいよ暗くなっていく小道を求めました。ゆっくりと骨を折って二人は進んで行きました。毒を含んだ谷川の悪臭と靄の漂うあたりから、登るにつれて、呼吸は次第に楽になり、頭もはっきりしてきました。しかし今度は四肢がひどく疲れてしまいました。まるで重荷を背負って一晩中歩いたあとか、激しい潮の流れに逆らって長い間泳いだあとかのようでした。とうとう二人はここで一息入れないことにはもうこれ以上一歩も進むことができなくなりました。

フロドは立ち止まって石の上に腰を下ろしました。二人は今大きなこぶのような裸岩のてっぺんまで登ってきていたのです。二人の前方には谷間の山腹が入江のようにえぐられていました。そして小道はこの上部をめぐって続いているのですが、それは右手に深い割れ目をひかえた幅広い岩棚にすぎません。南向きの切り立った山の面を小道は匍うように上へ上へと登り、しまいにはその上の暗闇の中に消え失せていました。

「サムや、わたしはどうしてもちょっと休まなくちゃ。」と、フロドは囁きました。「あれが重いんだよ、サム、ひどく重いんだよ。いったいどこまでわたしに持っていけることやら？　ともかくあそこを思い切って通ってみる前にどうしても休まなくちゃ。」かれは前方の狭くなっている道を指さしました。

「ししっ！　しっ！」ゴクリが息をはずませて急いで二人のところに戻って来ました。「しっ！」かれは指を唇に当て、迫るように首を振りました。フロドの袖を引っ張り、かれは小道の方を指さしました。しかしフロドは動こうとはしません。

「まだだめだ。」と、かれはいいました。「まだだめだ。」疲労と疲労以上のものが重くのしかかっていました。あたかも心身に重苦しい呪いをかけられたかのようです。「わたしはどうしても休まなくちゃ。」と、かれは呟きました。

これを聞いて、ゴクリの恐怖と動揺は非常に高まり、とうとうまた口を利きました。空中にいる目に見えない聞き手たちに音が届かないようにとでもいうのでしょう、片手で口を隠していいました。「ここはだめよ、だめだよ。ここで休んじゃいけない。ばかだよ！　目はわしらを見ることができる。やつら橋のところに来たら、わしら見られてしまう。行こう！　登るのよ、登れ！　さあ！」

「さあ、フロドの旦那」と、サムはいいました。「今度もこいつのいう通りですだ。ここにいるわけにはいきませんだ。」

「わかったよ。」フロドは寝とぼけてしゃべっている人のように遠い声でいいました。「やってみるよ。」ものうそうにかれは立ち上がりました。

しかし遅すぎたのです。ちょうどその時足もとの岩が小刻みに、それから大きく揺れ動きました。今までにないほどすさまじく、大鳴動が地に轟き、山々にこだましました。それからまったく突然に、大きな赤い閃光がひらめきました。それは東の山脈を越えて遥かな空にはね上がり、たれこめる雲に紅のしぶきを浴びせました。影と冷たい死の光のかの谷間では、それはもう堪え難いほど激しく荒々しく見えました。刃こぼれした短剣のようにぎざぎざに切り立った岩や尾根が、ゴルゴロスに噴き上がる焔を背景にして、塗りこめたような黒い闇の中に一瞬浮かび上がりました。ついではじけるような大雷音が起こりました。

そしてミナス・モルグルに応答がありました。鉛色の稲妻の光がゆらぎました。

ちぎれ立つ青い焔が塔からも、塔を取り巻く丘からも陰気な雲の中へ燃え上がりました。地はうめき、城塞からは一声叫び声が上がりました。猛鳥の叫びのような耳障りな高い声や、憤怒と恐怖に荒れ狂った馬たちの甲高い嘶きに混って、引き裂くような悲鳴が聞こえてきました。震えながらその声はたちまち聴力も及ばないほどの突き刺すような高さにまで達しました。ホビットたちはそれが聞こえてくる方にくるっと向き直り、地べたに体を投げ出して、両手を耳に押し当てました。

ぞっとする恐ろしい叫び声が、気分の悪くなるような長い号泣を経てだんだん弱まり完全な沈黙となってやむと、フロドは少しずつ頭をもたげました。狭い峡谷の向こう、今ではもうほとんどフロドの目の高さに忌わしい砦の城壁が立っていました。そして洞穴のようなその城門は、光る歯を持った開いた口のようにあんぐりと大きく開いていました。そしてその城門から軍勢が現われました。

この軍勢は全員夜の闇のように黒い装束に身を包んでいました。鉛色の城壁と光る舗道を背景にしてフロドには軍勢が見えました。幾列にも幾列にも隊伍を組んだ小さな黒い姿が速やかに音もなく進軍して、途切れない流れとなってくり出してきました。前方を行くのは整えられた影のように動く大騎兵部隊でした。そしてその先頭には他のだれよりも一際大きい騎馬の者がいました。黒ずくめの一人の乗手でした。ただその頭巾をかぶった頭には危険な光を明滅させる王冠に似た冑（かぶと）がありました。その乗手が、今フロドの目の下にある橋に近づこうとしていて、かれを追うフロドの目は大きく見開いたまままばたきすることもそらすこともできないのでした。それでは確かに九人の乗手たちの首領は地上に戻り、死のように恐ろしい軍勢を率（ひき）いて戦いに赴（おもむ）こうとしているのでしょうか？　ここにいるのは、そうです、確かにこれは、その冷たい手が必殺の短剣で指輪所持者を刺した、かのやせさらばえた王でした。古傷がズキンズキンと痛み、激しい寒気が心臓の方まで広がってきました。

　こうした思いがかれを恐怖で貫（つらぬ）き、呪（まじない）をかけたようにかなしばりにしたちょうどその時、かの乗手ははたと立ち止まりました。橋にさしかかる寸前に。その背後に全軍勢がぴたりと立ち止まりました。一瞬の中断、完全な沈黙がありました。もしかしたら、幽鬼（ゆうき）たちの首領に呼びかけたのは指輪かもしれません。そしてかれは自分の谷間の内部に何か別の力があることに勘づいて、一瞬心を惑わしたのかもしれません。恐怖の王冠たる冑をつけた黒い頭が左右に向けられ、見えざるその目が影たちを掠（かす）めました。フロドはまるで蛇にみいられた小鳥のように、身動き一つできずに待っていました。そしてかれは待ちながら、今までにないほど強く指輪をはめよという命令を感じました。しかしそれを強制する力が強力であるにもかかわらず、かれはそれに従おうという気持ちを今は少しも感じませんでした。かれは指輪がかれを裏切るだけであることを、そしてまたたとえそれをはめたにしても、モルグル王に向かい合う力を――今はまだ――持っていないことを知っていました。かれ自身の意志は恐怖にたじろいでいても、もはやかの命令に応ずる気持ちはありませんでした。かれはただ外からの大きな力が自分を襲うのを感じただけでした。それはかれの手をとりました。そしてフロドが（あたかも遠くかけ離れた昔話を聞いてでもいるかのように）自分の意志からではなく、ただはらはらと心で見守っているうちに、それがフロドの手を一インチまた一インチと首に下げた鎖の方に動かしていくのでした。その時です。かれ自身の意志が奮（ふる）い立ちました。それはゆっくりとその手を押し戻し、別の物を見いださせました。胸近く隠されていたものでした。握ろうとして手が近づくと、それは冷たく堅いものに思われました。ガラドリエルの玻璃瓶（はりびょう）でした。こんなに長い間大事に蔵（しま）われたまま、この時までほとんど忘れられていたのです。それに手を触（ふ）れると、しばらくの間指輪の思いはすべてかれの心から消え失（う）せてしまいました。かれは吐息をついて頭を下げました。

その瞬間幽鬼の王は向きを転じ、馬に拍車を当て、橋を渡りました。そしてかれの率いる暗黒の軍勢もそのあとに続きました。おそらくエルフの頭巾がかれの見えざる目をよせつけなかったのでしょう。そしてこの小さな敵の心が強められて、かれの思いをそらしてしまったのでしょう。それにかれは急いでいました。出撃の時はすでに打たれていました。そして強大なる主人のいいつけでかれは西の方へ戦いに出で行かねばならないのです。

間もなくかれは影にまざる影のように通り過ぎ、うねりゆく道を下って行きました。そしてその背後には依然として黒々とした隊列がまだ橋を渡っていました。これほどの大軍がこの谷間から出て行ったのは、イシルドゥル盛時の日以来絶えてないことでした。これほど残忍でこれほど精強な軍勢がアンドゥインの浅瀬を襲うこともいまだないことです。しかもこれはモルドールが今送り出す軍勢の一部隊にすぎず、最大最強の部隊ではないのです。

フロドは体を動かしました。そして不意にかれの心はファラミルに向かいました。「とうとう嵐は勃発した。」と、かれは思いました。「これだけ勢揃いした槍と剣がオスギリアスに向かうのだ。ファラミルは間に合うように渡れるだろうか？　あの人は予想はしていた。しかし、時間を知っていただろうか？　それに九人組の乗手の王が来たとなれば、だれに浅瀬を守り切ることができよう？ それにほかにも軍勢が来るだろう。わたしは遅すぎた。万事休した。途中で暇どってしまった。万事休した。たとえこの任務が果たされても、だれ一人知る者はなかろう。話を聞いてもらえる者も一人としていないだろう。結局徒労に帰すのだ。」弱気に襲われてかれは啜り泣きました。モルグルの大軍は今もまだ橋を渡っています。その時まるでホビット庄の記憶の中から聞こえてくるように、それも明るい日の射す早朝、一日が始まり、家々の扉が開け放たれる頃の思い出の中から聞こえるように、遠くの方からサムの声が聞こえました。「起きてください、フロドの旦那！ 起きてください！」その声が「朝ご飯ができてますだ。」と、付け加えたとしても、かれはほとんど驚かなかったでしょう。確かにサムはどうしても起こそうとしていました。「起きてください、フロドの旦那！ やつら行っちまいました。」と、かれはいいました。

　金属のぶつかる鈍い音が響きました。ミナス・モルグルの城門が閉まったのです。槍を持った最後の隊列も本道を下って見えなくなりました。塔は今もなお谷間越しに歯をむき出していますが、その中の光は次第に薄れていきます。城塞全体が暗く立ちこめる闇と沈黙の中に退こうとしていました。それでもなお油断のない警戒にみたされています。

「起きてくだせえ、フロドの旦那！　やつら行っちまいましただ。おらたちも行った方がいいです。あの場所には何かまだ生きてるもんがいますだ。何か目のあるもんが、それとも見る心を持ったもんが。おらのいうことおわかりですか。それで一つとこに長く留まれば留まるほど、そいつもそれだけ早いとこおらたちを見つけてしまいますだ。さあさあ、フロドの旦那！」

フロドは顔を上げ、それから立ち上がりました。絶望が去ったわけではありませんが、弱気は消え失せました。かれは不敵な微笑さえ見せました。ほんの一瞬前まったく逆のことを感じたのと同じくらいはっきりと、今度は、自分がしなければならぬことは、できることであれば、しなければならぬこと、そしてファラミルやアラゴルンやエルロンドやガラドリエルや、ガンダルフやその他だれであろうと、そのことについて知ってくれようと、くれまいと、それは目的外のことであることを感じていたのです。かれは片手に杖を持ち、もう片方の手に玻璃瓶を持ちました。透明な光がはや指の間から溢れ出ているのを見ると、かれはそれを胸もとに突っこみ、心臓に押し当てました。そして、今はもう暗黒の深淵の向こうにかすかに灰色に光るものとしか見えないモルグルの城塞から向き直って登りの道を行く覚悟ができました。

　ゴクリはどうやら、ミナス・モルグルの城門が開いた時に、ホビットたちをその場に残したまま、自分だけ岩棚沿いに這い進んで、その先の暗闇の中に隠れてしまったようです。今かれはまたそっと戻ってきました。歯を鳴らし、指をパチパチいわせていました。「ばかだよ！　ぬけてるよ！」かれはスースーいう声を出しました。「急げよ！　二人とも危険が去ったと思ってはいけないよ。去ってはいないよ。急ぐのよ！」

　二人はそれには返事をせず、かれの後ろについて登り坂の岩棚のところに来ました。この岩棚はあれだけたくさんの危険に直面したあとでさえ、二人の好みにはちと合いかねました。しかしこれも長くは続きませんでした。間もなく小道は丸みをおびた角（かど）に達しました。山腹はここで再び外に張り出していました。そして小道は突然岩に開（あ）いた狭い隙間（すきま）に入り込んでいました。かれらはゴクリが話していた最初の階段のあるところに来たのです。ほとんど真っ暗闇といえるほどの暗さで、伸ばした手の先はもう見えないといっていいぐらいでした。しかしゴクリの目だけは、数フィート上の方にいても、かれが二人の方に振り返るたびに青白く光って見えるのでした。

「気をつけな！」かれは声をひそめていいました。「段々だよ。段々たくさんあるよ。気をつけないといけないよ！」

確かに気をつけることが必要でした。フロドとサムは、今度は両側に壁もあることゆえ、最初のうちは比較的骨が折れないように感じました。しかし階段はほとんど梯子(はしご)段みたいに急で、どんどん上に登って行くにつれ、二人は背後に真っ暗な傾斜が長く続いていることをますます意識するようになりました。そして段々は狭く、間隔も一様でなく、あるべきところになかったり、ないと思っているところにあるようなことも度々(たびたび)ありました。段々の角はすりへってつるつるしていました。欠けているところもあれば、足が置かれると同時にひび割れるところもありました。ホビットたちは四苦八苦しながら登り続け、とうとうしまいには二人とも死に物狂いで前方の段々に指でしがみつき、痛む膝(ひざ)を無理にも曲げては伸ばすのでした。そして階段が切り立った山の中に一層深く切り込んでいくにつれ、岩壁はかれらの頭上にいよいよ高くそそり立ちました。

もうこれ以上とても耐えられないと二人が感じたちょうどその時、とうとう二人はゴクリの目が再び自分たちの方をじっと見下ろしているのを見ました。「わしら登ったよ。」と、かれは声をひそめていいました。「最初の階段はすんだよ。こんな

に高く登って、ホビットとてもえらいね、とてもえらいホビットよ。あといくつか段々登れば、おしまいよ、そうよ。」

サムとそのあとに従ったフロドはふらふらに疲れ切って、最後の踏段をやっと這い上がると、坐りこんで脚と膝（ひざ）をさすりました。かれらのいるのは奥行きのある暗い通路で、それはなだらかな坂道で段々はありませんでしたが、目の前にまだまだ登りになって続いているように思われました。ゴクリは二人を長くは休ませてくれませんでした。

「まだもう一つ階段あるよ。」と、かれはいいました。「もっとずっと長い階段だよ。次の階段の上まで登ってしまったら休むのよ。今はまだだめよ。」

サムが不満そうな声を上げました。「もっと長いだと？」と、かれはたずねました。

「そうよ、そうよ、もっと長いよ。」と、ゴクリはいいました。「だけどそんなに骨は折れないよ。ホビットさん、まっすぐ階段登った、次のはくねくね階段だよ。」

「そしてそのあとは何だ？」と、サムがいいました。

「いまにわかるよ、」ゴクリは小声でいいました。「おお、そうよ、いまにわかるよ！」

「トンネルがあるってお前いったと思うがな。」と、サムがいいました。「トンネルかそれとも何か通り抜けるところはないだか？」

「おお、そうよ、トンネルがあるよ。」と、ゴクリはいいました。「けどホビットさんたち、そこを通る前に休めるよ。そこ通り抜けたら、もうちょっとでてっぺんだよ。もうほんとにちょっとだよ、そこを通り抜けたらよ。おお、そうよ！」

フロドはぞくぞくと身震いしました。階段を登っている間に汗をかいたのですが、その汗がじっとりと冷えて寒気がするのでした。それにこの暗い通路には冷たい風が通っていました。ここからは見えない頭上の高みから吹きおろしてくるのです。かれは立ち上がって体をゆすりました。「さて、行こうじゃないか！」と、かれはいいました。「ここは坐り込んでる場所じゃない。」

この通路は何マイルも続いているように思われました。そしていつも冷たい風が吹き流れていましたが、進むにつれて、堪（た）えがたいほど厳しい風に変わってきました。山々は死のような息を吹きかけてかれらを威嚇（いかく）し、高所の秘密の区域から追い戻すか、背後の暗闇に吹き払うかしようとかかっているように思われました。右手の壁がなくなったことにふと気づいて、はじめてもう通路のおしまいまで来たことがわかっただけで、目にはほとんど何も見えません。大きな形の定かでない黒い塊りや深い灰色の影が頭上にも周りにもぼうっとうかがえるだけで、時折りたれこめた雲の下に、どんよりした赤い光がぱっと燃え上がり、その時一瞬自分たちの前にも両側にも、たわみかかった巨大な尾根を持ち上げる柱のような高い峰々があるのに気づくのでした。かれらは何千フィートかの高さにまで登りつき、広い岩棚に出たものと思われます。左手には断崖が聳え、右手には深い穴がぱっくりと口を開けていました。

ゴクリは先に立って断崖のすぐ下を進みました。今のところ道はもう上りではありませんが、今度は地面がもっとでこぼこしていて、暗闇では危なくて仕方がありません。それに落石の大きな塊りが道に落ちて邪魔をしています。二人はゆっくりと用心深く進んで行きました。モルグル谷にはいりこんでから一体何時間経ったものやら、サムにもフロドにもう見当がつきませんでした。夜は終わりがないように思えました。

ようやくかれらは壁がまたもやぼうっとそそり立ってきたのに気づきました。そしてまたもや目の前に階段が通じていました。再びかれらは立ち止まり、そして再び登り始めました。長くてうんざりする登攀でした。しかしこの階段は山腹を穿って造ったものではありません。ここは広い岩壁が後ろに傾斜していて、小道はうねうねと左右に蛇行しながら岩壁をよぎっていたのです。この小道が横に匍い進みながら黒々とした深い穴の間際にのぞむところが一個所ありました。そして目をちらと下にやったフロドは自分の真下に巨大な深い坑にも似た大きな峡谷を見ました。これはモルグル谷の突端にある峡谷でした。この峡谷の底を縫ってまるで土ぼたるのようにかすかに光りながら、死の城塞から名を言うのも恐ろしい山道に至る幽鬼の道路が走っていました。フロドはあわてて目をそらしました。

階段はなおも折れ曲がりながら、匍うように上へ上へと続いていました。そして最後に短くてまっすぐな最後の一続きの段々があって、道は階段を登り切り、再び平らなところに出ました。道はすでに大峡谷にある本山道からぐっとそれて、今はエフェル・ドゥーアス山脈上部の比較的小さな裂け目の底にある危険な道筋を辿っていました。ホビットたちは両側に高い柱やぎざぎざと切り立った尖塔のような岩をぼんやり認めることができました。そしてそのような岩の間には夜よりも黒々と口を開けた裂け目、割れ目がありました。ここでは置き忘れられた冬が日の当たらぬ岩を腐蝕し削り取っていたのです。そして今は空の赤い光はますます強まってきたように見えました。といっても、ホビットたちには恐ろしい朝が本当にこの影の地に訪れたのか、それともサウロンの激しい暴威の焔(ほのお)がこの先のゴルゴロスの地をさいなんで燃え上がるのを見たにすぎないのか、それはわかりませんでした。フロドは上を見上げ、まだずっと先の、ずっと高いところに、予想した通り、この辛い道の頂を見ました。一番高い尾根に裂け目が一つ、東の陰気な赤い空を背に輪郭を描いていました。黒々とした二つの山の肩の間に深くえぐられた狭い割れ目です。そしてその二つの肩の上にはそれぞれ角(つの)の形をした岩がありました。

　かれは立ち止まり、さらに注意深く眺めました。左の角岩は高くてほっそりしていました。そしてその中では赤い光が燃え立っていました。でなければその先の地の赤い光が角の穴を通して照り返しているのです。かれは今になってわかりました。それは外側の山道の上の方に築かれた黒い塔だったのです。かれはサムの腕にさわって指さして見せました。

「あの恰好(かっこう)が、好きになれねえですだ！」と、サムはいいました。「それじゃあ、お前のこの秘密の道ちゅうのはやっぱし監視(かんし)されてるんじゃねえだか。」かれはゴクリの方を向いてかみつきました。「お前はこのことを先刻(せんこく)承知だったんだろう？」

「道はどれもみな見張られてるよ、そうよ、」と、ゴクリはいいました。「もちろん見張られてるよ。だけどホビットさんたちどれかの道を行かなきゃならない。ここが一番手薄かもしれないよ。多分みんなでっかい戦争しに行っちまったのよ、たぶんそうよ！」

「たぶんよな。」サムは不満そうな唸り声を上げました。「ところで、あれはまだ大分先のようだし、あそこに着くまでに大分かかるぞ。それにまだトンネルがある。フロドの旦那、旦那はここで少し休まなきゃいけません。今がいったい何時なのか、昼なのか、夜なのかわかりませんが、もう何時間も何時間も歩き続けてますだ。」

「そうだね、わたしたちは休まなきゃいけない。」と、フロドはいいました。「どこか風の当たらない隅っこでも見つけよう。そして力を奮い起こすとしよう――最後の一丁場のために。」というのはそこが最終段階のようにかれには感じられたからです。その先にある国のさまざまな恐ろしさも、そこでなされねばならない任務も、今かれを悩ますにはあまりにも遠くへだたった、遠々しいものに思われました。かれの思いは今はすべてこの侵入し得ない岩壁と監視の中を通り抜けるか、もしくはその上を越えることにだけ向けられていました。一度この不可能事を成し遂げることができれば、その時はかれの使命もどうにか成就することでしょう。ともかくキリス・ウンゴルの下の岩陰をなおも鋭意歩み続けながら、疲労困憊（こんぱい）して暗闇の中にいるかれにとってはそう思えたのです。

二本の大きな柱のような岩の間の暗い割れ目に三人は腰を下ろしました。フロドとサムは少し中にはいったところに、そしてゴクリは割れ目の口に近い地面にうずくまりました。ここでホビットたちは、かれらにとっては名を言うのも恐ろしい国に降りて行く前にとる最後の食事、そしてもしかしたら二人一緒のこれが最後になると思われる食事をとりました。ゴンドールの食べものをいくらかと、エルフの行糧の薄焼き菓子を食べ、水を少しばかり飲みました。といっても水は節約して、渇いた口をしめらす程度しか飲みませんでした。

「水はいつまた見つかるこってしょうか？」と、サムがいいました。「けどあそこの国だって水は飲みますだよね？　オークだって飲みますだよね？」

「うん、飲むさ。」と、フロドはいいました。「だけど、その話はしないでおこう。そんな飲みものはわたしたちには向かないんだから。」

「それならなおのこと、この瓶に水をいっぱい入れとく必要がありますだ。」と、サムがいいました。「けど、この高いとこには水はちっともねえです。おら、せせらぎもちょろちょろ水も耳に聞いてねえですだ。それにどっちみちファラミル様のお言葉じゃ、モルグルの中の水はどの水も飲んじゃならんということでしただ。」

「イムラド・モルグルから流れ出る水は一切だめだ、と、おっしゃったんだ。」と、フロドはいいました。「わたしたちは今はもうあの谷にはいない、それでもしこれから湧水(わきみず)に行き当たったとしたら、その水はあの谷に流れ込んでるわけで、あそこから流れ出てることにはならないからね。」

「そんな水があっても、おらは信用しねえです。」と、サムがいいました。「のどが渇いて死にそうになるまではです。この場所にはいやな感じがありますだ。」かれは鼻をふんふんさせました。「それににおいもするようですだ。気がつかれましたか？　妙なにおいですだ、むっとするような。おら好かねえです。」

「わたしだってここのものは何もかも全然好きじゃない。」と、フロドがいいました。「見るもの聞くもの、触れるものかぐもの一切が。土も空気も水もみな忌(いま)わしい。だが、このようにわたしたちの道は敷かれてるのだ。」

「ええ、そりゃそうですだ。」と、サムはいいました。「それで出発前にそのことをもっとよく知ってたら、おらたちここには全然来なかったでしょうよ。けど、えてしてこういうもんじゃねえでしょうか、昔のお話や歌の中に出てくる勇敢な行ないってものは、フロドの旦那。おらが冒険って呼んでるものですだが。おらいつも思ってたもんですだ。その冒険ちゅうもんは物語の中の華々しい連中がわざわざ探しに出てったもんだろうと。冒険をしたかったから出かけてったんだろうとね。冒険ははらはらさせておもしろいし、毎日の暮らしはちょっとばかし退屈ですから。まあ気晴らしみたいなもんといってもいいですだ。けど、本当に深い意義のあるお話や、心に残ってるお話の場合はそうじゃねえですだ。主人公たちは冒険をしなきゃなんないはめに落ちこんじゃったように思えますだ。一般に――旦那のおっしゃったようにいえば、その人たちの道がそういうふうに敷かれてたちゅうこってすだ。けど、その人たちにしても、おらたちのように、引っ返す機会はいろいろあっただろうと思いますだ。ただそうしなかっただけのことですだ。途中で引っ返した者があったとしても、その連中のことはわからないでしょう。忘れられてしまったでしょうから。おらたちの聞くのは、ただそのまま道を続けた者たちのことですだ――そのまま道を続けてってそれから、いいですか、全部が全部めでたしめでたしで終わったわけじゃねえのです。少なくともお話の外じゃなくて中にいる者にはめでたしめでたしといえるような終わり方じゃねえわけです。めでたしめでたしというのは、家に戻って来て、そして何も変わりがないってことを見つけるこってすからね、すっかり同じっていうわけにはいかなくともね——ビルボ大旦那の時のように。けど、こういう話は聞いてていつもいっとうおもしろい話というわけにはいきませんだ。冒険をするはめになった者にはいっとうおもしろい話かもしんねえですが。さておらたちはどんな種類の話の中に落ち込んじまったんでしょう？」

「どういう話かねえ。」と、フロドはいいました。「でも、わたしにはわからないね。それに本当の話というのはこういうもんだよ。何でもいいから、お前の好きな話を考えてごらん。お前にはわかってるかもしれないし、推測もつくかもしれない、その話がどんな種類の話かってことがね。めでたしめでたしで終わるか、それとも悲しい結末になるのかってことがね。だけど、そのお話の中の登場人物たちにはわからないんだよ。それにお前としてはかれらに知っててもらいたくはないのだ。」

「ええ、旦那、もちろん知ってほしくないですよ。たとえばベレンですけど、ベレンは自分がサンゴロドリムで鉄の王冠からあのシルマリルを取ることになろうとは、夢にも考えたことがありませんだ。それでも取ったんですから。それにそこはおらたちのいるとこよりももっと悪い場所だし、危険ももっと多かったわけですだ。けど、これはもちろん長い話で、めでたしめでたしだけで終わらないで、そのあと不幸なことになり、そしてそれも越えちまうわけですだ——そしてシルマリルはめぐりめぐってエアレンディルのところに来るちゅうわけです。おや、旦那、おら、今まで一度も考えつかなかったな！　おらたちの持ってるのは——いま持ってるのはそれの光の一部ですだよ、奥方から旦那がおもらいになったあの星の玻璃にはいってるのは！　おやおや、考えてみれば、おらたちもまだ同じ話の中にいるっちゅうこってすだ。話はまだまだ続いてますだねえ。えらい話というのはおしまいにならないんですかね？」

「そう、お話としては決しておしまいにならないね。」と、フロドがいいました。「だけどその中の人物たちは登場してき、やがて自分の役割がすむと行ってしまうんだよ。わたしたちの役割も、そのうちにはおしまいになるだろうよ——それとも間もなくね。」

「その時になったらおらたちも少しは休めも、眠れもしますだ。」そうサムはいって、にがい笑みを浮かべました。「そしておらが本気で考えてるのはそのことだけです、フロドの旦那。なんでもない当たり前の休息と眠り、それから目が覚めて朝の庭仕事を始める。おらが始終望んでたのはこれだけじゃないかと思いますだ。天下の大事なんてものはどれもおらなんかには向かねえです。それでもやっぱり思いますだ、おらたちが歌やお話の中に入れてもらえることがあるだろうかってね。もちろん現に話の中にいるわけですだが、おらのいいたいのは、物語になって、何十年何百年後にも、炉端で話されたり、それとも赤や黒の字で書いたすごくでっかい本の中から読まれることがあるだろうかってこってすだ。そしたらみんながいうでしょうよ。『フロドと指輪の話を聞かせておくれ！』ってね。それからこういいますだよ。『うん、それはおらの一番好きな話の一つだよ。フロドって、とっても勇敢だったんだね、とうちゃん？』『そうとも、坊、ホビットの中で一番有名なんだよ。ということはどうしてどうして大変なことなのさ。』」

「大変すぎるくらいだよ。」フロドはそういって笑いました。長い澄んだ心底からの笑い声でした。サウロンが中つ国に来て以来、このあたりで、このような笑い声が聞かれたことはありません。サムには不意に石という石が聞き耳を立て、高い岩が自分たちの方に身を乗り出したかのように思われました。しかしフロドは気にも留めません。再びかれは声を上げて笑いました。「おやおや、サム、」と、かれはいいました。「お前のいうことを聞いていると、何だかもうわたしたちの話が書かれてしまったみたいな愉快な気持ちになるよ。だがお前は主要人物の一人を忘れてるよ。剛毅の士サムワイズをね。『サムのこともっと話しておくれよう、とうちゃん。どうしてサムのことがもっとお話の中にはいってないの、とうちゃん？　おら好きなんだよう。サムの話を聞いてるとおら笑っちゃうんだ。それにフロドだって、サムがいなきゃ、遠くまで行かなかったんじゃないの、とうちゃん？』」

「さあさあ、フロドの旦那、」と、サムはいいました。「からかわないでくださいよ。おらまじめなんですから。」

「わたしだってそうだよ。」と、フロドがいいました。「今もまじめさ。二人とも少しばかり先を急ぎすぎたね。お前とわたしはまだ物語の中の一番こわいところでにっちもさっちもいかなくなってるところなんだよ。そして、この個所にさしかかってこんなことという者もいるだろうよ、『もう本を閉じてよ、とうちゃん。この先は読みたくないよ。』ってね。」

「そうかもしれませんだ。」と、サムがいいました。「けど、おらならそんなことという者の一人にはならねえでしょうよ。もうすんで、おしまいになってえらいお話の中の一部になってしまったことは別ですだ。まったくの話、ゴクリだってお話の中じゃ捨てたもんじゃねえかもしんねえです。ともかくそばにいられる時よりはましかもしれません。それにあいつは自分でも昔はお話が好きだったって、自分の口でいってましただ。あいつは自分のことを立役(たてやく)と思ってるんでしょうか、それともかたき役と思ってるんでしょうか？

「ゴクリよ！」かれは呼びました。「お前主人公になりてえかね――おや、またどこに行っちまったんだろう？」

二人の隠れている場所の入口にも、近くの暗闇にもかれのいる気配はありませんでした。かれはいつものように一口の水は貰いましたが、ホビットたちの食べものは断わり、そのあと体を丸めて眠ろうとしているように見えたのですが。前日のことかれは長いこと留守にしましたが、その時のかれの目的のうちともかく一つは、自分の好みに合う食べものを見つけることだったんだろうと二人は考えました。そして今またもやかれは二人がしゃべってる間に明らかにこっそりいなくなったのです。しかし今度は何のためでしょう？

「やつが何もいわないでこそこそいなくなるところが気にいらねえですだ。」と、サムがいいました。「今はなおさらですだ。こんな高えとこで食べものなんか探してるはずがねえです。何かやつの気に入った食べられる岩でもない限り。いやはや苔さえ生えてねえですだ！」

「今あいつのことで気をもんでも始まらない。」と、フロドはいいました。「あいつがいなかったら、わたしたちだとてこんな遠くまでは来られなかったろう。この山道の見えるところまでだってな。だから、あいつの癖ぐらいは我慢してやらなくちゃね。不実なら不実で仕様がない。」

「それでもやっぱり、あいつはこの目で監視できるとこに置いときたいですだ。」と、サムがいいました。「もしあいつが不実なら、いっそうそうですだ。あいつはこの山道が監視されてるかどうか、決していおうとしなかったのを、旦那、覚えておいでですか？　ところがあそこに塔が一つ見えます——もしかしたらみんないなくなってるかも知れませんが、そうじゃねえかもしれません。旦那はあいつがやつらを連れに行ったと思われますか、オークか何か？」

「いいや、そうは思わない。」と、フロドは答えました。「たとえあいつが何か悪だくみをしてるにしてもだよ。もっともそんなことはないとは思うがね。でも、オークを連れて来るとか、われらの敵の召使を連れて来るとかということではないと思う。そういうことならどうして今まで待つことがあろう？　わざわざこんな高い所まで苦労して登り、かれの恐れる国にこれほど近いところまで来る必要があるだろうか？　かれに出会って以来、その気があれば今までにおそらく何度となくわたしたちをオークに売り渡すことができたはずだ。いや、もし何か考えているにしても、自分だけの何かちょっとした内緒の策略だろう。あいつはそれをまったく秘密だと思ってるんだ。」

「そうですね、おっしゃる通りだと思いますだ。フロドの旦那。」と、サムはいいました。「といってもそれでよほど気が慰むわけでもねえです。おら思い違いはしてねえです。このおらのことならあいつはほいほい喜んでオークに渡しちまうこと間違いなしです。だけどおらは忘れてましたーーあいつのいとしいしとです。そうですだ、確かにそれはいつもいつも『かわいそうなスメーアゴルのいとしいしと』でしただ。あいつにたくらみちゅうもんがあれば、そのけちなたくらみの中でそのことだけをあいつは考えとりますね。それにしてもこんなところにおらたちを連れて登って来ることが、その点でどうあいつの役に立つのか、おらにはとんと見当もつかねえです。」

「あいつ自身見当がついてないところじゃないのかね。」と、フロドがいいました。「それにあの混乱した頭の中にたった一つだけはっきりしたくわだてを持ってるとは思わないね。あいつはわれらの敵からいとしいしとを守ろう、自分にできる限りの間は守ろうと本気でつとめてるところもあると思う。なぜって、もしあれがわれらの敵の手に渡るようなことがあれば、あいつ自身にとってもこの上ない悲惨事となるだろうからね。そして一方ではかれはおそらくただ時機を待ち、機会をうかがっているのではないだろうか。」

「そうですだ。前にもおらがいったように、こそつきでくさい奴ですだ。」と、サムはいいました。「けど、敵の国に近づけば近づくほど、それこそこそつきがくさいのになってきますぜ。いいですか。おらたちが本当に峠まで行き着くようなことがあれば、やつはどうしてどうしてあのいとしいものを持っておらたちに本当に国境を越えさせるようなことはせんでしょうよ。必ず何か一悶着起こすにきまってますだ。」

「わたしたちはまだ峠までは行ってないよ。」と、フロドがいいました。

「まだです。けどそれまでの間はこの目をちゃんと見開いてる方がいいですだ。こちらが油断してうとうとしてるところを襲えば、あのくさいのがたちまち勝ちを制しちまうでしょう、といっても、旦那、今旦那がほんのちょっと仮寝をなさるのも安全じゃないというわけじゃねえのです。おらにくっついて休まれれば安全ですだ。旦那が一眠りしなさるのを見れば、おらもどんなにうれしいかしれません。おら番をしてますだ。それに旦那がおらのそばに横になって、おらが腕を旦那の体にまわしとけば、どっちみちだれもこのサムに気取られないで、旦那に手を触れることはできねえです。」

「一眠りか！」フロドはそういうと、まるで砂漠に涼しげな緑の蜃気楼を見た人のようにほっと吐息をつきました。「そうだね、ここだって眠れるだろうよ。」

「それなら眠られるといいです、旦那！　おらの膝に頭をお置きなさいまし。」

それから何時間も後のことでした。前方の暗闇からそっと道を這いおりて戻って来た時、ゴクリが見たのはこうして二人が休んでいる姿でした。サムは岩によりかかって坐り、頭はがくんと横に垂れ、ぐうぐうといびきをかいています。その膝にはぐっすりと眠り込んだフロドの頭がのっています。かれの白い額にはサムの日焼けした手の一つが置かれ、もう一方の手は主人の胸の上にそっと置かれていました。二人の顔にはどちらにも安らぎがありました。

ゴクリは二人にじっと目を向けました。かれの肉の落ちた飢えた顔に不思議な表情がよぎりました。その目から光が失せ、灰色にかすんで、老いと疲労が現われました。その顔は苦痛の発作に歪んだように見えました。それからかれは一、二歩、歩を転じて行きかけると、峠の方を振り返ってじっと窺い見ながら、何か内心の葛藤に気を奪われているように頭を振りました。それからかれはまた戻って来て、震える片手をゆっくり差し出し、そっと用心深くフロドの膝に触りました——しかしその触り方はほとんどやさしい愛撫といってもいいほどのものでした。この束の間、眠っている二人のうちのどちらかにかれの姿が見えたとすれば、目の前にいるのは年老いて疲れ果てたホビットと思ったでしょう。それは、自分自身の時代からも、友人や親族たちからも、また青春の日の野や水の流れからも遠くへだたったところに自分を連れて来てしまった長い歳月にすっかりしなびてしまった、哀れむべきかつえた老者の姿にすぎませんでした。

しかしかれが手を触(ふ)れた時、フロドは眠ったままぴくっと体を動かし、低い声を上げましたので、たちまちサムがはっと目を覚ましました。そしてその目にはいったのはゴクリでした――「前足で旦那にさわってる」と、かれは思いました。

「おい、おい！」かれは荒っぽい口を利(き)きました。「何をしようとしてるんだ？」

「なんでもないよ、なんでもないのよ、」ゴクリは低い声でいいました。「いい旦那よ！」

「それはまあそうだろうが。」と、サムはいいました。「いったいどこに行ってたんだ――こそこそいなくなってこそこそ戻ってくるとは、このろくでなし！」

ゴクリは体をひっこめました。重い瞼(まぶた)の下に緑の光が閃きました。手足を曲げてうずくまり、ぎょろっと目をとび出さしたところはまるで蜘蛛(くも)のようでした。あの束(つか)の間(ま)の時は過ぎ去り、もう呼び戻しようもありません。「こそこそだと、こそこそだと！」かれは怒った声を出しました。「ホビットさんはいつだってとても礼儀がある、そうよ。ああ、いいホビットさんだよ！　スメーアゴル、ホビットさんたち案内して、他のだれにも見つけられない秘密の道を登るのよ。スメーアゴル疲れてる。スメーアゴルのど渇いてる、そうよ、渇いてるよ。それなのにスメーアゴル、ホビットさんたち案内して道を探す。それなのにホビットいうよ、『こそこそする、こそこそする。』となお。何といい友達じゃないか、おお、そうよ、いとしいしと、とても親切だよ。」

サムは少しばかり気が咎めました。といってもそれだけ気を許したわけではありません。「すまねえだ、」と、かれはいいました。「悪かった。だが、眠ってるところをびっくりさせられたからな。第一おらは眠ってちゃいけなかったんだ。そのことがあって、おらもついいくらかきつい口を利いてしまった。だがフロドの旦那はあんなに疲れておいでだもの、ほんのちょっとでも眠られるよう頼んだのよ。まあ、こういうわけだ。すまねえな。それにしてもどこに今まで行ってたんだ？」

「こそこそしてたんだよ。」と、ゴクリはいいました。緑色の光はまだその目から去っていません。

「ああ、いいとも。」と、サムはいいました。「勝手にするがいい！　せいぜいそんなところだろ。それでこれからはみんな一緒にこそこそ行くほうがいいさ。今は何時だ？　まだ今日なのか、それとも明日(あした)かね？」

「明日になったよ。」と、ゴクリはいいました。「それともホビットさん眠った時はもう明日になってたよ。ほんとにばかよ、ほんとにあぶないよ――かわいそうなスメーアゴルがこそこそ見張ってたからいいようなものの。」

「おらたちその言葉にはもううんざりしちまうぞ。」と、サムがいいました。「だが、気にするな。おらは旦那を起こすから。」かれはフロドの額からそっと髪の毛をかき上げ、屈(かが)み込んで、小声で話しかけました。

「起きてください、フロドの旦那！　起きてください！」

フロドは身動きして目を開き、サムの顔が屈み込んでるのを見るとにっこりしました。「早く起こしたね、サム？」と、かれはいいました。「まだ暗いじゃないか！」

「ええ、ここはいつだって暗いですだ。」と、サムはいいました。「だけど、ゴクリが戻って来ました、フロドの旦那。そしていってますだ、もう明日ですと。だからまた歩かなきゃなりません。最後の一丁場(ひとちょうば)ですだ。」

フロドは深く息を吸い込んで、体を起こしました。「最後の一丁場か！」と、かれはいいました。「やあ、スメーアゴル！　何か食べるものは見つかったかい？

少しは休んだかい？」

「食べるものない、休みない、スメーアゴルにはなんにもない。」と、ゴクリはいいました。「スメーアゴルこそこそやね。」

サムは舌を鳴らしました。しかしどうやら自分をおさえて何もいいませんでした。

「自分で自分のことを悪くいっちゃいけないね、スメーアゴル。」と、フロドはいいました。「愚かなことだよ、本当でも、嘘でも、よくないさ。」

「スメーアゴル自分にいわれた名前貰わなきゃならないよ。」と、ゴクリは答えました。「ご親切なサムワイズの旦那、なんでもよく知ってるホビットさんがこの名前をくだすったんだよ。」

フロドはサムに目を向けました。「そうですだ、旦那。」と、かれはいいました。「おら確かにいいましただ。ふいと目が覚めたら、こいつがすぐそばにいるもんですから。おら悪かったとあやまりましただ。けどすぐにそうは思わなくなるでしょうよ。」

「さあ、それじゃそのことはもう終わりにしよう。」と、フロドはいいました。「だがどうやらわたししたちはここで重要な問題点に触れたようだ、つまりお前とわたしがだよ、スメーアゴル。いってくれ。わたしたちは二人だけであとの道を見つけられるだろうか？　向こうの国への入口、峠がそろそろ見える所へ来た。今ここでそれが見いだされたとしたら、その時はわたしたちの取りきめも終わったといえよう。お前は約束したことを果たしてくれた。だからお前は自由だ。食べものや休息に戻っていくのも自由、われらの敵の召使以外の所なら、どこへ行くのも自由だ。そしていつかお前にお礼をしてやれるかもしれない。わたしか、でなければわたしを憶(おぼ)えてくれる者がね。」

「だめよ、だめよ、まだいけないよ。」ゴクリは哀れっぽい声を出しました。「ああ、いけないよ！　ホビットさんたち自分で道見つけられないよね？　ああ、ほんとにだめよ。これからトンネルがある。スメーアゴル続けて行かなきゃだめだよ、休みない、食べものない。今はまだない。」

九　シーロブの棲処

ゴクリのいう通り、今はほんとに昼間かもしれません。しかしホビットたちにはほとんど区別がつきませんでした。ただ頭上の重苦しい空の塗り込めたような黒さは心持ち薄れ、むしろ巨大な煙の屋根に似ていました。一方割れ目や穴の中に今なお去らずに残っている深い夜の闇に代わって、灰色にかすむ影がホビットたちのいる石の世界を包んでいました。かれらは進みました。ゴクリが先に立ち、ホビットたちは並んで、両側に巨大で不恰好な彫像のように立っている、崩れて風化した岩の柱の間を走る長い山峡を登って行きました。物音一つ聞こえません。いくらか前方に、多分一マイルかそこらでしょう、大きな灰色の壁がありました。山の岩塊の最後の厖大な隆起です。そこは一際黒く浮かび上がり、近づくにつれ少しずつ高くなって、とうとうかれらの頭上高くそそり立って、その先にあるものの一切の視界を遮っていました。その岩裾に深い影が横たわっていました。サムは空気のにおいを嗅（か）ぎました。

「うわっ！　なんてにおいだ！」と、かれはいいました。「だんだん強くなるぞ。」

間もなくかれらは影の下に来ました。そして影の真ん中に洞穴（ほらあな）の口があるのを見ました。「ここが入口だよ。」ゴクリが小声でいいました。「トンネルにはいる口だよ。」かれはそのトンネルの名前を口にしませんでした。それはトレハ・ウンゴル、すなわちシーロブの棲処（すみか）でした。洞穴からはいやなにおいが流れてきました。モルグルの草地でのような胸の悪くなる腐敗臭ではありませんが、そのいやな悪臭はあたかも名状（めいじょう）し難（がた）い汚物が山積みとなってこの中の暗闇にためこまれているかのようです。

「これしか道はないのかね、スメーアゴル？」と、フロドはいいました。

「そうよ、そうよ。」と、かれは答えました。「そうだよ、今はこの道を行かなきゃならないよ。」

「お前は前にこの穴を通り抜けたことがあるというのかね？」と、サムがいいました。「フュー！　だが、お前には多分いやなにおいなんか気にならないんだろうな。」

ゴクリの目がきらりと光りました。「あいつは何がわしらの気になってることか知らんよ、な、いとしいしと？　いいや、知らん。だけど、スメーアゴルは耐えられる、いろんなことにな。そうよ。スメーアゴル通り抜けたよ。おお、そうよ、これしか道ないよ。」

「そしてあれは何のにおいだろう？」と、サムはいいました。「まるで――いや、いや、おらいいたくねえ。たしかに、オークの不潔な穴というところだ。そいつらの百年分の汚物がたまってるのよ。」

「さて、」と、フロドはいいました。「オークであろうとなかろうと、これしか道がないなら、ここを行かなきゃなるまい。」

深い息を吸い込んでから、みんなは中にはいって行きました。二、三歩進んだだけで、かれらは一寸先も見えないまったくの暗闇の中にいました。モリアの明かりのない通路を通った時以来、フロドにしろサムにしろこんな暗闇は見たことがありません。そしてもしそういうことがあり得るとすれば、ここの暗闇はもっと深く、もっと濃いのです。モリアでは、空気が動いていました。それにこだまが反響し、空間の広さが感じられました。ここでは空気は動かずに澱（よど）んで重苦しく、音は吸い込まれるように消えました。かれらはいわば真っ暗闇それ自体から作り出される黒い靄（もや）の中を歩いているようなものでした。その靄を吸いこむと、目だけではなく心もまた盲にされてしまい、色や形や光の記憶までが頭から消え失せてしまうのです。存在したのはいつも夜、これから存在するのもいつも夜、夜がすべてでした。

しかししばらくの間はまだ感じることができました。事実かれらの足と指の感覚は初めのうちはほとんど痛いほど研ぎ澄まされたように思えました。壁はすべすべしていて二人を驚かせました。そして床は所々に段が一段あるほかは、まっすぐでなめらかで、どこまでも急な登り坂になっていました。トンネルは高くて幅がありました。その幅の広さはといえば、ホビットたちが手を伸ばして横の壁にさわるだけで並んで歩いていくと、互いに間を隔てられ、闇の中にぽつんと切り離されてしまうほどでした。

ゴクリが真っ先にトンネルにはいって行きました。かれはほんの数歩先を歩いているようで、ホビットたちは自分たちのすぐ前でかれがスースーと息を切らしているのを聞くことができました。といってもそれは二人がまだこんなことに注意を払うことができる間のことでしたが。しかししばらくするとかれらの五感は次第に鈍り、感覚も聴覚も麻痺していくように思われました。そしてかれらは主に意志の力によって、手探りしながら、ただただ歩き続けました。この意志の力があればこそかれらは中にはいって来たのです。通り抜けようという意志、この先の高い門にやがては行き着きたいという望みでした。

おそらく余り遠くまで行かないうちでしょうが、時間も距離もほどなくつかめなくなったころ、壁にさわりながら右側を歩いていたサムは、トンネルの横に口が開いているのに気づきました。一瞬かれはいくらか重苦しさの少ない空気がかすかに通うのを感じましたが、すぐにそこは通り過ぎてしまいました。

「ここの通路は一つだけじゃないや。」かれはやっと囁き声を口に出しました。口から出る言葉はひびきがなくなってしまって声にするのはむずかしいように思われました。「いよいよもってオーク臭い場所だぞ！」

そのあと、最初はかれが右側に、それからフロドが左側に、三つか四つこのような口を通り過ぎました。広い口もあれば、狭い口もありました。しかし今までのところでは本道は間違えようがありません。それは真っ直で、折れ曲がっておらず、なおもどんどん登りになっていたからです。それにしても長さはどのくらいあるのでしょうか？　あとどのくらい辛抱しなきゃならないのでしょう。それとも辛抱しきれるのでしょうか？　登るにつれて、息苦しさはますます強まってきました。そして今度は、文目も分かぬ暗闇の中に、汚れた空気よりもなお厚い何かの抵抗を感じたように思われました。押し入るように進むにつれて、二人は頭や手に何かが当たるのを感じました。長い触手かそれとも垂れ下がって生えている植物かもしれません。二人にはそれが何であるかはわかりませんでした。そして悪臭はいよいよ強まってきました。今ではこのにおいがかれらに残された唯一の鮮明な感覚であって、それもかれらを苦しめるためなのだと思われるほどまでに、強まってきました。一時間、二時間、三時間、この光のない穴で一体何時間過ごしたのでしょうか？　何時間――何日、いや何週間でしょうか？　サムはトンネルの壁際を離れ、身をすくませてフロドの方に寄りました。そして二人の手は出会い、しっかり握りしめられ、一緒になってなおも進んで行きました。

　フロドは左手の壁を手で探りながら進んでいましたが、とうとう、ぽかっと壁が切れた所に突然出ました。あやうく横ざまにその空間に転がり込むところでした。ここにはかれらが今まで通り過ぎてきたどれよりもずっと大きい口が開いていたのです。そしてそこから何ともいえないいやな悪臭がにおってきました。それに悪意のある者がひそんでいる気配が非常に強烈だったので、フロドはふらふらと足もとがふらつきました。ちょうどその時サムもよろめいて前につんのめりました。

　むかつくような胸の悪さと恐怖を必死に払いのけながら、フロドはサムの手をつかみました。「立って！」かれは声にならないかすれた息でいいました。「みんなここが元なんだ、においも危険も。さあ行くぞ！　急いで！」

　残っている体力と決意を喚び起こし、かれはサムを引きずるようにして立たすと、今度は無理にも自分の四肢を動かして歩きだしました。サムもかれと並んでよろよろと足を踏み出しました。一歩、二歩、三歩――やっと六歩進みました。多分恐ろしい目に見えない口はもう通り過ぎたのかもしれません。しかし通り過ぎたか過ぎぬかは知らず、まるで敵意を持つ者の意志がその時だけかれらを放免したかのように、突然歩くのが楽になりました。二人は手をつないだまま一歩一歩足を進めました。

　しかしほとんど間を置かず、新たな困難に逢着しました。トンネルが二叉に分かれていたのです。ともかくそう思えたのです。この暗闇ではどちらが広いのか、どちらが大体まっすぐに近いのか見当がつきません。左か、右か、どちらを行くべきなのでしょうか？　道案内の目星となるものは何一つなくて、しかも道を取り違えれば、ほぼ確実に取り返しのつかないことになります。

「ゴクリはどっちの方に行ったんでしょう？」サムが息を切らせながらいいました。「それになぜあいつは待ってないんでしょう？」

「スメーアゴル！」フロドは呼ぼうとして、声に出しました。「スメーアゴル！」

しかしかれの声はしわがれ、その名前は唇を離れるや、ほとんど音にもならずに消えました。答はありません。こだまも聞こえず、空気の震えさえ感じられないのです。

「今度こそほんとに行っちまったようですだ。」サムが呟きました。「あいつは初めっからおらたちを他でもねえこの場所に連れてくるつもりだったんですだ。ゴクリめ！　今度この手をお前にかけることがあれば、その時は後悔するぞ。」

暗闇を手探りして進むうちに、やがて二人は左手に通じている通路が塞がっていることに気づきました。もともと行き止まりになっているのか、それとも何か大きな石が落ちてきて道を塞いだのです。「こっちはだめだ。」と、フロドが囁きました。

「正しい道だろうと間違った道だろうと、もう一つの道を行くほかない。」

「それに急がんと！」サムが喘ぎながらいいました。「何かゴクリよりもっと始末に終えんもんがいますだ。何かがおらたちを見てるのが感じられるんです。」

二人が二、三ヤードも行かないうちに、背後から音が聞こえてきました。音を吸い込んでしまう重苦しい沈黙の中で、思わず飛び上がるほど驚かせ、おびやかす音に聞こえました。ゴボゴボと泡立つ音、長々と吐き出される敵意にみちたシューシューという音でした。二人はくるっと向き直りましたが、何も見えません。石のように身動きもせず突っ立ったまま、目を凝らして、何ものとも知れぬ相手を待ちうけました。

「罠ですだ！」サムはそういうと、刀の柄に手をかけました。そうしながらかれはこの刀が出てきた塚の中の暗さを思い出しました。「トムじいさんが今そばにいてくれたらなあ！」と、かれは思いました。こうして暗闇に取り囲まれ、胸に黒々とした絶望と怒りを抱きながら立っていたその時です。サムは一条の光を見たように思いました。心の中の光です。最初は窓のない坑の中に長い間隠れていた者の目を射る日の光のように、ほとんど堪え難いほど眩しく思われました。ついで光は色を帯びました。緑色、金色、銀色、白と。遥かに遠く、まるでエルフの手によって描かれた小さな絵の中に見るように、かれはガラドリエルの奥方がローリエンの芝草の上に立っているのを見ました。その手には贈りものがありました。「そして、そなた、指輪所持者よ、」かれには奥方の言葉が聞こえました。遠くしかしはっきりと。「そなたにはこれを用意しました。」

　シューシューと湧き立つような音は次第に近づいてきました。それに暗闇の中で急がぬ目的を抱いて動く、関節のある何か大きなものが立てるような軋む音がしました。そのものより先に悪臭がにおってきました。「旦那、旦那！」サムは叫びました。その声には活力と急を告げる調子が甦えりました。「奥方の贈りものを！　星の玻璃瓶ですだ！　暗い場所で旦那の明かりになりますだ。あれはそのためのもんだって、奥方がおっしゃいましただ。星の玻璃ですだよ！」

「星の玻璃だって？」フロドは呟きました。寝ぼけて答えている人のように、なかなかのみこめない様子です。「おや、そうだ！　なぜ忘れてたんだろう？『他の光がことごとく消え去った時の光』だ！　それに今はまったく光だけがわたしたちの助けになるのだ。」

のろのろとかれの手は懐に伸び、そしてのろのろとかれはガラドリエルの玻璃瓶を持ち出してかざしました。しばらくの間それは、重苦しく地を匍う靄を押し分けて射し込む一番星のようにかすかにおぼろげな光を放ちました。しかしその力が満ちてくるにつれて、またフロドの心に望みが育つにつれて、それは輝き始め、銀の焰と燃えました。あたかもエアレンディルその人がその額に最後のシルマリルを輝かせながら、天つ御空の没日の径から下ってきたかのように、眩い光のそれは小さな芯でした。暗闇がそこから退くにつれ、まるで空気が明るい水晶の球と変わり、その中心に光が輝くかのようでした。そして光をかざす手は白い火にきらめきました。

フロドはその完全な価値も効力も知らずにこんなに長い間持っていたこのすばらしい贈りものを驚嘆して見つめました。モルグル谷に来る途中ではこの贈りものを思い出すことはめったになく、またこれが光を顕(あら)わにすることを恐れて、今まで全然使ってみたことがなかったのです。「アイヤ　エアレンディル　エレニオン　アンカリマ！」かれは声に出してそう叫びましたが、自分で口にしたことを知りませんでした。なにか別の声がかれの声を借りて話したように思われました。この坑(あな)の穢(けが)れた空気にも乱されない澄んだ声でした。

しかし中(なか)つ国(くに)には他の力も存在します。さまざまな夜の力で、それらの力は古く、強いのです。そしていま暗闇を歩くかの女は遠い遠い昔、エルフたちがそんな言葉を叫ぶのを聞いたことがありましたが、昔も歯牙(しが)にもかけませんでしたし、今もそんなことで怯(ひる)みはしません。フロドはその言葉を口にしている時ですら、激しい敵意が自分にのしかかり、恐ろしい視線がそそいでいるのを感じました。トンネルのあまり遠くないところ、ちょうど今いる場所と、さっき二人がふらふらとよろめいてつまずいた口との間に、二つの目が見えてくるのにかれは気づきました。たくさんの窓をなす目のよりあった二つの巨大な塊(かたまり)でした――近づく脅威(きょうい)は遂にその正体をあらわしたのです。星の玻璃(はり)の光は一千の個眼に当たって砕け投げ返されました。しかしそのきらめきの後ろに蒼白(あおじろ)い死のような火がじわじわと燃え始めました。邪悪な思いを湛(たた)えた深い穴の中で燃える焔(ほのお)でした。怪奇で忌(いま)わしい目でした。獣的でありながら、しかも企みと卑劣な喜びに満ち、脱出の望みをまったく絶たれて罠(わな)にはまった餌食(えじき)を心地よげに眺めていました。

フロドとサムは恐怖に打たれ、じりじりと後しざりし始めました。かれらの視線はこの悪意ある目の恐ろしい凝視(ぎょうし)にとらえられてそらすことができません。しかもその目はかれらが退(しりぞ)くにつれて進み出てくるのです。フロドの手はぐらつき、玻璃瓶の光は少しずつ衰えていきました。その時突然二人は身を縛る魔力から解き放たれましたが、結局、空しくあわてふためきながらしばしの間逃げまどって、かの目を楽しませるにすぎませんでした。二人は踵(くびす)を返して一緒に逃げました。しかし走りながら後ろを振り返ったフロドはあの目が直ちに跳(と)ぶように背後に迫ってくるのをぞっとする思いで見て取りました。死の臭気が雲のようにかれを取り囲みました。

「止まれ！　止まれ！」かれは絶望して叫びました。「逃げても無駄だ。」

ゆっくりと目は忍び寄ってきました。

「ガラドリエル！」かれは叫びました。そして勇気を奮い起こしてもう一度玻璃瓶を高くかかげました。目は止まりました。一瞬その視線は突然疑惑の念にとらえられてかき乱されたかのように弱まりました。その時フロドの中でぱっと勇気が燃え立ちました。そして自分のしていることを考えるいとまもなく、愚行なのか、自暴自棄なのか、勇気なのか訳もわからずに、左手に玻璃瓶を持ち、右手で剣を抜きました。つらぬき丸がぱっと外に現われ、鋭いエルフの刃が銀色に輝きましたが、その切先には青い焔がゆらめいていました。それから星を高々とかかげ、輝く剣をつき出して、ホビット庄のホビット、フロドはかの目を迎え撃つべく、じりじりと歩み寄って行きました。

目はたじろぎました。その目には光が近づくにつれ、疑念がきざしました。一つまた一つと個眼の光は薄れ、次第に暗くなっていきました。この目がいまだかつてこれほど恐ろしい輝かしさに苦しめられたことはありませんでした。この目は地下にあって太陽からも月からも星からも無事に逃れ得ていました。ところが今、星の一つが他ならぬこの地の中にまで降りてきたのです。なおもそれは近づいてきます。目はひるみ始めました。一つまた一つと暗くなりました。目はそらされ、光も届かぬ先にあった巨大な体がとてつもなく大きな影を投げました。目は行ってしまったのです。

「旦那、旦那！」サムが叫びました。かれはすぐ後ろに控えて剣を抜き、身がまえていたのです。「ありがたや、お星さま！　エルフたちがこのことを聞いたら、歌を作るこってしょうて！　生きていてこのことをエルフたちに話し、あの人たちの歌うのが聞けますように。けど、このまま行かないで下さい、旦那！　そこの獣穴には行かないで下さい！　これをおいては機会がねえです。さあ、このいやな穴から脱け出しましょう！」

そこでかれらはもう一歩引き返しました。初めは歩いていましたが、やがて走りだしました。というのも、進むにつれ、トンネルの床は急な登り坂になり、一足ごとにかれらは目に見えない棲処の悪臭より高い所に登りついて、四肢にも心にも力が甦ってくるのでした。しかしかれらの背後には注視する者の憎しみがまだ潜伏しています。多分一時的には目が眩んだかもしれませんが、打ち負かされてはおらず、殺すことに思いを傾けていました。そして今二人を出迎えたのは、冷たい稀薄な空気の流れでした。トンネルの外れの口がとうとう目前にあるのです。屋根のない場所をあこがれ求めて、二人は息を切らせながら、突進して行きました。ところが二人はよろめきながら後ろに倒れ、呆然としました。出口は何かの障害物で塞がれていたのです。しかし石ではありません。柔らかく幾分たわみやすいものに思われました。しかも丈夫で物を通さないのです。空気は洩れてはいってきますが、光は一筋も通しません。もう一度二人は突進し、そして投げ返されました。

玻璃瓶をかかげて、フロドは眺めました。そして目の前に見たものは、星の玻璃の輝きも通らず、また照りかえすことのない灰色のものでした。それはどんな光をあててもできない影、そしてまたどんな光をあてても消せない影のようでした。トンネルを縦横に大きな蜘蛛の巣状のものが張りめぐらされていたのです。何か巨大な蜘蛛の編みなした巣のように整然としていますが、糸の張り方はもっと密で大きさもはるかに大きく、一本一本の糸が綱のように太いのです。

サムは厳しい表情のまま声を立てて笑いました。「蜘蛛の巣ですだ！」と、かれはいいました。「それだけのこってすかね？　それにしてもなんちゅう蜘蛛だろう！こんなもの、こわしちまえ！」

かれはかんかんに怒って剣で切りつけましたが、糸は切れません。少したわんで、それから引きしぼった弓の弦のように弾んで、刃をそらし、剣と腕をぽんと跳ね上げました。三度サムは力の限り打ってかかりました。そしてやっとのことで無数の糸のうちのたった一本がプツッと切れてよじれ、空中をうねってビュンビュンと動きました。その一方の端がサムの手を強く打ったので、かれは痛さの余り声を立てて、びっくりして後ろに退き、その手を口に押し当てました。

「こんな道を通れるようにするにゃ、何日もかかるこってしょうて。」と、かれはいいました。「どうしたらいいでしょう？　あの目は戻って来ましたかね？」

「いいや、見えない。」と、フロドはいいました。「だが、わたしには、まだあの目がわたしを見てるか、わたしのことを考えてる様子が感じられる。多分何か別の計画を立ててるんだろう。この光がおろされたら、それともこの光が消えてしまったら、あの目はたちまちまたやって来るだろうよ。」

「とうとう罠にかかったか！」サムが苦い口調でいいました。再び怒りがこみ上げてきて、疲労も絶望もどこかへいってしまいました。「蜘蛛の巣にひっかかった蚋ですだ。願わくばファラミルさまの呪いがあのゴクリにとりつきますように。それも早いとこねがいます！」

「そんなことといってもこの場の役には立ちはしない。」と、フロドはいいました。

「さあ！　つらぬき丸に何ができるか見てみるとしよう。これはエルフの刃だ。これが鍛えられたベレリアンドの暗い峡谷には恐ろしい蜘蛛の巣がたくさんあった。だがお前はよく見張ってて、あの目を押し返してくれなくちゃいけない。さあ、星の玻璃を取ってくれ。恐れることはない。それを高くかかげて見張っててくれ！」

それからフロドは巨大な灰色の蜘蛛の巣まで踏みこんで、さっと一薙ぎ大きく切りつけ、すきなくつながれた綱のはしごをその仮借ない切先でたちまち切りはらうと、即座に跳び退きました。青く光る刃は、大鎌が草を刈りとるように糸を刈り、糸は躍ってねじれて、だらっと垂れ下がりました。大きな破れ目ができました。次から次へと剣を揮って、とうとうかれは手の届く範囲の蜘蛛の巣をすっかり切りはらってしまいました。上の方は外からはいってくる風に吹かれて、ほどけたヴエールのように綱が揺れました。罠は破れたのです。

「さあ！」と、フロドは叫びました。「どんどん行こう！　行け！」絶望のまさに入口で虎口を脱し得た激しい喜びが突然かれの心をいっぱいにみたしました。かれの頭はまるで強い葡萄酒を一杯ぐいと飲んだ時のようにくらくらしました。かれは飛び出しました。歓声をあげながら。

獣穴の闇夜を通り抜けてきた目には、その暗い国も明るく思われました。もくもくとたち昇っていた煙は次第に薄れ、薄暗い一日の最後の数時間が過ぎようとしていました。モルドールのぎらぎらと赤い光は消え去って陰気な暗がりが広がっていました。それでもフロドには突然訪れた希望の朝を目の前にしているような気がしました。かれはもうほとんど岩壁の頂に達していました。もうあと少し登ればいいのです。山の裂け目キリス・ウンゴルの峠は目前にあります。黒々とした尾根におぼろな切り込みが見えます。その両側には角(つの)の形の岩が一つずつ空に暗く浮かんでいます。走れば短い距離です。短距離走者用のコースです。かれは走り通せるでしょう!

「峠だよ、サム!」と、かれは叫びました。自分の甲高(かんだか)い声が息詰まるようなトンネルの空気から解き放たれ、今や高く荒々しく響き渡るのを気にも留めませんでした。「峠だ! 走れ、走れ、そうすれば通り抜けられるぞ——だれからも止められないうちに通れるぞ!」

サムはあらん限り速くついて登りました。しかしかれは自由になってほっとはしたものの、まだ不安でした。そして走りながらも、トンネルの暗いアーチをちらちらと振(ふ)り返って、あの目が見えるのではないか、それとも想像もつかない形をしたものが跳び出してきて追っかけてくるんじゃないかと恐れるのでした。かれもかれの主人もシーロブの狡猾さについては余りにも知らなさすぎたのです。かの女はその棲処から出る口をいくつも持っていました。

ここに年久しくかの女は棲みついていました。蜘蛛の形をした凶悪な者で、かつて遠い世に、今は海底に没した中つ国西方のエルフの国に住まっていたのと同じ者であり、ベレンがドリアスの恐怖の山脈の山中でこれと闘ったといういわくつきの者でした。ベレンはこのあと、ヘムロックに囲まれ月の光に照らされた緑の草地の上のルーシエンのもとにやって来たのです。遠い昔のことです。このシーロブが破滅から逃れどうやってここにやって来たかは、どのような話にも語られてはいません。暗黒時代から伝わっている話はほとんどないといっていいくらいだからです。しかしいまだにかの女はここにいるのです。サウロンより前に、バラド＝ドゥールの最初の石が置かれるより前に、ここにいたのです。そしてかの女は自分以外のだれにも仕えず、エルフと人間の血を飲んでふくれ上がり、肥え太って、絶えずご馳走に思いをめぐらしながら、影の糸を巣に織りなしていたのです。というのは生きているものはすべてかの女の食料であり、かの女の吐き出すものは暗闇であったからです。かの女自身の末裔であり、結局かの女に殺されてしまう哀れな連れ合いたちとの間にかの女がもうけた私生児たち、かの女より劣るその子供たちはあまねく谷から谷へと広がっていました。エフェル・ドゥーアスから東の山々へかけ、そしてドル・グルドゥルと闇の森の拠点にかけてです。しかし一匹としてこのシーロブ太母、不幸な世を騒がすウンゴリアントの最後の末裔であるかの女にかなう者はいませんでした。

遠い昔、ゴクリ、すなわち、暗い穴という穴に鼻を突っ込んでいたスメーアゴルは、すでにかの女を見ていました。そして過ぐる日、かれは叩頭してかの女を崇めたことがあるのです。そしてかの女の悪意の暗闇は倦み疲れたかれの道を終始連れ立って歩き、光と悔いからかれを遮断しました。そしてかれはかの女に食べものを持ってくることを約束しました。しかしかの女の渇望するものはかれの渇望するものではありませんでした。かの女は塔や指輪のこと、およそ知力や手の技によって考え出されたもののことはほとんど知りもせず、また欲しいとも思わないで、ひたすら欲するものは、自分以外のすべてのものにとっての精神と肉体の死であり、自分自身にとってはただ一人飽きるほどに命を貪り、山々ももはやかの女を持ちこたえられず、暗闇もかの女を入れておけないほどにふくれ上がることとでした。

しかしこの望みも到達するにはまだ遠く、かの女はもう長いこと腹を空かせたまま、その獣穴（けものあな）に身をひそめていました。その間サウロンの力は次第に強まり、光と生あるものはかれの国の境界を離れ、谷間の都は死んで、エルフと人間は近寄らず、来る者といえば運の悪いオークだけで、これは貧弱な食べものの上に用心深いときていました。しかしかの女は食べねばなりません。そしてオークたちがどんなにせっせと山をうがって、山道から、あるいはかれらの塔から曲がりくねった新しい通路を作っても、いつもかの女はかれらを罠（わな）にかける方法を見いだしてしまいました。しかしかの女はもっとおいしい肉を食べたがっていました。そしてゴクリがそれを持って来たのです。

「今にみろ、今にみろ。」かれはよく心の中でいいきかせました。エミュン・ムイルからモルグル谷まで危険な道を歩きながら、腹立たしい険悪な気分になると、「今にみろ。」と思うのでした。「多分、おおそうよ、あのしとが骨とぬけがらの服を放り出される時には、多分わしらにはあれが見つかるよ。わしらの手にはいるよ、いとしいしと。おいしい食べもの持ってくるかわいそうなスメーアゴルのご褒美だよ。そしてわしら約束した通りいとしいしと助ける。おお、そうよ。おお、そうよ、確かにあれを手に入れたら、今度あのしとに思い知らしてやるよ。そしてわしらその時はわしらあのしとに仕返ししてやる、いとしいしと。それからどいつにもこいつにも仕返ししてやるとも！」

こうかれはその狡猾な心の内がわで考えたのです。そしてかれは連れたちが眠っている間にかの女のところに再びやって来てその前に深々と頭を下げた時ですら、まだこのことをかの女から隠しておけると思っていたのです。

それではサウロンはどうかというと、かれはかの女の潜む棲処を知っていました。かの女が腹を空かせ、しかも悪意だけは減じることなくそこに棲まっていることは、かれを喜ばせました。かれの技が作り出すことのできるいかなる手段にもまして、これはおのが国に通じる古い道のもっとも確実な見張りでありました。それにオークたちは、役に立つ奴隷ではありますが、いくらでもいます。シーロブがその食欲を一時なだめるために時折りかれらを取って食おうと、それはかの女の自由でした。かれはオークなら分けてやることができました。そして時々は人間が飼猫にご馳走を投げてやるように（かれはかの女のことを自分の猫と呼んでいました。しかしかの女は別にかれを主人と認めたわけではありません）、サウロンは他に使い途のない囚人たちをかの女のところに送りこむのでした。かれはその囚人たちをかの女の穴に追いやらせて、かれらがかの女のなぶり殺しにあったという報告がかれのもとに持ち帰られるのです。

こうして両者はそれぞれ己れ自身の奸計を大いに喜びながら、いかなる襲撃もいかなる怒りも、はたまたかれらの邪悪さのいかなる終末をも恐れることなく暮らしました。今まで蠅一匹たりとシーロブの巣から脱れたものはありませんでした。そしてかの女の怒りと空腹は今ではそれだけ大きくなっていました。

しかしサムは自分たちに対してかき立てられたこの邪悪な思いについて何一つ知るわけはなかったのですが、ただ恐怖が次第にこうじてくるのでした。それは目には見えない脅威でした。そしてその恐怖の重さに押しつぶされて、走ることさえ重荷となり、足は鉛のようでした。

恐れがかれを取り囲んでいました。前方の峠には敵がおり、かれの主人は異常に心を高ぶらせ用心もせずにどんどん走ってかれらに出会おうとしています。かれは背後の暗がりと、左手の崖の下の深い闇から目をそらし、前方を見ました。そして、恐れをますます強める二つのものを見ました。かれは、フロドがまだ抜身のまま握っている剣が青い焔のようにきらめいているのを見ました。そしてまた背後の空がもう暗くなっているのに、塔の窓がまだ赤々と照り映えているのを見ました。

「オークだ！」かれは呟きました。「おらたちこんなに向こう見ずに走っちゃいけない。オークがあたりにいる。オークよりもっと悪いやつも。」それからかれは秘かに行動する長い間の習慣にたちまち引き戻され、まだ手に持っていた大切な玻璃瓶を両手で包みました。サムの生身の血が透けて、かれの手は一時赤く輝きました。それからかれはその洩れこぼれる光を胸もとのポケット深く突っ込み、エルフのマントの前をしっかりと合わせました。その上で、さて足を速めようとしました。主人はずっと引き離していました。もう二十歩ばかり先をひらひらと影のように走っていました。間もなくあの灰色の世界に見えなくなってしまうでしょう。

サムが星の玻璃の光を隠すや否や、かの女がやって来ました。少し前方の左手に突然見えたのは、崖の下の暗闇の黒々とした穴から出て来た、かつて見たこともないほどおぞましい姿でした。悪夢の恐怖も及ばぬぞっとする恐ろしさでした。大体蜘蛛の形をしているのですが、大きな猛獣たちよりさらに大きく、その無慈悲な目に凶悪な意図を湛えているゆえに一層戦慄すべき恐ろしいものでした。怯み敗退したとかれが考えたその同じ目が、今そこに再び恐ろしい光をともし、突き出た頭にるいるいとかたまっているのでした。かの女は大きな触角を持ち、短い軸のような首の後ろにはとてつもなく巨大な盛り上がった体がありました。それはふくらんだ大きな袋のようにその脚の間にたわんで揺れていました。その大きな胴体は黒く、青黒いあざがまだらについていましたが、下になった腹部は青白く光り悪臭を放っていました。その脚は折り曲げられていましたが、節のある大きな関節はその背中より高いところにあり、鋼のとげのように突き出た毛が生えていて、それぞれの脚の先には鉤爪がありました。

かの女はその柔らかくへこむ体と折り畳んだ手足をその棲処の上手の出口から押し出すや否や、恐るべき速さで動き出し、キシキシ脚を軋ませながら走るかと思えば、突然ひょいと跳ぶのでした。かの女はサムとかれの主人との間にいました。かの女はサムを見なかったのか、それともあの光の所持者としてのかれをしばらく避けたのか、ともかく今は一つの獲物、フロドにその全目的を集中させていました。フロドはといえば、玻璃瓶を手離したまま、用心も忘れて小道を駆け上がり、自分の危険にもまだ気づいていません。かれは速く走っていますが、シーロブの方がもっと速いのです。あといくつか跳躍すれば、かの女はかれを捉えてしまうでしょう。

サムは息を切らしながら、残っている息を集めてどなろうとしました。「後ろに気をつけてえ！」―かれは大声を上げました。「気をつけてえ、旦那あ！　おらー」

しかし突然その叫び声は押し殺されてしまいました。

長いじっとりした手が口にかぶさり、もう一本の手が首をつかみました。そして足にも何かがからまってきました。隙をつかれたので、かれは自分を襲った者の腕の中に後ろざまに倒れました。

「やつをつかまえた！」かれの耳もとでゴクリがスースーいいました。「とうとうやつをつかまえたぞ、いとしいしと、そうよ、いやなホビットの方だよ。わしらはこっちをつかまえた。あのしとがもう一人の方をつかまえる。おお、そうよ、シーロブがあっちをつかまえる。スメーアゴルじゃない。スメーアゴル約束した。スメーアゴル旦那には少しも害与えない。けどスメーアゴルお前をつかまえた。このいやな、きたない、ちびのこそこそ野郎を！」かれはサムの首筋に唾をはきかけました。

この裏切りに激怒し、また主人の命にかかわる危険に際して暇どっていることに絶望的になって、サムはゴクリがこののろまで間抜けなホビット（ゴクリはサムのことをそう考えていたのです）からはおよそ予期していなかったような猛威と力を突然発揮したのです。ゴクリ自身だってこれほどすばやく、これほど烈しい勢いで身をよじることはできなかったでありましょう。サムの口をふさいでいたかれの手は滑り、サムはひょいと頭をかがめるとそれを再び前に突き出し、首筋をつかんで

いる手から逃れようとしました。剣はまだ手に握られており、左腕には、皮紐でつるしたファラミルの杖がありました。死に物狂いになってかれは向き直って敵を刺そうとしました。しかしゴクリの方が速かったのです。長い腕が突き出され、かれはサムの手首をむんずとつかみました。かれの指はまるで万力のようでした。ゆっくりと容赦なくかれはつかんだ手を下の方にぐいと引っ張って曲げていきました。とうとうしまいにサムは痛さのために思わず声を上げると剣を離し、地面に落としました。そしてその間ずっとゴクリのもう一方の手はサムの喉もとを次第に強く締めつけていました。

その時サムは最後の芸当をしてみせました。力の限り体を引き離し足をしっかと踏んばりました。それから不意に脚を地面にぶつけるようにして弾みをつけると、力一杯体を後ろに投げ出しました。

こんな簡単な芸当さえサムがするとは思ってもいなかったので、ゴクリはサムの下敷になってひっくり返り、お腹に頑丈なホビットの重みをもろに受けてしまいました。かれはスースーと鋭い音を立て、一瞬サムの喉首に当てた手を緩めました。しかしかれの指はまだサムの利手をつかんでいます。サムは体をぐいと前に引き離すと立ち上がり、それからゴクリにつかまれた手首を軸にして急に右の方にぐるっと体を離して回りました。そして左手で杖をつかむと、それを振り上げ、伸ばされたゴクリの腕のちょうど肘の下あたりにビューンと空を切って打ち下ろしました。キイキイと悲鳴を上げて、ゴクリは手を離しました。それからサムは踏み込みました。杖を左手から右手に持ち替える間も置かず、またもや猛烈な一撃をくらわせました。ゴクリは蛇のように敏捷にするっと身をよけましたので、頭を狙った一撃は背中に振り下ろされました。杖はポキッと音を立てて折れてしまいました。ゴクリにはもうこれで充分でした。後ろからつかみかかるのは、昔からのかれのやり口で、今までは滅多にこの手で失敗したことはありませんでした。しかし今度は遺恨にかられて、ついうっかりと、生贄の首に両手をかける前に口を利いてその効果を楽しもうという誤ちを犯してしまったのです。あの恐ろしい光があれほど思いもよらず暗闇に現われて以来、かれの見事な計画は何もかも裏目に出てしまったのです。そして今やかれは背丈も自分とほとんど同じくらいの狂暴な敵に直面していました。この闘いはかれには利がありません。サムは地面からさっと刀を拾い上げるとそれを上段に振りかざしました。ゴクリはキイキイいいながら、四つん這いになってぱっとわきに跳びのき、蛙のように大きくぴょんと一つ跳んで離れました。そしてサムの手が伸びるより早くその場を去って、驚くべき速さでトンネルに駆け戻って行きました。

手に剣を握ったままサムはその後を追いました。その間かれは頭をかっかとさせる烈火のような怒りとゴクリを殺したいという望みのほかは何もかも忘れてしまっていました。しかしゴクリはかれが追いつく間もなくいなくなってしまいました。その時かれの前には暗い穴が口を開け、例の悪臭が流れ出てかれを迎えましたので、まるで雷鳴のように、フロドと怪物のことがサムの心を襲いました。かれはくるっと回れ右すると、主人の名前を繰り返し呼びながら、しゃにむに道を駆け登りました。だが時すでに遅し。この限りではゴクリの計略は成功したのです。

十　サムワイズ殿の決断

　フロドは地面に仰向けに横たわっていました。怪物はその上に屈(かが)み込んでいました。かの女は自分の生贄(いけにえ)にかかりきりでしたので、サムがすぐそばにやって来るまで、かれにもかれの叫び声にもまったく注意を払いませんでした。サムは駆け寄りながら、フロドが踝(くるぶし)から肩にかけてもうすでに蜘蛛(くも)の糸でぐるぐる巻きに縛られてしまっているのを見ました。そして怪物はその大きな前肢(まえあし)でかれの体を半ば持ち上げ半ば引きずって運び去ろうとしているところでした。

　フロドのこちら側に、かれのエルフの剣が、甲斐(かい)なくその手から落ちたまま、地面に光っていました。サムはここで何をすべきかとか、自分には勇気があるか、忠誠心があるか、それとも怒りでいっぱいになってるのかなどと遅疑逡巡(ちぎしゅんじゅん)はしませんでした。かれは喊声(かんせい)をあげて飛び出すと、主人の剣を左手につかみました。それから突き進みました。これほどすさまじい猛攻撃(もうこうげき)は獰猛(どうもう)な獣(けだもの)の世界にもかつて見られたことはありませんでした。自暴自棄の何かちっぽけな生きものが、小さな刃だけを武器としてたった一人で、倒れた友の上に立ちはだかる触角と獣皮の巨塔に跳びつこうとするのですから。

かれの小さな喊声によって、まるでひとりで悦に入っていた楽しい夢を妨げられたように、かの女は身の毛のよだつような悪意のこもった視線をゆっくりとかれに転じました。しかしかの女がその数えきれないほど年を重ねた生涯においてもかつて知らなかったほどの大きな怒りが自分を襲おうとしていることにほとんど気づく間もなく、輝く剣がその足を切りつけ、鉤爪をそぎ取りました。サムはかの女の脚と脚の間のアーチの中に跳び込むと、もう一方の手をすばやく突き上げ、低く下げられた頭の房状の複眼をぶすりと刺しました。大きな複眼の片方は光を失って暗くなりました。

さてこの貧弱な生きものはかの女の真下にいたので、さし当たってはその針も鉤爪もかれに届きませんでした。かの女の巨大な腹部は腐敗臭のある光を放ちながらかれのすぐ真上にありました。その悪臭のひどいこと、かれはもう少しでそのにおいにやられて倒れてしまうところでした。それでもなおかれの憤激は衰えずさらに一太刀を浴びせました。このちびとちびのくせに生意気なその勇気とを押し殺してくれようと、かの女がかれの上に体を沈めるより早く、かれは死に物狂いの力をふりしぼって輝くエルフの刃をかの女に切りつけました。

しかしシーロブは竜とは違って、目のほかには柔らかい場所を持っていません。年経た皮は汚損によってこぶができたり穴があいたりしていますが、何層にも邪悪な発育を重ねて、内側から厚くなる一方でした。刃はそれに恐ろしい切り傷を負わせました。しかし層をなしているこの忌わしい皮は人間の力ではとても突き通せません。たとえエルフかドワーフが刃の鋼を鍛え、ベレンかトゥーリンの手が刃を揮おうとかなわぬことでした。かの女はその一撃に屈し、今度は大きな袋のようなその腹部をサムの頭の上高く持ち上げました。傷口から沸き立つような泡となって毒液が噴出しました。今やかの女はその脚をぶざまに広げ、巨大な体を再び落としてかれを押し潰そうとしました。が、早すぎました。なぜなら、サムはまだしっかと立ったまま、自分の剣は捨て、両手でエルフの刃を切先を上に向けて握り、このぞっとするような恐ろしい屋根をそらそうとしていたからです。こういうわけでシーロブは自らの無慈悲な意志にしゃにむに追ったてられ、どんな戦士の手も及ばぬ強い力で敵意ある棘にわれとわが身を突き刺したのです。サムが次第に地面に押し潰されそうになるにつれ、それは深く深く刺し込んでいきました。

シーロブはその長い邪悪な生を通してこのような苦痛を味わったことがありませんでした。また味わうことがあろうとは思ってもみませんでした。古のゴンドールのもっとも豪勇な兵士であろうと、罠にかかったもっとも獰猛なオークであろうと、かの女に抵抗してこのように持ちこたえた者はありませんし、またその大切な肉に達するまで刃を切りこませた者もいませんでした。かの女の全身を震えが走りました。再び体を持ち上げて、苦痛から身をもぎ離し、のたうつ肢を体の下に折り込むと、痙攣したような跳び方でぱっと一歩後ろに跳び下がりました。

サムはフロドの頭の傍らにがっくりと膝をついていました。おぞましい悪臭に五感も定かではありませんが、両手でまだ剣の柄を握りしめています。目の前の靄を通してかれはフロドの顔をぼんやりと認めました。そしてかれは自分を落ち着かせ、自分を襲う今にも気絶しそうな気分から脱け出そうと頑強に闘いました。ゆっくりとかれは頭を上げ、ほんの数歩離れたところで自分をじっとうかがっているかの女を見ました。そのくちばしは毒液の泡にまみれ、傷ついた目からは緑の汁がしたたり落ちていました。そこにかの女はうずくまっていました。震える腹部をぶざまに地面につけ、大きな弓型の脚をぶるぶるおののかせながら。そうしながらもかの女は全力を奮い起こして次の跳躍に備えていました――今度こそ押しつぶし、毒

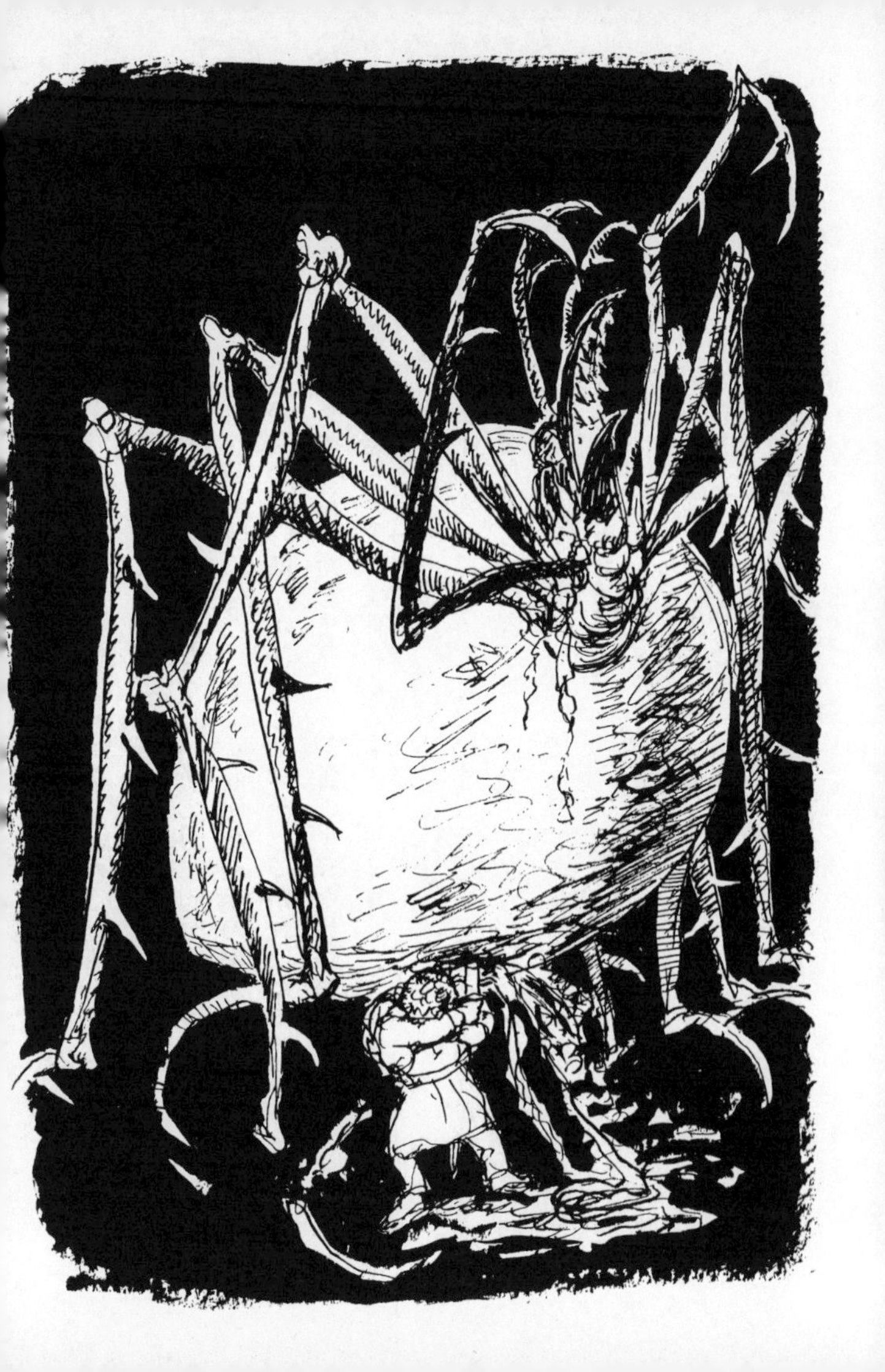

針を刺して殺そうというのです。餌食のあがきを鎮めるためにほんの少量の毒を注入するというのではありません。今度こそ殺して引き裂くのです。

サムがこうしてかの女に目を向けながら、その目に自分の死を見てとり、自分自身もうずくまっていたその時でした。あたかも何か遠くの声が話しかけたかのように、ふとある考えがかれの心に浮かびました。そしてかれは左手で胸もとを探り、自分の探しているものを見いだしました。幻覚のような恐怖の世界にあって、かれの手に触れたそれは冷たく堅く実体のあるものに思えました。ガラドリエルの玻璃瓶でした。

「ガラドリエルさま！」かれは弱々しくいいました。そしてその時かれは遥かな声を聞きました。遥かなしかしはっきりした声です。なつかしいホビット庄の夕闇の星空の下を歩いていたエルフたちの叫び声であり、エルロンドの館の火の広間で夢現に聞いたエルフの音楽でありました。

ギルソニエル　ア　エルベレス！

するとその時かれの舌はほぐれ、かれの声はかれの知らない言葉となって叫びました。

アエルベレス　ギルソニエル
オ　メネル　パラン＝ディリエル、
レ　ナッロン　スィー　ディングルソス！
ア　ティロ　ニン、ファヌイロス！

こう叫ぶとともにかれはよろめきながら立ち上がり、再びホビットのサムワイズ、ハムファストの息子であるおのれを取り戻しました。
「さあ来い、くそばばあめ！」と、かれは叫びました。「よくもおらの旦那をひどい目にあわしたな。この畜生が、きさまはその報いを受けるんだ。おらたちは道を続ける。しかしその前にまずきさまを片づけてやる。さあ来い、もう一度これを味わってみろ！」

かれの不屈の気力が今まで内に潜んでいた力を発動させたかのように、玻璃瓶は突然ぱっと白熱の炬火のように手のなかに輝きました。それはさながら穹窿から躍り出て、堪えがたい光で暗黒の大気を焦がす星のように燃え上がりました。いまだかつてシーロブの顔前で天から来たったかくも恐ろしきものが燃えたことはありません。その光の箭はかの女の傷ついた頭部にはいり、堪えがたい痛みとともにそれを切り刻みました。そして恐るべき光の伝播は目から目へと広がりました。かの女は前肢で空を打ちながら後ろに倒れました。その視力は中からの稲妻によって破壊され、その心は苦悶していました。それからかの女は傷ついた頭をそむけて横に転げ、鉤爪のある足を一歩一歩這わせて、背後の暗い崖にあいている口に向かい始めました。

サムは進みました。酔っぱらいのようにふらふらしていますが、しかし進みました。そしてとうとうシーロブは怯気づき、敗北して縮こまり、びくっと痙攣して小刻みに震えながら、急いでかれから逃げようとしました。かの女は穴に辿り着くと、ぎゅっと体を縮めるように低くして、そのひきずる脚にちょうどサムが最後の一太刀を加えた時に、緑がかった黄色の粘液の痕を残したまま、するっと中にはいってしまいました。サムはそのまま地面にぶっ倒れました。

シーロブはいなくなりました。かの女がその後長く怨恨と苦痛をいだきながら、その棲処に横臥して、徐々に過ぎていく暗闇の中の長い年月の間にやがて内から癒え、その複眼をよみがえらせ、死のようにすさまじい餓えを抱いて、影の山脈の谷間に恐ろしい罠を今一度かけわたすにいたったかどうかについてはこの物語では語られていません。

サムは一人残されました。名をいうをはばかる国の夕暮れがこの闘いの場所に訪れた頃、かれはくたくたに疲れて主人のもとに這い戻って行きました。

「旦那あ、旦那さまあ、」しかしフロドは口を利きませんでした。自由になった喜びのあまり、かれが夢中で駆け出した時、シーロブが恐るべき速さで後ろに迫り、目にも留まらぬ一刺しでかれの首を刺したのです。今かれは蒼ざめて横たわり、声も聞こえず、身動きもしませんでした。

「旦那あ、旦那さまあ！」サムは長い沈黙の一時を、空しく耳を澄ませて待ちました。

それからできるだけ素早く縛っている糸を切り取り、頭をフロドの胸と口に当ててみました。しかし生命の活動は何一つ見いだせず、心臓のかすかな動悸さえ感じられませんでした。かれは何度も主人の手足をこすり、そして額にも触ってみました。しかしどこも冷たくなっていました。

「フロド、フロドの旦那あ！」かれは呼びかけました。「おらをここで一人ぼっちにしないでくだせえよお！　旦那のサムが呼んでますだ。おらのついて行けないところに行かねえでくだせえ！　目覚ましてくだせえよお、フロドの旦那あ！　どうか、目覚ましてくだせえよお、フロドー、おめえさまあ、どうしよう、どうしよう、目覚ましてくだせえよお！」

　それから波のように怒りが押し寄せてきました。かれは主人の体の周りを憤怒に駆られながら走り回り、剣で空を突き刺し、石を打ち、出会え、出会えとどなるのでした。やがてかれはおのれに返り、身を屈めて、フロドの顔を見つめました。薄闇の中に色青ざめて目の下にあるその顔。ふっとかれは自分が今ローリエンのガラドリエルの鏡の中で自分に啓示された光景の中にいることに気づきました。大きな暗い崖の下にフロドが蒼い顔をして横たわりぐっすり眠り込んでいるあの光景です。あの時はぐっすり眠りこんでいるとかれは思ったのです。「死んでなさるんだ！」と、かれはいいました。「眠ってなさるんじゃない、死んでなさるんだ！」かれがこう口に出すと、この言葉がまたもや毒液の働きを促したかのように、顔の色が土気じみた緑色になったように思われました。

　次いで救いようのない絶望がかれを襲いました。そしてサムは地面に頭を伏して、灰色の頭巾をすっぽりとかぶりました。そして夜はかれの心の中にもはいり込み、もうかれには何もわかりませんでした。

黒い闇が遂に過ぎ去った時、サムは面を上げました。まわりには暗がりがありました。しかし何分経ったものやら、あるいは何時間経ったものやら、かれには外の世界の時の歩みがわかりませんでした。かれはまだ同じ場所にいます。かれの主人も死んだまままだ傍らに横たわっています。山は崩れず、大地も滅びてはいませんでした。

「おらはどうしたらいいだ、どうしたらいいだ？」と、かれはいいました。「はるばるこんなとこまで旦那のお伴をしてきてだめだったというのか？」そしてその時、かれは旅の初めの頃、その時は自分でもよく理解できなかった次のような言葉を話していた自分の声を思い出しました。『おらは一期終えるまでに何かしなきゃならねえだ。おら、それを終わりまで見届けねばなりませんだ、旦那、おらのいうことわかってくださるだか？』

「だが、おらに何ができよう？　フロドの旦那を死んだまま埋めもしないでこんな山のてっぺんに置いて、故郷に帰ることはできねえ。それともこのまま続けて行くか？ 続けて？」かれは繰り返しました。一瞬疑いと恐れがかれを動揺させました。
「続けて行く？ それがおらのしなきゃならんこったろうか？ 旦那を置いてかね？」

そこでとうとうかれは嗚咽(おえつ)をもらし始めました。そしてフロドのもとに行くと、亡骸(なきがら)をととのえ、冷たい手を胸の上で組んで、マントで身を包んでやりました。そしてその片側に自分の剣を置き、ファラミルから与えられた杖をもう一方の側に置きました。

「もしおらがこのまま続けていかなきゃならねえなら、」と、かれはいいました。「フロドの旦那、お許しをいただいて、旦那の剣をお借りしなけりゃなりませんだ。その代わりこの剣を旦那のそばに置いていきます。あの古い塚(つか)の中でこれが昔の王様の横に置いてあったように。それから旦那にはビルボ大旦那からお貰(もら)いになった美しいミスリルの胴着がありますだ。それからあなたさまの星の玻璃(はり)は、フロドの旦那、旦那がおらにお貸しくだせえました。おらにはあれが要(い)ります。というのも、これからはずっと暗闇の中にいることになるでしょうから。これはおらにはちと上等すぎますし、それに奥方が旦那にさしあげたものですが。でも多分奥方もわかってくださいますだ。旦那はわかってくださいますか、フロドの旦那？ おら続けて行かなきゃなりません。」

しかしまだかれは行くことはできませんでした。かれは跪いてフロドの手を取り、それを離すことができませんでした。そして時は過ぎ、それでもまだかれは跪いたまま、主人の手を握りしめて心に問答を繰り返していました。

そこでかれは身を振り切ってここを去り、独りぼっちの旅に――復讐のために――出かける力を見いだそうとしました。もし一度出かけることさえできれば、かれの怒りは世界中の道という道にかれを運んで、遂にあいつすなわちゴクリを見つけるまで追跡を止めさせないでありましょう。その時はゴクリは追いつめられて死ぬでしょう。しかしこんなことはかれが出かけてきた目的ではありません。こんなことで主人のそばを離れることは時間の無駄というものです。そうしたって主人が生き返ってくるわけではありません。主人を生き返らせるものは何もないでしょう。いっそ二人とも一緒に死んでしまった方がましでした。これもまた孤独な旅であることに変わりはないのですが。

かれは剣の光る切先を見つめました。後にしてきた場所で黒く口をあけた縁や、落ちたら最後何もない空っぽの穴のある所を思い浮かべました。そちらの方にはもう逃れる道がありません。またそんなことをしたって何にもなりません。悲しみ悼むことにさえなりません。そしてこんなことはかれが出かけてきた目的ではありません。「それならおらはどうしたらいいね？」かれは再び叫びました。そしてその時かれはゆるがぬ答をはっきりと知ったようでした。「終わりまで見届ける」ということでした。それはまた別の孤独な旅、しかも最悪の旅でしょう。

「なんと？　おらが、一人でかね、滅びの罅裂なんてとこに行くというのかね？」かれはまだ怯気てはいましたが、決意は次第に強まってきました。「なんと？　おらがこの方から指輪を取り上げるというのかね？　会議でこの方に与えられたものを。」

しかしその答は直ちにやってきました。「そして会議はこの方に仲間をつけてくださった。この用向きが果たされないと困るからよ。それでお前は仲間の中で最後に残った。この用向きは果たさなきゃなんない。」

「おらが最後じゃなけりゃよかったに。」かれは呻くようにいいました。「ガンダルフ旦那か、それともだれかがここにいてくれるといいだが。なぜおらだけが独りぼっちで残されて心を決めねばなんねえだ？　おらはへまをやらかすにきまってる。自分からしゃしゃり出て指輪を持って行くなんて、おらの柄じゃねえもの。」

「けどお前がしゃしゃり出たわけではない。そうさせられちまっただ。それから柄でねえとかふさわしくねえとかいえば、なあに、フロドの旦那だってそういえるんじゃねえかね、ビルボ旦那にしても同じこと。あの方たちも自分で選んだわけじゃねえだよ。」

「あーあ、さて、心を決めなきゃなんねえぞ。心を決めるとしよう。だが、おらはへまをやらかすにきまってる。そうなりゃサム・ギャムジーはおしまいよ。」

「さてねえ。もしここでおらたちが見つかるとする。でなきゃフロドの旦那が見つかるとする。それから旦那が身につけてなさる例の物もだ。その時はわれらの敵がそいつを取るだろう。そうなりゃ、おらたち全部がおしまいだ。ローリエンも、裂け谷も、ホビット庄も、何もかも。そしてぐずぐずしちゃいられない。さもないと、どっちみちおしまいになっちまう。戦争は始まってる。そしてことはすべてもう敵の思う壺にはまるはこびだ。例の物を持って帰り、助言や許しを貰う機会はまったくない。だめだ、だめだ。やつらが来て旦那の亡骸にかぶさるおらを殺し、例の物を取るまでここに坐ってるか。それとも例の物を持って出かけるかだぞ。」かれは深い息を吸い込みました。「よし、そんなら持って行く！」

かれは屈み込みました。首の留金をやさしくそっと外すと、フロドの上着の内側に片手を滑りこませ、それからもう一方の手で頭を持ち上げ、冷たい額にキスをして、頭からそっと鎖を脱きました。頭はそのあとまた静かにもとの安らぎの状態に落ち着きました。動かない顔には何の変化も現われていません。そのことがほかのいかなる徴にも増して、サムにフロドが死んでしまって探索行を放棄してしまったことを確信させました。

「さようなら、旦那さま!」かれは呟きました。「旦那のサムをお許しください。仕事が終わった時には――もしやり遂げられたらのこってすが、この場所にまた戻ってきますだ。そしたらもう二度とお傍を離れません。おらが戻って来るまで、静かに休んでてください。願わくば忌わしい者たちがお傍に近寄りませんように！もし奥方におらの声が聞こえ、一つの願いをかなえさせてくださるなら、おらがここに戻って再び旦那を見つけられますようにとお願いしますだ。さようなら!」

それからかれは自分の首を屈めて鎖をかけました。するとたちまちかれの頭は指輪の重みで地面にまで下がってしまいました。まるで大きな石をくくりつけられたようです。しかし徐々に徐々に、あたかもその物の重みが減ったか、それでなければかれの身内に新たな力が育ってきたかのように、かれは頭を持ち上げました。それからうんと一踏(ひとふ)んばりしてしっかりと立ち、自分がこの重荷を持ったまま歩くことができるのを発見しました。そしてかれはしばし玻璃瓶(はりびょう)を持ち上げ、主人の顔を眺めました。光は今、夏の夕の、宵(よい)の明星の柔らかな輝きをみせて静かに燃えていました。そしてその光で見るフロドの顔は再び美しい色合いを帯び、蒼(あお)ざめてはいるものの、あたかもとうに暗闇をぬけた者の、エルフ的な美しさを備えていました。そしてこの最後に見た光景に辛(つら)いながらも安堵(あんど)を覚え、サムはくるっと背を向けると、光を隠し、次第に濃くなる闇の中によろめきながら歩いて行きました。

かれは遠くまでは行きませんでした。トンネルはかなり後(あと)となり、山の裂け目は二百ヤードばかり前方にありました。あるいはそれほどもないかもしれません。小道は薄闇の中にも見えていました。長い年月の間に踏みならされて深いわだちのようにへこんだ道でした。その小道は今はゆるい上りとなって、両側に崖(がけ)のそそり立つ長い窪地を通っていました。この窪地は急速に狭まっていました。間もなくサムは幅広の浅い階段が長く続いているところに来ました。今やオークの塔はかれの真上にあって、威圧するように黒々と聳(そび)え、その中では赤い目が燃えていました。今かれがいるのはその下の暗い影の中で、かれの姿はその中に隠されていました。ちょうど階段の最上段に行き着くところで、遂に山の裂け目の中にはいり込んだのです。

「おら心を決めたんだ。」かれはずっと自分にそういい聞かせていました。しかし心は決まっていませんでした。かれは最善を尽くしてこういう結論を考え出したわけなのですが、そのしていることはまるでかれの本性と相容れないことであったのです。「間違ってたろうか？」と、かれは呟きました。「おらほんとはどうしたらよかったんだろうか？」

裂け目の切り立った側面が両側に迫ってくると、まだ本当の頂に達する前、名をいうをはばかる国に降りていく小道をどうやら目にする前に、かれは振り返りました。堪え難い疑念に駆られて身動きもせず、一刻の間かれは後ろを眺めました。今でもまだ見えました——次第に色濃くなる夕闇に小さなしみのように見えるトンネルの口が。そしてかれはフロドの横たわっているところも見えたように、いや、見当がついたように思いました。そのあたりの地面にかすかな光が輝いているような気がしたのです。それともこれはかれの全生涯が潰え去った高い岩場をじっと眺めているうちに滲み出た涙のなせるわざであったのかもしれません。

「もしおらの願いが、このたった一つの願いがかなえられさえすればなあ！」かれは嘆息しました。「あの方を見つけに戻れますようにという願いが、なあ！」それからやっとかれは前方の道の方に向き直って、二、三歩足を進めました。それはかつて覚えがないほどに重い、そして気の進まぬ足取りでした。

　ほんの二、三歩進んだだけでした。そしてあとほんの二、三歩進めば、もう下りになって、この高い場所をもう二度と再び見ることはないでしょう。するとその時、突然かれは叫び声や話し声を耳にしました。かれは石のようにじっと立ちつくしました。オークの声でした。かれらはかれの後ろにも前にもいました。ズシンズシンと重い足音、荒々しい叫び声。反対側から裂け目の方にオークたちが登って来ます。塔のどこかの入口から出て来たのかもしれません。後ろにも重い足音と罵り合う声。かれはくるっと後ろを向きました。小さな赤い明かりがいくつも見えました。炬火です。オークたちがトンネルから出て来るにつれ、またたきながら次から次へと現われて来ました。遂に捜索が始まったのです。塔の赤い目は盲目ではありませんでした。かれは見つかってしまったのです。

　今や近づいてくる炬火の明滅する光も、前方から聞こえる鋼の触れ合う音も非常に近くなってきました。もう一分もすればかれらは頂上に達し、かれに向かってくるでしょう。心を決めるのに時間を取りすぎました。そして今となっては心を決めたことも何になりましょう。どうしたら逃れられるか、助かることができるか、いや、指輪を助けることができるか？　指輪。かれは何一つ意識して考えたわけでもなく、決意したわけでもありません。かれはただ気がついてみれば鎖を引っぱり出し、手に指輪を持っていたのでした。そこでかれは指輪をはめました。オークの一隊の先頭がすぐ真ん前の裂け目に現われました。

世界は変わりました。ほんの一瞬の時の間が一時間分もの考えに充たされました。直ちにかれは聴力がとぎすまされてきたのに反し、視力がかすんできたのに気づきました。といってもシーロブの棲処でのようではありません。今周りの事物はすべて、暗いというのではなくぼんやりしているのです。一方かれ自身はそこの灰色にかすんだ世界に、ただ一人、まるで黒い堅固な小さい岩のように存在していました。そして指輪はその重みでかれの左手を下にひっぱり、灼熱した金の環でもあるかのようでした。かれには自分が見えない存在であるとはとても感じられませんでした。それどころか恐ろしいぐらい際立って目につくのではないかと思えました。そしてかれは、どこかで一つの目がかれを探していることを知っていました。

かれの耳には岩のひび割れる音が聞こえました。遠く離れたモルグル谷で水がせせらぐのが聞こえました。そして向こうの岩の下でシーロブが手探りしながらどこかの行き止まりの道に迷い込み、泡を吹きながら苦しんでいるのが聞こえました。それから塔の地下穴で交わされる声が聞こえました。それからトンネルから出て来たオークたちの呼び声が聞こえました。そして前方から来るオークたちのすさまじい足音やつんざくような叫喚が、耳も聾せんばかりの大音響となって響きました。かれは崖に身を寄せてちぢこまりました。オークたちは幻の一隊のように進んで来ました。靄の中に灰色にゆがんだ姿形が、手に手に青白い焔を持ち、恐怖の幻影となって、かれのそばを通り過ぎて行きました。かれは怯気づいて、どこか岩の割れ目か何かに忍びこんで隠れようとしました。

かれは耳を澄ませました。トンネルから出て来たオークたちも、今降りて行こうとしているオークたちも互いに相手を認めました。両方の隊はどちらも足を速め、どなり合っています。かれにはどちらの声もはっきり聞こえました。それにかれらの言っていることの意味もわかりました。多分指輪がいろんな言葉を理解する力を授けてくれたのかもしれません。それとも端的に心のわかる力かもしれません。とりわけ相手が指輪の造り主サウロンの召使とあればです。ですからもしかれが注意を払いさえすれば、理解し、その思ったことを自分に翻訳(ほんやく)することができるのです。確かに指輪はその鋳造(ちゅうぞう)された場所に近づくにつれて大いに力を増してきていました。しかし指輪が与えてくれないものが一つありました。それは勇気でした。今のところサムはただ隠れることだけを、あたりがすっかり静まるまでうずくまっていることだけを考えていました。かれは気を揉(も)みながら耳を澄ましました。かれにはオークたちの声がどのくらい近くなのかわかりませんでした。かれらの言葉はまるでかれの耳もとで話されているように思われたのです。

「ほーい！　ゴルバグ！　お前(めえ)らこんなところまで登って来て何してるのかよ？　いくさはもうたくさんかね？」

「命令よ、このとんちき野郎。それで、お前は何してるんだ、シャグラト？　あそこで身を潜めてるのに飽きたかね？　いくさでもしに降りて来ようっていうのか？」

「お前に命令する。この峠ではおれが指揮(しき)を取ってるんだ。だから、丁寧(ていねい)にしゃべれ。お前の報告は何だ？」

「何も無し。」

「やっほい！　やっほい！　おい！」隊長同士のやりとりの間に、叫び声が急に聞こえてきました。下の方から来たオークたちが突然何かを目にしたのです。かれらは走り出しました。反対側から来たオークたちも走り出しました。

「おい！　おーい！　ここに何かあるぞ！　道のどまんなかに横になっているぞ。間者(かんじゃ)だ、間者だぞ！」うなるような角笛(つのぶえ)の音がホーホーと鳴り、ほえるような声が騒々しく響きわたりました。


この恐ろしい一撃を受けて、サムは臆(おく)した気持ちからはっと目覚めました。オークたちはかれの主人を見たのです。かれらはどうするでしょうか。かれはオークたちについて血も凍(こお)るような話を数々耳にしていました。これはとても我慢できることではありません。かれはぱっと立ち上がりました。かれは探索の旅も決意もすべて投げ捨てました。そしてそれと一緒に恐れも疑いも投げ捨てました。今こそかれは自分の居場所、自分の立場がわかりました。それはかれの主人の側です。といってもそこでかれに何ができるかはっきりわかっているわけではありませんが。かれは階段を駆け戻り、フロドの方に向かって小道を駆けおりて行きました。

「何人いるかな？」と、かれは考えました。「塔からは少なくとも三十人か四十人は来たぞ。それから下の方から来たのは、それよりもっとたくさんいるようだ。捕(つか)

まるまでに、何人殺せるかな？　おらが剣を抜くや否や、やつらには剣の焔が見えるだろう。そして遅かれ早かれおらを捕まえてしまうだろうからな。このことを歌ってくれる歌が残るかな？　サムワイズが主人のまわりに累々たる死屍の山を築いて峠に果てたことの次第がなあ。いや、歌なんかない。もちろんあるもんか。指輪は見つけられちまうだろうし、そうなったらもう歌どころかい。おらとしちゃほかに仕方がないんだ。おらの居場所はフロドの旦那の傍だ。みなさんにはわかっていただかなくちゃなんねえ――エルロンドさまや会議に出られた方々、知恵分別がおありのえらい殿方奥方には。あの方々の計画はうまく運ばなかった。おらはあの方々のための指輪の担い手にはなれねえ。フロドの旦那がおいででなきゃだめだ。」

しかしオークたちはもうかれのおぼろな視界からは見えなくなりました。それまでかれは自分のことにかまけている時間なぞなかったのですが、この時になって自分がもう疲労の極に達するほどへとへとに疲れ果てていることに気がつきました。足が思うように動いてくれようとはしません。かれは余りにものろすぎました。道の長さは何マイルもあるように思われました。オークたちはこの靄の中でどこに行ってしまったのでしょう？

やつらがまた見えました。まだずっと先です。何か地面に横たわっているものの周りに群がっています。中には臭跡を追う犬のように背を屈め、あちこちに突っ走る者も何人かいました。かれは一踏んばりして走ろうとしました。

「さあ行け、サム！　でないとまた遅すぎたってことになるぞ。」かれは剣の鯉口をゆるめました。あと一分すれば、かれは剣を抜くでしょう。そうすれば――

騒々しい叫び声が起こりました。はやし立てる声、笑う声。何かが地面から持ち上げられたのです。「やーほい！　やーほい、ほい！　上げろ！　上げろ！」

それからだれかがどなりました。「さあ、行け！　早道だ。地下門に戻れ！　奥方はどう見ても今夜はおれたちの邪魔はしねえようだぜ。」オークたちの一隊は全員動きだしました。中ほどにいる四人が高々と肩に死体をかついでいました。「やー、ほい！」

オークたちはフロドの体を持って行ったのです。かれらは行ってしまいました。サムは追いつけませんでした。かれはまだふうふういいながら足を運んでいました。オークたちはトンネルに着き、中にはいって行きました。肩に荷を負った者たちがまず先に行き、その後から押し合いへし合いあとの連中がついて行きました。サムも近づいて行きました。かれは剣を抜きました。震える手に青い焔がちらちらと明滅しました。しかしオークたちはこれを見ませんでした。かれが息を切らせながら近くまで来たちょうどその時、一番最後のオークが真っ暗な穴の中に消え失せました。

かれは胸をつかみ、はあはあと喘ぎながらしばらく立っていました。それから袖で顔を拭い、埃りと汗と涙をふき取りました。

「くそ、畜生め！」かれはそういうと、オークたちのあとを追って、暗闇の中に飛び込んで行きました。

トンネルの中はかれにはもうそれほど暗くは思われませんでした。むしろ薄い靄の中から脱け出して濃い霧の中に踏み込んだような感じでした。疲れはますますひどくなってきましたが、意志はかえって強まりました。少し前方に炬火の明かりが見えたように思ったのですが、追いつこうとしても追いつけないのです。オークはトンネルの中で速く歩くことができます。それにこのトンネルはかれらの勝手知ったトンネルです。というのは、シーロブの存在にもかかわらず、かれらはこのトンネルを死の都から山脈を越える一番の近道としてしばしば利用せざるを得なかったのです。本トンネルとシーロブがずっと昔に自らの住居に定めた大きな丸い穴が大昔のどの時代に作られたのかは、オークたちは知りませんでした。しかしかれらは本トンネルの両側に自分たちでたくさんの抜け道を掘っていました。主人たちの用で往き来する時にシーロブの棲処を避けることができるようにでした。かれらは今夜はずっと下の方まで降りて行くつもりはなく、崖の上の物見の塔に戻る側道を見つけようと急いでいるのでした。かれらの大部分は上機嫌で、自分たちが見いだし、その目で見たものに大喜びしていました。そして走りながら、かれらの種族の流儀に従ってべちゃべちゃと騒々しくしゃべりたてていました。サムの耳にもかれらの耳障りな声のかもし出す騒々しさが伝わってきました。声は澱んだ空気の中で単調に荒々しく響きました。そしてかれはこの中から二つの声を聞き分けることができました。その二つの声はほかのよりも大きく、そしてこちらに近いのです。二つの隊の隊長たちが殿りをつとめ、歩きながらいい合いをしている模様でした。

「お前のとこのこわっぱども、こんなにはしゃぎやがって、お前、止めさせられねえのかよ、シャグラト？」一人が文句をいいました。「シーロブに襲われたくねえや。」

「ばかいえ、ゴルバグ、あの騒ぎの半分以上はお前（めえ）のとこのやつらが立てる音よ。」と、もう一人がいいました。「だがやつらは楽しませとけ！　シーロブのことなんかこれっぽちも心配するにあたらねえぜ。あいつはどうやら釘（くぎ）の上に坐っちまったらしいぜ。それをおれたちが泣くことはねえ。お前見なかったのかよ？　あいつのいるいまいましい割れ目のとこまでずっと汚ねえものがたれてたじゃねえか。それはそうとこいつら、一度止めようと、百度止めようと同じことよ。だからやつらには笑わせておけ。それにおれたちもとうとう運らしいもんにぶつかったぞ。ルグブールズで欲しがってるものを手に入れたのさ。」

「ルグブールズであれを欲しがってると、え？　あれは何だと思うかね？　おれにはエルフのように見えるが、それにしちゃ小型だ。あんなもんのどこに危険があるのかよ？」

「見てみるまではわからんな。」

「ほほう！　じゃあお前はどんなもんにぶつかりそうだっていうことは聞かされてねえのか？　おえら方はよ、知ってることを全部おれたちに話してくれるわけじゃねえからな。半分も話してくれねえよ。だけどよ、あの連中だって間違うことがあるぜ。一番上の方たちだってよ。」

「しっ、ゴルバグ！」ここでシャグラトは声を落としましたので、異様にとぎすまされた聴力をもってしても、サムにはやっと聞きとれるぐらいでした。「かも知れねえ。だがおえら方はどこにでも目や耳を持ってるぜ。多分おれの手下の中にもいるこったろう。だがこれは確かだぜ。連中は何かを心配してる。お前の話によれば、この下のナズグールたちもそうだ。それからルグブールズでもそうだ。何かが危(あや)うく忍び込むところだったのよ。」

「危うくかね、おい！」と、ゴルバグがいいました。

「そうよ。」と、シャグラトはいいました。「だが、そのことはあとで話そう。地下道に着くまで待て。あそこにはおれたち二人で話せるような場所がある。手下たちはそのまま行かせればいい。」

それから間もなくサムは炬火(たいまつ)が見えなくなったのに気がつきました。それからゴロゴロというやかましい音が聞こえてきました。そしてかれが急いで近づいて行くと、今度はドスンという音がしました。かれの推量する限りでは、オークたちは方向を転じて、前にフロドとかれが進もうとしてそこが塞(ふさ)がっているのを見いだした、他(ほか)ならぬあの入口にはいって行ったのです。その口はやはり塞がっていました。そこには通れないように大きな石が置いてあるように見えましたが、ともかくオークたちは通り抜けたようでした、反対側でかれらの声が聞こえましたから。かれらはまだ走っていて、山の奥へとはいり込み、あの塔のある方に戻ろうとしているのでした。サムは絶望的になりました。オークたちが何か邪悪な目的のためにかれの主人の体を運び去ろうとしているのに、かれはついて行くことができないのです。かれは障害物を押したり突いたりしました。体をぶつけてもみました。しかしびくとも動きません。その時です。あまり奥の方ではないと思えるあたりで、例の二人の隊長の話し声が聞こえたのです。かれはじっと立ったまま、しばらく耳を傾けました。もしかしたら何か役に立つことが聞けると思ったからでした。ゴルバグはミナス・モルグルに所属しているようですから、おそらくまた出てくるでしょう。そうすれば、その時うまく滑り込むことができるかもしれません。

「いいや、おれは知らねえ。」と、ゴルバグの声がいいました。「連絡は普通空飛ぶものより速く伝わるのよ。だがどうやって伝わるのか、そんなこと知るもんか。知らぬが仏よ。ブルル！　ナズグールはおれをぞっとさせる。やつらはお前に注意を向けるや、お前の生皮をはいで、この反対側の暗闇に冷たいまま放り出すぜ。だが、あのお方はやつらが気に入ってる。やつらは今ではあのお方のお気に入りだ。だから不平をいっても始まらねえ。まったくのところ、下の城塞で奉公するのは遊びごとじゃねえのよ。」

「じゃ、お前、ここに来て、シーロブを相手に暮らしてみい。」と、シャグラトがいいました。

「おれはどこか、おえら方が一人もいねえところに行きてえよ。だが、今は戦争が続いてるからな。それが終われば、もう少し楽になるかもしんねえな。」

「おえら方の話じゃ、戦争はうまくいってるそうだな。」

「連中はそういうだろうぜ。」ゴルバグが不満そうな声を出しました。「今にわかる。だが、ともかくよ、もし本当にうまくいってるとしたらよ、もっとたくさん場所があっていいはずよ。どうだろう、お前――もしチャンスがあればよ、お前とおれと二人でずらかって、信用できる若いのを何人か連れて、自分たちでどこかで新しく始めようじゃねえかよ。どこか手近にけっこうな略奪できる場所があってよ、えらいボスたちのいねえところでよ。」

「ああ！」と、シャグラトはいいました。「昔のようにな。」

「そうよ。」と、ゴルバグはいいました。「だが、あてにするな。おれはどうも気持ちが落ち着かねえ。さっきもいったように、えらいボスたちでもな、いいか、」かれは声を落としてほとんど囁くような声でいいました。「いいか、一番のボスでもよ、間違いをすることがあらあ。何かが危うく忍び込むところだった、とお前はいうが、おれにいわせりゃ、何かが忍び込んじまったのよ。それでおれたちは用心しなきゃなんねえのよ。間違いを正すのはいつも哀れなウルクたちさ。それで感謝されることはほとんどねえのよ。だが忘れるな。敵は、あの方を愛しちゃいないが、それと同様おれたちのことも愛しちゃいないからな。それで、もしやつらがあの方の上に出れば、おれたちもおしまいよ。だが、おい、お前、警戒に出ろって命令されたのはいつだ？」

「一時間ばかし前よ。お前たちと会ったちょっと前だ。連絡がはいったのよ。『なずぐーる　ケネンアリ。カイダンニすぱいオルラシ。ケイカイヲツヨメヨ。カイダンチョウジョウニ　ぱとろーるセヨ』とな。おれはすぐに出て来た。」

「うまくねえな。」と、ゴルバグがいいました。「いいかね――おれたちんとこの物言わぬ見張りたちはもう二日以上前に懸念を感じた。そのことはおれも知ってるのよ。だがおれのパトロールはそれからまた一日経つまで命令されなかったのよ。それにルグブールズにも何にも連絡がいかなかった。大信号が上がったり、ナズグールの頭が出陣したり、何やかやでな。それにおれの聞いたところでは、その時は、かなりしばらくの間、ルグブールズに注意を払ってもらうことができなかったそうよ。」

「御目はよそで忙しかったんだろうよ。」と、シャグラトがいいました。「西の方じゃえらいことがおっぱじまってるって話よ。」

「多分な。」ゴルバグが不満そうな声を出しました。「だがその間に敵は階段を登って来ちまったってわけよ。それでお前は何をしてた？　お前は見張りをすることになってるのと違うのかね、特別に命令があろうとなかろうとよ？　お前は何のためにいるのかよ？」

「わかったよ！　おれにおれの仕事のことを教えてくれなくてもいいぜ。おれたちは確かに気がついてたとも。おかしなことが起こってるということはわかってたさ。」

「ええおかしなことがな！」

「そうよ、ええおかしなことよ。光やら叫び声やら何やらだ。だがシーロブがしきりと動いておったからな。おれんとこの子分があいつとあいつのこそこそ小僧を見とるのよ。」

「あいつのこそこそ小僧だと？　何だよ、それは？」

「お前はきっと見たことあるぜ。やせてちっぽけなまっくろいやつよ。そいつも蜘蛛みてえだ。それより腹ぺこの蛙に似てるかもしれねえぜ。やつは前にもここに来たことがあるのよ。初めてルグブールズから出て来てな。何年も前のことだ。その時おれたちはおえら方からやつを通すように指図を受けたのよ。やつはそれ以来一度か二度階段を登って来たことがあった。だが、おれたちはやつのことは放っておいた。ここの奥方と何か了解があるようだからな。やつは喰ってもうまくなかろう。奥方の方はおえら方からの指図なんか気にしちゃいねえからな。それにしてもお前ら結構な番人を谷間に置いてるじゃねえか。やつはこの騒ぎの一日前にここに登って来たぞ。ゆうべ早く、おれたちはやつを見かけた。ともかく手下どもの報告によるとだ、奥方はお楽しみの模様ということだった。それで、連絡が来るまではおれとしちゃ結構ななりゆきに思えたわけよ。おれはあのこそこそ小僧があのお方に玩具を持ってってやったのか、それとももしかしたらお前らの方からあのお方に贈り物をやったのかと思ったのよ。戦争の捕虜か何かをよ。奥方がお楽しみの時はおれは邪魔しねえことにしてるんだ。シーロブに追っかけられて無事その関所を通り抜けるものはねえからな。」

「ねえというのかい！　お前、その目をさっきあそこで使わなかったのかい？　いいか、おれは何だか気持ちが落ち着かねえのよ。何か知らんが階段を登って来たもんは、無事通り抜けちまったんだぜ。そいつはシーロブの蜘蛛の巣を切り開いて、きれいに穴から脱け出しちまった。こりゃちょっと考えもんだぜ！」

「ああ、そりゃそうだがよ、けど、結局そいつは奥方にとっつかまったんじゃねえのか？」

「そいつがとっつかまっただと？　だれのことだよ？　あのちびのことかい？　だが、あいつが一人きりならよ、奥方はとっくにやつを貯蔵室に運んでら。そして今頃はやつはそこにいるってことよ。それで、もしルグブールズがやつを欲しいといえばだ、お前がだよ、そこまで行ってやつを貰ってこにゃならんというわけだ。お前にとっちゃ結構なこったろうて。だが、敵は一人じゃなかったんだぜ。」

ここでサムはなおさら注意深く耳を澄まし、耳を石に押し当てました。

「ぐるぐる巻きにされたあいつの紐はだれが切ったのかよ、シャグラト？　蜘蛛の巣を切ったのと同じやつよ。お前、あれを見なかったのか？　それからだれが奥方に針を突き刺したのかよ？　おれにいわせれば同じやつよ。それで、やつはどこにいる？　どこにいるんだよ、シャグラト？」

シャグラトは答えませんでした。

「お前、思案頭巾をかぶってとくと考えてみちゃどうだ、もし持ってるならばよ。

こりゃ笑いごとじゃねえぜ。今までだれ一人、だれ一人だぜ、シーロブに針を突き刺したやつはなかった。そのことはお前もよく知ってるはずだ。そのことは全然悲しむにあたらないが、だが考えてみろ――このあたりを何者かが自由にうろついてるんだ。そいつは悪しき古き時代以来、あの大包囲戦以来この世を歩いたどんな忌わしい謀叛人よりも危険なやつなのよ。何かが警備の目をくぐり抜けたのよ。」

「じゃ、そいつは何者だ？」シャグラトがうなり声をあげました。

「あらゆる形跡からおしてだなあ、シャグラト隊長よ。体のでかい戦士がうろうろしてると、おれはにらんでるのよ。一番考えられそうなのは、エルフってとこだなあ、ともかくエルフの剣を持ったやつよ。それにまさかりも持ってるかもしれねえぜ。それに、やつはお前の管内をうろうろしてるんだぜ。それなのにお前はやつを一度も見つけなかった。こいつはまったくおかしいぜ！」ゴルバグはぺっと唾を吐きました。サムは自分の人相書きがこのように描かれたのを聞いて、にやっと笑いました。

「やれやれ、お前ときたら、いつも暗い見方ばかりしてたからなあ。」と、シャグラトがいいました。「お前は好きなようにその痕跡を判断すりゃいいが、ほかにもいろいろ説明がつくかもしれねえぜ。とにかく、おれは要所要所に見張りを置いてあるからな。それにおれは一度に一つずつ処理していくつもりだぜ。おれたちが捕(つか)まえてしまったほうのやつをまずちょっと見て、それから他(ほか)のことを心配することにするぜ。」

「おれの推量だが、あのちびには大したことは見つからんぜ。」と、ゴルバグがいいました。「やつは実際の危害とは何も関係がなかったかもしれねえぜ。よく切れる剣を持ってやがるでかい方のやつは、ともかくやつのことを大して大事には思ってなかったようだからよ――やつを死んだまま放りっぱなしにしてよ。いつものエルフのやり口よ。」

「今にわかるぜ。さあ、行こう！　もうたんまりしゃべったからな。捕虜をちょっと見に行ってみようぜ！」

「お前、やつをどうするつもりだ？　おれが先に見つけたことを忘れるな。獲物(えもの)があれば、おれとおれの子分たちをのけ者にしちゃいけねえぜ。」

「おい、おい。」シャグラトは怒った声を出しました。「おれは命令を受けてるんだぜ。それに違反してみろ、いくらおれの腹や、お前の腹を満足させてみたって始まらねえぜ。番人によって発見された侵入者は何者たりとも、物見の塔に収容さるべし。捕虜は丸裸にすべし。あらゆる所持品、衣服、武器、書状、指輪、装身具(そうしんぐ)の類までことごとく詳細な特徴を列挙して直ちにルグブールズへ、ルグブールズのみに届け出るべし。それからまだある。あの方の使者、またはご自身出向かれるまで捕虜には損傷を与えず手を触るるべからざること。これに違反すれば、警備隊員全員に死を下さるべし。わかりきったことよ。だからおれはこうしようってんだよ。」

「丸裸にするだと、え？」ゴルバグがいいました。「どのようにかね、歯や爪や髪やなんか全部かね？」

「いいや、そんなものは違う。いいかい、あいつはルグブールズ行きなんだぜ。損傷を与えず完全無欠な状態でよこすようにいわれてるんだぜ。」

「そりゃむずかしいこったろうぜ。」ゴルバグが嘲笑いました。「あいつはもう死肉にすぎねえからな。あんな代物をルグブールズでどうしようってのか、おれには見当もつかねえ。鍋ん中にはいった方がましじゃねえか。」

「このばかもん。」シャグラトが罵りました。「お前大そう利口そうな口利いてたが、お前の知らねえことがたくさんあるのよ。他の者なら大てい知ってることでもな。気をつけねえと、お前の方が鍋行きかシーロブ行きになるぜ。死肉だと！　奥方のことでお前の知ってるのはそれだけか？　奥方が糸でからめあげるのはな、肉が目的よ。奥方は死んだ肉は喰わねえ。また冷たい血も吸わねえ。あいつは死んでなんかいないぜ！」

サムはめまいがして、石につかまりました。今いる真っ暗な全世界が転倒したような感じがしました。あまり衝撃が大きかったので、かれはもう少しで気絶してしまうところでした。しかし気を確かに持とうとかれが闘っているちょうどその時、かれは自分の心の奥で次のような声がするのに気がつきました。「このばかもん、旦那は死んでなんかいないぞ。お前の心はそれを知ってたんだ。サムワイズよ、お前の頭を信用しちゃなんねえ。それはお前の一番上等な部分というわけじゃねえでな。お前が困ってるのは、元はといえば、お前が一度も本当に望みらしい望みを持たなかったからだ。さあ、何をしたらいい？」さしあたっては何もできません。動かぬ石によりかかって耳を傾けるほかはありません。胸くその悪いオークの声を聞くほかは。

「ばっかやろ！」シャグラトがいいました。「奥方の毒は一つ二つじゃねえんだぜ。捕まえる時には、首んとこに軽く毒を打つだけよ。そうすりゃ骨を抜き取った魚みたいに、みんなぐにゃぐにゃになってしまうのよ。それから奥方はそいつらを自分の思い通りにするわけよ。お前(めえ)、ウフサクの野郎を覚えてるかい？　何日もやつを見ないと思ったらよ、目につかないところにいやがった。つるされておったのよ。だが、もうすっかり目が覚めて目をぎょろつかせておった。それを見ておれたちゃ笑ったのなんのって！　多分奥方はやつのことを忘れちまってたんだ。だが、おれたちは、やつには手を触れなかったよ。奥方の邪魔をするのは益(えき)がねえからな。で、このちびだが、やつは目を覚ますだろうぜ。二、三時間もすればな。しばらくはちいっとばかし気分がよくねえかもしれねえが、大丈夫だ。つまりルグブールズでやつを構わなきゃ大丈夫だろうってことよ。それでもちろんやつは自分がどこにいるのか、自分の身にどういうことが起こったのかあれこれ考えるだろうがよ。」

「自分の身にこれから何が起こるかっていうこともな。」ゴルバグはげらげら笑いました。「おれたちだって、話の二つか三つ聞かせてやることくらいはできるだろうぜ、ほかに何にもさせてもらえねえならよ。やつはまだすてきなルグブールズに行ったことはねえと思うから、どんなものを予期したらいいか知りてえかもしれねえぜ。こりゃおれが考えてたよりおもしろくなりそうだ。さ、行くとしようぜ！」

「いいか、おもしろいことは何も起こらねえよ。」シャグラトがいいました。「やつには損傷を与えちゃなんねえのさ。でないと、おれたち全員死んだも同じことだぜ。」

「わかったよ！　だが、おれがお前なら、自由にうろつきまわってるでっかいやつをつかまえるぜ。ルグブールズに報告を出す前にな。子猫はつかまえたが親猫は逃がしたなんて報告してみろ、あまりけっこうには聞こえねえぜ。」

声は遠ざかり始めました。足音が遠ざかっていくのも聞こえました。サムはショックから立ち直りかけてきました。そして今やむらむらと怒りがこみ上げてきました。「おらはてんで考え違えしてたぞ！」かれは叫びました。「おらにはそれがわかってた。旦那はやつらにとっつかまってる。ちくしょう！　汚ねえやつらだ！　絶対に旦那のそばを離れない、絶対に、絶対に。これがおらの原則だった。それで、心の中では、それを知ってただのに。どうかおらをお許しください！　さあ、旦那のとこに戻らなくちゃ。どうにかして、どうにかして！」

かれは再び剣を抜いて、柄で石を叩きました。しかしただ鈍い音がするばかりです。ところが剣は今や燃えるように明るく輝きましたので、その光でぼんやり見ることができました。かれが気がついて驚いたことは、この大きな石の障害物は重いドアのような形をしていて、高さはかれの背丈の二倍足らずあったことでした。石のてっぺんと、通路の低いアーチの間には暗い隙間があいていました。この障害物はおそらくシーロブの侵入を防ぐつもりで置かれたものにすぎないのかもしれません。かの女が悪知恵を働かせても開かぬように、内側から閂かさし金で留めてあるのでしょう。サムは残っている力をふりしぼって跳び上がると、石のてっぺんをつかんで、よじ登り、そして向こう側に落ちました。それからかれは燃える剣を手に、死に物狂いで走り出し、角を曲がり、らせん状に折れ曲がるトンネルを登って行きました。

主人がまだ生きているということを知って、かれは奮い立ち、疲れも忘れて最後の努力を試みました。前方には何も見えません。この新しい通路は紆余曲折して絶えず折れ曲がっていたからです。しかしかれは二人のオークたちに次第に追い着いてきたように思いました。かれらの声がまた近くなってきました。今ではすぐそばにいるようでした。

「そういうことよ、おれがこれからやろうってのはな。」シャグラトが怒った口調でいいました。「やつを一番てっぺんの部屋に入れちまうのよ。」

「何のためだよ？」ゴルバグがうなり声をあげました。「下には留置所が一つもねえのかよ？」

「いいかい、やつは安全なところに置かなくちゃいけねえんだ。」シャグラトが答えました。「わかるかい？　やつは貴重品だ。おれは子分たちをどれも信用してねえ。お前の子分も同じだ。お前のことだって、おもしろい目をみようと夢中になってやがるから、信用しねえのよ。やつはおれが置いときたいと思うところに置くさ。それからお前の来ないところにな。もしお前が行儀をよくしなければだ。一番上だぞ、いいか。やつもあそこなら安全よ。」

「安全かな？」サムはいいました。「お前たち、自由にうろつきまわってるでっかいエルフの戦士を忘れてるぞ！」そういうとかれは疾駆して最後の角を曲がりましたが、トンネルのいたずらか、それとも指輪の与える聴力のいたずらか、距離の判断を誤っていたことに気づきました。

二つのオークの影はまだかなり前方にありました。サムは今ではその姿を見ることができました。ぎらぎらと赤い光を向こうから受けて黒くずんぐりと見えていました。通路はようやく真っ直に通じ、上がり勾配になっています。そして通路の終わりには、大きな両開きの扉が開け放されていました。おそらく角形の高い塔のずっと下にある地下深い部屋に通じているのでしょう。荷物をかついだオークたちはもう中にはいってしまいました。ゴルバグとシャグラトは門に近づいていました。サムの耳にはその時、しわがれた歌声、吹きならす角笛、どらの打音、恐ろしい喧噪が一時にどっと湧き起こるのが聞こえてきました。ゴルバグとシャグラトはもう入口にさしかかっていました。

サムは喚きながらつらぬき丸を振り回しました。しかしかれの小さな声は騒音の中にのみ込まれてしまいました。かれに注意を向ける者はありませんでした。

大きな扉は音を立てて締まりました。ズシーン！ 鉄の閂が内側におろされました。ガチャン！ 門は閉じられました。サムは門のかかった真鍮板に体ごとぶつかり、意識を失って地面に倒れました。かれは外の暗闇に残され、フロドは生きているとはいえ、敵の手に捕えられてしまったのです。


指輪戦争の歴史の第二部はここに終わる。

第三部「王の帰還」に語られるのは、大いなる影に対する最後の防戦と、指輪所持者の使命達成である。

本作品には、現在の視点からは差別的とみなされる表現が含まれておりますが、本作品が「国際アンデルセン賞優秀翻訳者賞」を始めとする数々の名誉ある賞を受賞し、その芸術性が高く評価されていること、また翻訳者がいずれも逝去されていることに鑑みまして、訳語を変更せずに刊行いたしました。(評論社編集部)

評論社文庫

最新版　指輪物語 4
二つの塔　下

2022年10月20日　初版発行
2024年11月30日　二刷発行

著　者　J.R.R. トールキン
訳　者　瀬田 貞二／田中 明子
編集協力　伊藤 盡／沼田 香穂里
本文挿画　寺島 龍一
装　丁　PINTTO
発行者　竹下 晴信
発行所　株式会社評論社
〒162-0815　東京都新宿区筑土八幡町 2-21
電話　営業　03-3260-9409
編集　03-3260-9403
https://www.hyoronsha.co.jp

印刷所　中央精版印刷株式会社
製本所　中央精版印刷株式会社

ISBN978-4-566-02392-5　NDC933　424 p　148㎜×105㎜

J.R.R. トールキンの世界

J・R・R・トールキン 世紀の作家

トム・シッピー 著／沼田 香穂里 訳

トールキン研究の第一人者によるトールキン文学の作品論。世界的にもトールキン評論の決定版とみなされている。論考は『ホビットの冒険』『指輪物語』『シルマリルの物語』等におよび、ファンタジーの最高峰をたどる旅のガイドブックとなっている。ファン必携の書であり、新しい読者にとっては、またとない入門書である。

A五判・ハードカバー・定価三〇八〇円（税込）

J.R.R. トールキンの世界

ベレンとルーシエン

J・R・R・トールキン 著／C・トールキン 編
沼田 香穂里 訳

トールキンが、自分たち夫婦になぞらえたというベレンとルーシエンの物語。この世で最も美しいとされるエルフの乙女ルーシエンと、人間の勇者ベレンとの恋を描く。トールキンの息子クリストファーによって編纂された『シルマリルの物語』の核心部分をなす。本書でクリストファーがめざしたのは、ベレンとルーシエン伝説の進化の過程を提示することにあった。

A五判・ハードカバー・定価三三〇〇円（税込）

J.R.R. トールキンの世界

予告

二〇二三年春刊行予定

『最新版　指輪物語』文庫第七巻　追補編

『最新版　シルマリルの物語』文庫上・下巻

J.R.R. トールキンの世界

新版 **指輪物語**
●A五判/全七巻
●〈B五・愛蔵版〉/全三巻
瀬田貞二・田中明子訳
旧版の訳をさらに推敲して改めた。ファンタジー史上に輝く金字塔。

指輪物語 **フロドの旅** 「旅の仲間」のたどった道
B・ストレイチー著　伊藤 盡訳
旅の仲間九人のたどった冒険の道筋を詳細な地図で再現。
●A四変型判

「中つ国」歴史地図 トールキン世界のすべて
K・W・フォンスタッド著　琴屋草訳
「中つ国」の全ての場所へ、この道をたどって行こう!
●A四変型判

新版 **シルマリルの物語**
C・トールキン編　田中明子訳
『指輪物語』に先立つ壮大な神話世界の集大成。
●A四変型判

トールキンズワールド 中つ国を描く
A・リー/J・ハウ他画
「中つ国」に魅せられた世界の一流画家たちが描く、夢幻の世界。
●A四判